녹두꽃

2

정현민 대본집
녹두꽃 2

초판 1쇄 인쇄 2019년 7월 16일
초판 1쇄 발행 2019년 7월 23일

지은이 | 정현민
펴낸이 | 金湞珉
펴낸곳 | 북로그컴퍼니
편집부 | 김옥자·김현영·김나정
디자인 | 김승은·송지애
마케팅 | 이예지
경영기획 | 김형곤
주소 | 서울시 마포구 월드컵북로1길 60(서교동), 5층
전화 | 02-738-0214
팩스 | 02-738-1030
등록 | 제2010-000174호

ISBN 979-11-90224-05-5 04810
ISBN 979-11-90224-03-1 04810 (세트)

Copyright ⓒ 정현민, 2019

정현민 대본집

녹두꽃
사람, 하늘이 되다

2

북로그컴퍼니

작가의 말

최종회 대본을 탈고하면 버릇처럼 하는 일이 있다.
시놉시스의 기획의도를 정독한다.
그렇게 초심과 만난다.

이번에도 부족했다.
여지가 없다.
그러나 마냥 부끄럽지는 않다.
초심은 지켰다.
작가가 지켜야 할 최소한은 지켰다.

부족한 작가의 초심을 믿고 갑오년의 신세계를 향해 나아간 〈녹두꽃〉의 모든 동지들에게 경의를 표한다. 씨제스엔터테인먼트 백창주 대표와 박진형 부대표, 명품 감독 신경수를 비롯한 제작진과 모든 출연진에게 감사드린다.

작업실의 보배들인 유진이와 노권, 자문을 맡아준 조경란 선생, 그리고 내가 가장 두려워하는 시청자인 강여사, 도윤이, 시윤이에게도 지면을 빌려 감사의 뜻을 전한다.

일러두기

1. 이 책의 편집은 정현민 작가의 드라마 대본 집필 형식을 최대한 따랐습니다.

2. 드라마 대사는 글말이 아닌 입말임을 감안하여, 한글맞춤법과 다른 부분이라 해
   도 그 표현을 살렸습니다.

3. 쉼표, 느낌표, 마침표 등과 같은 구두점도 작가의 의도를 따랐습니다. 마침표가 없
   는 것 역시 작가의 의도입니다.

4. 각주의 위치와 내용은 각 회차별 자막과 내용 흐름을 고려한 것입니다.

5. 이 책은 작가의 최종 대본으로, 방송되지 않은 부분이 포함되어 있습니다.

차례

흰옷의 백성들이 죽창을 들고 모여드니
앉으면 죽산(竹山)이요, 서면 백산(白山)이라!

전설이 된 미완의 혁명, 동학농민혁명!

1894년 조선 강토를 피로 물들인 동학농민혁명은 단순한 반란이 아니라 봉건의 한 시대를 마감하고 근대의 신새벽을 열어젖힌 전환기적 사건이었다. '사람이 곧 하늘(人乃天)'이라는 믿음으로 자유와 평등, 민족 자주가 실현되는 나라를 만들고자 했던 아래로부터의 혁명이었다.

미완(未完)의 혁명이기도 했다. 전봉준의 지휘 아래 서울로 진격하던 혁명군은 공주 우금티 전투에서 조일연합군의 막강한 화력 앞에 무릎을 꿇었다. 그러나 그들의 정신은 살아남아 3·1 운동으로, 항일독립투쟁으로, 4·19로, 6월항쟁으로 면면히 이어져 왔다.

역사란 과거의 거울로 현재를 돌아보는 것이다.

열강의 침탈에 숨죽이던 조선에서 아직은 충분히 강하지 못한 지금의 조국을, 불의에 항거하여 분연히 떨쳐 일어섰던 민초들의 모습에서 어쩌면 우리가 잊고 사는지도 모를 정의의 소중함을 돌이켜보고자 한다.

다른 세상은 가능하다고 믿었던 선조들의 우렁찬 사자후!

이 드라마는 '동학' 하면 떠오르는 녹두장군 전봉준의 일대기가 아니다.

항쟁의 소용돌이에 휩쓸려 궤도를 이탈해버린 민초들의 이야기다.

혁명군과 토벌대로 갈라져 서로의 가슴에 총구를 겨눠야 하는 이복형제가 써내려가는 애증과 영욕의 드라마다. 역사에 이름 한 줄 남기지 못하고 스러져간 무명전사들, 혁명과 반혁명이 교차하는 와중에도 삶의 의지를 잃지 않았던 갑오년의 위대한 백성들에게 바치는 헌사이다.

이제 전설이 된 혁명, 동학농민혁명을 소환하고자 한다.
박제된 역사에서 체취 물씬한 휴먼 스토리로 되살아나는 항쟁의 추억!
수저계급론에 절망한 시청자의 가슴을 후련하게 해줄 도전과 전복의 판타지!
드라마... 〈녹두꽃〉이다.

• 백이강 (白利康, 남, 20대) / 자신의 과거를 향해 봉기한 동학군 별동대장

과거의 쳇값을 치르고 새 세상을 열기 위해 봉기한 동학농민군 별동대장.

근성이 느껴지는 눈매와 일그러진 미소, 독이 잔뜩 오른 늦가을 독사 같은 이미지의 사내. 적의 총구를 이마에 대고도 후퇴를 모르는 직진남이다.

전라도 고부관아의 악명 높은 이방이자 만석꾼인 백가의 장남. 백가가 본처의 여종을 범해 태어난 얼자로, 이강이란 이름 대신 '거시기'라 불렸다.

본처의 서슬에 질린 백가는 어미를 끝내 면천해주지 않았다. 언제 어미와 내쳐질지 모른다는 막연한 불안감이 유년 시절의 그를 괴롭혔다. 쫓겨나면 지천에 널린 도적떼의 칼받이가 되거나 탐관오리의 먹잇감으로 말라죽을 터... 그런 이강에게 비빌 언덕이 되어준 사람은 뜻밖에도 이복동생 이현이었다. 그는 안방마님의 눈총에도 굴하지 않고 이강이네를 지성으로 대했다. 거시기 운운하다 이현에게 혼쭐이 난 아랫것들이 한둘이 아니었다. 기특하고 고마웠다.

백가네의 일원이 되기 위해선 밥값을 해야 했다. 백성들의 앙상한 몸에 몽둥이질을 하는 게 밥값이었고, 남의 것을 빼앗고 죄 없는 자를 가두는 게 밥값이었다. 그렇게 아버지 백가가 짜놓은 각본대로 동생 이현은 꽃길만 밟고 갈 수 있도록, 백가네를 향한 욕받이는 내가 다 하겠다고 다짐하며 살았다.

백성의 분노가 들불처럼 타오르기 시작하던 갑오년, 이강은 갈림길 앞에 선다. 백성들이 증오하는 '호환마마보다 더 숭악헌 백가네 거시기'로 계속 살 것인지, 아니면 전봉준과 함께 새로운 세상을 꿈꾸며 살아볼 것인지...

마침내 그는 왼손엔 죽창, 오른손엔 흉터를 가린 가죽반장갑을 끼고, 혁명의 대열에

합류한다.

- 백이현 (白利賢, 남, 20대) / 조선의 메이지유신을 꿈꾸는 개화주의자

백가네 막내이자 본처 소생의 적자.
문명을 신봉하고 일본을 조선의 롤모델로 여기는 중인계급의 엘리트.

미소년 같은 수려한 용모, 고매한 인품과 우아한 언행...
백가네라면 치를 떠는 고부 사람들도 이현에 대해서만은 적대감을 드러내지 않았다.
스승 황석주는 그의 됨됨이를 놓고 '어두움에서 밝음이 튀어나오듯 썩은 물에서 피어
난 연꽃'이라 극찬하기도 했다.

하지만 신중함이 몸에 배어 여간해선 속내를 드러내지 않고 타인에게 곁을 주는 데
인색하다. 눈부시게 아름답지만 나비가 날아들지 않는 향기 없는 꽃... 이것이 그의 이
미지다.

자신이 누리는 모든 것이 백성들의 생살이요, 피눈물임을 일찌감치 깨달았다. 백가
가 악행을 일삼은 집 앞에 쌀섬이나 두고 오는 것으로 부끄러움과 죄책감을 씻곤 했다.
그는 백가가 제시하는 삶의 행로를 군말 없이 착실히 걸어갔다. 효심이 지극해서도, 출
세욕에 불타서도 아니었다. 부친이 벌인 악행의 박물관과도 같은 이 고부 땅을 하루 빨
리 벗어나기 위해서였다.

일본 유학 시절, 조선의 내로라하는 집안의 자제들은 물론 개화당의 거물 정객들과
어울렸다. 스산하기만 했던 그의 가슴엔 그때부터 '개화'라는 열정과 야심이 싹트기 시
작했다.

일본 유학을 마치고 돌아온 이현은 민란에 휩쓸리게 된다. 마침내 그는 책 대신 신식
소총 한 자루를 쥐고 동학농민군에 맞서게 되는데...

• 송자인 (宋慈仁, 세례명 리디아, 여, 20대) / 이문을 남기는 삶을 좇았으나, 사람
  을 남기는 삶을 택한 객주

개항장 일본 상인들과의 중개무역으로 급성장 중인 전주상인.
냉철한 판단력과 카리스마로 전주여각을 진두지휘하는 철의 여인이다.

전라도 보부상들의 대부, 도접장 송봉길의 무남독녀 외동딸.
  차분한 언행에 우아한 자태로 얼핏 보면 명문대가의 금지옥엽이지만 흥분하면 걸쭉
한 전라도 사투리에 욕지거리가 사정없이 튀어나온다.

홍정에서 셈을 익히고, 물목으로 글을 배웠다. 똑같은 물건의 값이 때와 장소에 따라
바뀌듯 세상도 변하리라 믿는다. 그녀는 다가올 신세계에서 객꾼이 아닌 주인공으로
살고 싶었다. 그녀의 야심은 전주를 넘어 조선 전체를 향한 지 오래...

호기심에 성당을 들락거렸지만 여간해선 신앙심이 생기지 않았다. 그녀에게 천주교
는 그저 신문물, 신식사상일 뿐. 불란서 신부가 들려주는 나라 밖 얘기를 들으며 개화
를 열망하는 신여성으로 성장했다.

그러던 어느 날, 조병갑과 이방 백가가 실시한 방곡령으로 인해 전주여각이 큰 타격
을 입게 된다. 보다 못한 그녀는 갑오년 정월, 고부로 내려간다. 전봉준이 일으킨 민란의
소용돌이에 휩쓸리면서 백가네의 두 형제와 엮이게 되는데...

• 전봉준 (全琫準, 남, 40세) / 동학농민혁명을 이끈 민초의 영웅

녹두장군. 동학농민혁명을 이끈 영웅이자 시대의 고뇌를 온몸으로 껴안은 사나이.
전라도 고부군의 동학 접주.

농부처럼 억세고 다부진 체격. 늘 미소를 띠고 있지만 어딘가 위험하고 불온한 느낌
을 풍긴다. 몰락한 양반의 후손으로 읍내에 약방을 내어 호구지책으로 삼고 있다. 시대
를 꿰뚫는 혜안과 혁명의 결기를 가슴에 품은 희대의 이단아.

태어나서 본 것이라곤 수탈과 난리요, 들은 것이라곤 산 자의 통곡과 죽은 자의 침묵이었다. 이따위 세상은 응당 뒤집어져야 했다.'사람이 곧 하늘'이라는 인내천 사상에 후천개벽의 평등세상이 온다고 주장하는 동학은 도탄에 신음하는 백성들에게 한줄기 구원의 빛과 같았다. 그는 동학에서 혁명의 가능성을 발견했다.

부친 전창혁이 고부군수 조병갑의 전횡을 비난하다 매를 맞고 죽은 뒤, 전봉준은 타들어가는 분노를 억누르며 기회를 엿봤다. 학정에 신음해온 군민들의 원한이 하늘을 찌르는 바로 그때를!

갑오년 정월, 전봉준은 마침내 봉기의 칼을 치켜들게 되는데...

백가네 사람들

• 백가 (白哥, 남, 50대 초반)

전라도 고부관아의 이방. 본명은 백만득(白萬得).
치부의 달인, 처세의 대가, 탐욕의 화신이다.
상황에 따라 천의 얼굴로 변신하는 인물이다. 수령 앞에서는 간사하고 동류배들 앞에선 거만하며 백성에게는 한없이 포악하다.

나라에서 녹봉 한 푼 내려주지 않는 세습 아전의 아들로 태어나 가난과 멸시를 견디며 오로지 만석꾼이 되겠다는 일념으로 살았다. 부친의 대를 이어 이방이 되었을 때 세상은 이미 충분히 썩어 있었다. 그에겐 세상의 악취가 천국의 향기와도 같았다. 탐욕스러운 수령과 결탁하여 세금 착복, 뇌물 수수, 고리대금, 땅 투기 등 갖은 부정과 비리를 저지른 세월이 어언 삼십 년...

바깥에선 망종이지만 집안에서는 썩 괜찮은 가장이다.
가장 체면에 대놓고 드러내지 않을 뿐 가족 위하는 마음이 끔찍하다.
아랫것들한테도 후할 땐 후한 편이다.

본처의 눈치가 보여 면천을 못 해준 유월한테는 미안함을, 얼자 거시기에겐 상당히 짠한 감정을 갖고 있다. 물론 내색은 전혀 하지 않는다.

똑소리 나는 아들 이현이가 조정에 나아가 고관대작이 되어주기를 열망한다.

곳간이 미어터지고 금고가 차고 넘쳐도 여전히 채워지지 않는 한 가지... 명예를 움켜쥐고 죽는 것이 그의 남은 소원이다.

• 채씨 (蔡氏, 여, 40대)

걸쭉한 사투리가 인상적인 백가의 정실부인. 이현과 이화의 생모.

여염집 아낙 같은 수더분한 용모지만 성깔과 고집이 대단하다.

원래는 무던하고 넉넉한 성품이었으나 남편이 자기 몸종을 범해 이강을 낳은 뒤로 마음의 문을 닫아버렸다. 배 아파 낳은 두 자녀 이현과 이화에게만 내심을 터놓는다.

• 백이화 (白利花, 여, 30대 초반)

전주에 사는 백가의 장녀.

괄괄하고 다소 이기적인 성격의 여인.

전라감영의 군교, 김당손과 혼인하여 아들 둘을 낳아 키운다.

남편의 장래를 위해 툭하면 민원을 들고 친정을 찾는다. 백가에게 달라붙어 갖은 아양을 떨어대지만 내심은 아비를 썩 좋아하지 않는다. 모친의 가슴에 대못을 박은 유월이 사건 때문이다.

유월이 모친의 몸종이던 시절을 기억하는 그녀는 유월이네를 가족으로 인정하지 않는다. 이따금 이강이와 마주칠 때면 적대감을 숨기지 않는다.

• 유월 (여, 30대)

백가네 여종.

정실부인 채씨의 몸종이었는데 겁간을 당해 이강을 낳았다.

불학무식하지만 어질고 강인한 여인.

무엇이든 참고 견디는 데 이골이 난 그녀이지만 아들 이강이 생각만 하면 금세 눈가
가 촉촉해진다.

아들 생각에 설움이 북받칠 때면 오래 전 동학쟁이 방물장수가 가르쳐준 13자 주문
을 읊으며 마음을 다스린다.

"시~천~주~조~화~정~~~~영~세~불~망~만~사~지~~~~"

· 남서방 (남, 50대 후반)

평생을 독신으로 살며 백가네의 집사 노릇을 해온 행랑아범.

남도 사람 특유의 해학과 구수함이 느껴지는 사내.

집안일에 손을 놓은 채씨부인을 대신하여 대소사를 도맡아 본다.

눈치가 빠르고 부지런하며 충직하다.

가족들의 신뢰를 한 몸에 받으며 백가조차 그를 형처럼 의지할 때가 있다.

동학 사람들

· 최경선 (崔景善, 남, 36세)

태인 주산리의 접주이자 '전봉준의 그림자'로 불리는 최측근.

고부민란부터 죽음의 순간까지 전봉준과 생사고락을 함께한다.

창의군 선봉장 격인 영솔장으로서 별동대를 지휘한다.

우직하고 담력이 강하며 무예에 능하다.

백성을 괴롭히던 이강이 별동대에 들어온 것을 못마땅하게 여긴다. 그러나 이강과 동
고동락하면서 그의 진가를 알아보게 되고 차기 별동대장의 중책을 맡긴다.

· 해승 (海承, 남, 40대)

승려 출신의 최경선 부대원.

우락부락한 외모와 달리 부드럽고 넉넉한 인품의 소유자.
말수가 적고 사려 깊다.
태견의 달인. 기묘한 품새와 보법으로 상대의 기선을 제압한다. 무릎으로 얼굴 찍기
는 그의 필살기.
사찰에서 전승되는 의술을 터득하여 부상자의 치료를 도맡는다.

칠반천인 중 하나인 조례(상여꾼)의 아들로 태어난 울분을 싸움질로 풀며 자랐다. 왈
짜로 살다간 제 명에 못 죽을 거란 부친의 유언을 따라 출가했다. 대해와 같은 깨달음
을 득도하고자 '해승'을 법명으로 삼았으나 손톱 길이만큼 남긴 제 머리털처럼 아직 속
세에 대한 번뇌가 남아 있다. 만민평등과 개혁을 주장하는 동학을 접하고 미련 없이 목
탁 대신 칼을 쥐었다.

· 버들 (여, 20대)

최경선 부대의 저격수.
운봉 일대를 주름잡았던 명포수 박가의 딸.
어려서부터 지리산 자락을 누비며 사냥으로 잔뼈가 굵은 여인.

아버지가 민란에 연루되어 죽음을 당하자 그의 유품인 마우저 소총을 갖고 오지를
떠돌다 최경선을 만나 동학에 입도했다. 탐관오리에 대한 원한이 골수에 사무쳐 있다.

백이강처럼 범죄를 저지르고 창의군에 들어온 사람들을 경원시한다. 혁명의 대의는
커녕 언제든 혁명을 배신할 수 있는 종자들이라 믿는다. 하지만 전투를 거듭하면서 이
강에게 전우애 이상의 감정을 느끼게 된다.

· 번개 (남, 10대 후반)

댕기머리가 인상적인 최경선 부대의 전령. 본명은 김학수.

왜소하지만 발이 빠르고 새총과 돌팔매에 능하다.
길눈이 밝아 전령의 직책을 맡고 있다.
막내 부대원이지만 어린애 취급을 싫어할 만큼 자존심이 세다.
버들을 누이처럼 따른다.

그의 고향은 다름 아닌 전라도 고부. 가족은 수년 전 백가의 탐학을 피해 야반도주
하다가 화적떼에게 죽임을 당했다.

· 동록개 (남, 40대)

백정 출신의 최경선 부대원.
동록개란 이름은 '동네 개'라는 뜻.

넙데데한 얼굴에 다소 맹해 보이는 인상과 달리 입만 열었다하면 좌중을 휘어잡는
입담의 소유자. 어깨 너머로 익힌 판소리는 웬만한 명창이 울고 갈 정도다. 일자무식에
동학 교리는 귀동냥으로도 배운 적 없지만 교주 최시형이 천한 노비 출신이라는 얘기
를 듣고 그날부로 동학에 입도했다.

좋은 세상이 되면 그럴듯한 이름 석 자가 새겨진 호패를 차고 고향 원평으로 금의환
향하는 것이 꿈이다.

· 김가 (남, 30대)

빈농 출신의 최경선 부대원.
능글맞고 눈치가 빠르다.
신중하고 용의주도한 면이 있다.

전국의 광산을 떠돌아다닌 이력의 소유자로 화약을 이용한 폭파전문가.
최경선과 일부 동학도들만이 알고 있는 그의 이름은 경천...
훗날, 전봉준을 밀고하여 붙잡히게 만드는 바로 그, 김경천이다.

· 김개남 (金開南, 남, 42세)

태인 대접주.
손화중과 더불어 동학농민군의 2인자 격인 총관령.
본명은 기범이나 "조선의 남쪽을 개벽한다"는 의지로 개남으로 개명했다.

시종일관 강경노선을 추구하였으며 피아가 분명하고 호전적이다.
민초들에겐 더없이 따뜻하지만 가진 자들에게는 저승사자 같은 사람.

· 손화중 (孫華仲, 남, 34세)

동학농민군 총관령. 정읍 출생으로 무장 접주.
전봉준, 김개남과 더불어 동학농민군의 3대 지도자 중 1인.

만석꾼 집안의 자제로 한때 벼슬에 뜻을 두기도 하였으나 20대의 나이에 지리산에
서 동학에 입도했다. 온화하고 인자한 성품으로 포교에 전념, 호남지방에서 제일 많은
교도를 거느리는 무장포의 접주가 된다.

· 송희옥 (宋喜玉, 남, 30대)

전봉준의 처족 7촌으로 최경선과 더불어 최측근의 한 사람.

발이 빠르고 영민하여 대외 연락을 도맡는다.

항쟁 막바지에 민보군에 의해 죽음을 맞는다.

고부 사람들

· 황석주 (黃晳珠, 남, 40세)

황진사라 불리는 고부 도계서원의 강장(講長).

전봉준과는 동문수학한 막역지우.

명재상 황희의 후손으로 가난하지만 양반의 품위와 자존심을 지키며 사는 인물.

첫 아이를 사산(死産)한 뒤 시름시름 앓다가 죽은 아내가 가슴에 대못처럼 박혀 있
다. 재가를 하라는 주변의 권유는 귓등으로 흘리며 홀아비로 살아온 지 여러 해다.

강직하고 덕망 있는 성품으로 향촌 유림들 사이에 신망이 높다. 향청[1]의 좌수[2]를 뽑
을 때면 늘 첫손에 꼽혔지만 그때마다 고사해왔다. 일찍이 과거에 급제하여 출사했으나
썩어빠진 조정에 실망하여 낙향, 은거하며 학문에만 정진한다. 친일 성향의 개화파를
싫어하고 척사론의 입장을 견지하는 보수적인 정치관의 소유자.

· 황명심 (黃明心, 여, 20세)

황석주의 여동생.

새침한 성격에 곱상한 외모, 순수하고 맑은 마음씨를 지닌 처녀.

〈운영전〉 같은 연애소설을 탐독하며 낭만과 사랑이 가득한 인생을 꿈꾼다.

철이 들 무렵부터 오라버니의 애제자인 백이현을 흠모했다. 하지만 이현은 하찮은 중

1 　향청: 조선시대 지방 양반들의 자치기구이자 수령의 자문기관.
2 　좌수: 향청의 우두머리.

인의 신분... 이루어질 수 없는 인연임을 안타까워하며 조용히 속앓이만 해온 그녀였다.

그런데 어느 날 갑자기 백가가 혼담을 제의해 오면서 그녀의 인생도 새로운 국면을 맞게 된다.

• 홍가 (남, 50대)

어깨 너머로 배운 글로 장터에서 대서를 해주며 먹고 살던 차에 백가의 눈에 떠어 마름이 되었다. 그의 꼼꼼한 일처리를 눈여겨본 백가가 수령에게 뇌물을 써 형방에 앉혔다. 간사하고 음흉하다.

• 억쇠 (남, 20대)

고부관아에서 허드렛일을 하는 통인.
관아 일보다는 통인들의 왕초, 이강을 따라다니는 시간이 더 많다.
힘이 세지만 유순한 성격에 어리숙한 면이 있다.
이강을 대장이라 부르며 진심으로 따른다.

• 박원명 (朴原明, 남, 50대)

조병갑의 후임으로 부임하는 고부군수.
우유부단하고 일처리가 유능하진 않지만 최소한의 양심과 정의감을 갖춘 관료다.

조정에 변변한 연줄도 없고, 야심도 크지 않아 오지의 수령만 전전하던 인물.
민란이 터지자 모두가 기피하는 고부로 떠밀리듯 부임해온다.
무골호인으로 갑오년의 난세 속에서도 고부군수의 직책을 성실히 수행한다.

전주 사람들

· 송봉길 (宋鳳吉, 남, 60대)

송자인의 아버지.
전라도 보부상들의 자치조직, 전라도 임방의 도접장.
왜소한 체구에 병인양요 때 부상을 입어 다리를 전다.
보부상들의 전폭적인 지지를 받고 있는 터라 조정에서도 차기 팔도 도접장으로 낙점
한 상태.

평생을 보부상이라는 자긍심 하나로 살아왔다.
왕실에서 하사하는 내탕금과 보부상들이 장터에서 거둬들이는 무명잡세들로 상당
한 부를 모았으나 초심을 잃지 않고 검소한 생활을 유지한다.
도접장으로서 보부상들의 기득권을 지키기 일이라면 물불을 가리지 않는다. 뇌물은
물론 필요하다면 폭력도 불사한다.

· 최덕기 (남, 40대 후반)

송봉길의 의형제로, 송자인이 운영하는 전주여각의 행수.
송자인을 그림자처럼 수행하는 충직한 사내.
거칠고 다부진 외모에 성미 또한 괄괄하지만 송자인 앞에서는 순한 양으로 돌변, 좀
체 기를 펴지 못한다.
십이 년 전 임오군란이 일어났을 때 전우들을 진압하라는 명이 떨어지자 미련 없이
군을 떠났다. 화전을 일구며 살던 중에 송봉길을 만나 세상 밖으로 나왔다.
무과에 급제한 전통무예의 고수로 옛 수하들이 중앙군부의 요직에 많이 진출해 있다.

· 김당손 (金瑠孫, 남, 30대 후반)

백가의 사위. 전라감영의 군교.

우락부락한 인상에 풍채가 좋다.

제법 용맹한 군인처럼 행세하지만 사실은 간이 작고 용렬한 위인이다.

마누라 이화가 아니라 장인의 재산을 사랑한다.

· 김문현 (金文鉉, 남, 37세)

전라감사.

대사헌, 형조판서 등을 역임하고 전라도 관찰사로 부임한 인물.

교만하고 용의주도한 성품.

고부민란이 발생하자 조병갑을 체포하고 전봉준을 살해하려다 실패한다.

황토현에서 전라감영군이 동학농민군에 패배하자 파면되어 거제로 유배를 간다.

중후반부 등장인물

· 홍계훈 (洪啓薰, 남, 40대)

장위영 정령관.

전봉준이 백산에서 거병하자 양호초토사가 되어 최정예 경군을 이끌고 전라도로 내려온다.

1882년 임오군란 당시 목숨을 걸고 중전을 궐 밖으로 피신시킨 공로를 인정받아 중용되었다. 중전에 대한 충성심이 지극하고 용맹하다. 황룡강 전투에서 패전한 이후 관군의 힘으로는 도저히 진압하기 어렵다고 판단한 그는 고종으로 하여금 청나라에 구원병을 요청토록 하는 중대한 실수를 저지른다.

· 이규태 (李圭泰, 남, 30대)

장위영 영관으로 덕장의 풍모를 지닌 인물.

전주여각의 최덕기와는 과거 임오군란에 함께 참여했던 사이. 상사였던 최덕기를 존경한다.

동학농민군의 1차 봉기 때 초토사 홍계훈의 부관으로 종군하였다가 2차 봉기 때는 양호도순무영 별군관으로 임명, 선봉장으로 진압에 나선다.

정치군인과는 거리가 먼, 정직한 군인이다.

애민, 애국심이 충만하다. 동학농민군을 바라보는 그의 시각은 철저히 조정의 입장에 복무한다. 동학농민군을 사교를 믿는 폭도 정도로 여기던 그는 전투를 거듭하면서 점점 그들의 주장에 감화되어 가는데...

· 이두황 (李斗璜, 남, 30대 후반)

장위영 영관.
잔인하고 호전적이며 흉폭하다.

청일전쟁 발발 직후, 평양 전투 등에서 일본군을 지원하다가 동학농민군이 2차 봉기를 일으키자 우선봉을 맡아 진압에 참여한다.

진압군의 주력인 일본군 장교들에게 빌붙어 신임을 얻는 한편, 패퇴하는 동학농민군을 학살하는 데 앞장선다.

· 김학진 (金鶴鎭, 남, 50대)

전라도 관찰사.

형조, 공조판서를 역임하며 승승장구하던 중 동학농민군 봉기의 책임을 물어 파직된 김문현의 후임으로 임명된다. 모두가 꺼리는 전라감사에 부임하기 직전, 고종에게 '편의종사(便宜從事)³'의 조처를 내려달라 고집한 뒤 재가를 받아낸다.

---

3 편의종사(便宜從事): 수령이나 장수가 현지의 사정에 따라 임금의 결재를 받지 않고 우선 일을 처리할 수 있는 권한을 갖는 것.

세도가 안동 김씨의 피가 흐르나 청렴한 성품으로 백성들에게 명망이 높다.

일평생 화두였던 근민관(近民官)이 되고자 부단히 스스로를 채찍질한다. 끊임없이 변화하는 정세에 휘둘리지 않는 소신을 지닌 인물.

동학농민군을 진압하라는 고종의 명을 받고 부임했으나 일본군이 경복궁을 무력으로 점령하는 사건이 발발하자 외려 농민군을 지원하게 된다.

· 다케다 요스케 (武田陽介, 남, 30대 초반)

조선 주재 일본 공사관의 무관.
낭인회 조직인 천우협[4]을 지원하고 각종 공작을 꾸민다.
이현의 일본 유학 시절 선배.
동학농민혁명으로 위기에 처한 이현을 도와준다.

천민 출신이지만 메이지유신으로 인해 게이오의숙에 입학할 수 있었다. 고등과를 수석 졸업한 수재.
사교적이고 쾌활하다. 조국에 대한 자부심이 남다르며 애국심이 투철하다.
조선은 언젠가 일본에 병합되어야 한다는 확고한 신념을 갖고 있다.

특별출연

· 조병갑 (趙秉甲, 남, 50대)

고부군수.

희대의 탐관오리로 이방 백가와 죽이 척척 맞는다.

---

4   천우협: 조선에서 암약하던 일본 낭인 집단.

고부민란이 터지자 전주로 달아나 목숨을 부지하지만 조정의 문책을 받아 귀양길에 오른다.

· 이용태 (李容泰, 남, 41세)

고부민란의 진상조사와 민심 수습을 위해 파견된 안핵사[5].

삼십 대 초반에 과거에 합격한 뒤 영국, 러시아, 이탈리아 등 유럽 주재 참찬관을 지낸 외교관료 출신.

늘 서양을 동경하며, 조선 사람을 미개인 취급하는 버릇이 있다.

비열하고 영악하다. 장흥부사로 재직 중에 안핵사로 파견되지만 탄압과 수탈로 일관한다.

· 이하응 (남, 70대 중반)

흥선대원군.

고종의 아버지로 며느리인 중전과 끊임없이 갈등하고 대립한다.

중전과의 정쟁에서 패배, 실각한 이후 절치부심하던 그는 동학농민혁명이 발발하자 이를 계기로 재집권의 꿈을 키워나간다.

· 중전 (여, 40대)

고종의 왕비. (시호 명성황후)

기품 있고 단아하지만 정치적 술수가 뛰어나다.

대원군과의 갈등이 심화되던 1882년 임오군란 당시 위기를 겪었으나 청나라의 도움으로 극적으로 복귀, 십 년째 민씨 일파의 태두로 군림 중이다.

---

5 안핵사: 조선 시대 지방에서 큰 사건이 발생하였을 때 그것을 조사하기 위하여 파견하는 임시 관리.

· 고종 (남, 40대)

조선 제26대 왕이자, 대한제국 제1대 황제(재위 1863~1907).
명민하나 우유부단하다.

· 김홍집 (金弘集, 남, 50대)

갑오개혁을 주도한 조선의 마지막 영의정이자 최초의 총리대신.
본관은 경주. 초명은 김굉집, 자는 경능, 호는 도원이다.

· 최시형 (崔時亨, 남, 60대 후반)

동학의 제2대 교주. 본관은 경주. 호는 해월.

교조 최제우가 참형을 당한 이후 은신과 도피를 거듭하면서도 백성들 사이에 동학
을 전파하는 데 혁혁한 공로를 세운 인물. 부드럽고 온화한 성격에 정치적 입장도 무력
투쟁보다는 평화적인 방식을 선호한다.

· 손병희 (孫秉熙, 남, 30대 중반)

최시형의 최측근 참모.
훗날 동학의 3대 교주이자 3·1 운동 민족대표 33인 중 1인.
동학농민군의 2차 봉기가 일어나자 충청도에서 북접통령이 되어 연합전선을 구축한
다. 북접의 동학군을 이끌고 남하, 전봉준과 함께 우금티 전투에 참전한다.

· 김창수 (金昌洙, 남, 21세)

훗날 김구.
어린 나이지만 총명하고 대담하다.

벼슬자리를 사고파는 부패한 세태에 분노하여 18세에 동학에 입도했다. 이듬해 팔봉
접주가 되어 동학군의 선봉장으로 해주성을 공략한다.

그 외 다수

용어정리

씬	장면(Scene)이라는 의미. 같은 장소, 같은 시간 내에서 이루어지는 일련의 행동이나 대사가 한 씬을 구성한다.
(E)	효과음(Effect)을 뜻하며, 보통 등장인물은 보이지 않고 소리만 들릴 경우에 사용한다.
점프	연속성이 없는 두 장면을 붙이는 편집 방식이다.
몽타주	따로따로 편집된 장면들을 짧게 끊어서 붙인 화면을 말한다.
인서트	화면의 특정 동작이나 상황을 강조하기 위해 삽입한 화면. 인서트 화면이 없어도 장면을 이해하는 데에는 별다른 지장이 없으나 인서트를 삽입함으로써 상황이 명확해지는 한편 스토리가 강조된다. 인서트 화면으로는 대개 클로즈업을 사용한다.
클로즈업	배경이나 인물의 일부를 화면에 크게 나타내는 것을 말한다.
(O.L)	오버랩(Over Lap). 현재의 화면이 사라지면서 뒤의 화면으로 바뀌는 기법이다.
DIS	디졸브(Dissolve). 앞 화면이 서서히 사라지고 다른 화면이 서서히 나타나는 것을 말한다.
F.O	페이드아웃(Fade-Out). 화면이 점차 어두워지면서 장면이 바뀌는 것을 말한다.
플래시백	회상을 나타내는 장면. 지금 일어나고 있는 사건의 인과를 설명할 때 쓰이기도 하고, 인물의 성격을 설명하기 위해 쓰이기도 한다.
(Na)	내레이션(Narration)을 지칭하는 용어로, 장면 밖에서 들려오는 목소리를 나타낸다.

9회

1.   (8회 엔딩씬에서 이어지는) 고부관아 수령 집무실 안 (낮)

이현   평소 소인에게 나라와 사직을 위해 목숨을 바치라 가르치셨던 분입니다. 작
        금의 위기 앞에서 사사로이 일신의 안위를 도모할 분이 결코 아니십니다.

석주   (말문 막히는)

박원명   황진사, 어찌하시겠소?

이현   ...

석주   (토하듯) 그리하지요.

박원명   오! 참으로 장하시오! 황진사, 고맙소!!!

석주   예... (이현을 노려보는)

        플래시백〉 7회 55씬의,

이현   **(독기 품고) 베푼 만큼 돌려받게 되실 것입니다.**

        현재〉

이현   진사나리... 소인이 성심껏 보필하겠습니다.

석주   (노려보는)

이현   (E) 제가 아는 복수는 두 가지뿐입니다. 하나는 복수...

이현   **플래시백〉8회 25씬의,
더 철저한 복수. (차가운 미소)**

현재〉
석주, 이현을 노려보는… 이현, 살기 어린 눈으로 보는…

박원명   허면 속히 가서 출정 채비를 해 주세요.
석주   그러지요. (박차듯 일어나 나가버리는)
이현   …

2.   동 대청 안 (낮)

노기 어린 표정으로 집무실을 나오는 석주. 비질하던 관노가 휘청대며 달려
가 댓돌에 신발을 바로 놓아준다.

석주   고맙네.

신을 신고 내려서던 석주, 관노를 얼핏 보다가 안색이 변해버린다. 한쪽 입가
에 자상을 입은 홍가다!

석주   아니… 자네?

홍가, 정신 나간 사람처럼 몸을 흔들며 실없이 웃는… 석주, 벙한.

이현   (E) 새로 들인 관노¹ 입니다.

석주, 돌아보면 이현이 걸어오며 엽전을 홍가에게 던진다.

---

1   관노: 관아의 노비.

이현	물러가라.
홍가	(냉큼 줍고 쪼르르 사라지는)
석주	(어안이 벙벙한) 아니, 이게 대체...
이현	(태연히 내려서며) 교생안을 불태워 소인을 향병으로 끌려가게 만들었답니다. 사또께서 중벌로 다스리려는 것을 소인이 특별히 선처를 부탁드렸습니다.
석주	니놈이 지금 나를 희롱하는 것이냐?
이현	참, 홍가의 말이 배후 같은 건 없다 하더군요. 하긴 배후가 있다 해두 그가 만약 지체 높은 양반이라면... 어느 사또가 그를 벌할 수 있겠습니까?
석주	해서 나를 전쟁터로 끌어들인 것이냐? 니 손으로 직접 벌하려구?
이현	(태연하게) 무슨 말씀이시온지 소인은 알아듣지 못하겠습니다.
석주	결코 니 뜻대로 되진 않을 것이다. 지휘관은 나니까. (가는)
이현	(정색하고 바라보는)

3. 황진사댁 / 석주의 방 안 (낮)

칼을 곁에 두고 앉은 석주, 초조함이 느껴진다. 명심이 눈물 그렁해서 앉아 있다.

석주	내가 없는 동안 바깥출입을 자제하고 외부인은 일절 들이지 마라.
명심	예.
석주	백가네 식솔은 물론 아전, 통인... 이현이와 연관 있는 자들을 각별히 조심하거라, 알겠느냐?
명심	(옅은 한숨) 괜한 걱정 마시구 오라버니의 안위만을 생각하시어요. 아무렴 백도령이 소녀에게 해코지를 하겠습니까?
석주	연관 있는 자들이라 하였어... 이현인 나와 함께 간다.
명심	(놀라는) 네?
석주	(불안한)

4.   백가네 집 안채 마당 안 (낮)

통인들, 곳곳에서 경계를 서는... 억쇠, 뒷짐 지고 지켜보는.

5.   동 백가의 방 안 (낮)

채씨, 침울하게 앉아 있는... 백가, 무장을 갖춘 이현과 마주 앉은...

이현   소자가 없는 동안 형방이 잘 보살펴드릴 것입니다.
백가   (피식) 아들이 이방 허니께 좋긴 좋구먼? 안 그려, 임자?
채씨   (꺼질 듯 한숨) 야... 좋아 디져블것소이... (흑! 북받치는)
백가   (탐탁찮은) 주책허곤... (이현에게) 사또 대신 황석주가 간담서?
이현   예.
백가   니가 엮은겨?
채씨   (놀라 이현 보는)
이현   (미소)
채씨   (불안한) 엮어서 머딜라고? 니가 머슬 으쩔라고?
백가   (능청스레) 아, 뻔헌 걸 머더러 물어싸? 둘이 갔다 혼자 올 모냥이제.
채씨   (헉!) 이현아...
이현   ...

억쇠, '이방어런!' 하며 들어온다. 일동, 보면

억쇠   (백가, 채씨 흘끔 보고) 쪼까 나와 보시지라이.
이현   ?

6.   동 행랑채 마당 안 (낮)

억쇠를 따라 나오던 이현, 멈춘다. 일각에 명심이 서 있다. 억쇠, 눈치껏 자리를 뜬다. 안타까운 표정의 명심. 묵묵히 바라보는 이현.

명심　그간... 무탈하셨습니까?

이현　작청에서 잡무나 보는 이방입니다. 예법대로 하대를 하셔야 합니다.

명심　(억장이 무너지는... 애써 참으며) 오라버니와 전장에 나가신다 들었습니다.

이현　헌데요?

명심　(차마 말을 잇지 못하고 망설이는)

이현　소인이 함께 가는 것이 마음에 걸리십니까?

명심　(힘들게) 그러면 아니 되겠지요... 그럴 리 없구, 허튼 생각이구, 부질없는 미망이겠지요. 허나 참담하게두... (눈물 맺히는) 그렇습니다.

이현　(덤덤히 보는)

명심　제발... 오라버니를 용서해주시어요.

이현　(보다가) 용서하기에는... 그분을 너무 존경했습니다.

명심　!... 도련님!

이현　(가는)

명심　(탄식... 두려워지는)

7.　**도임방 앞 (밤)**

별동대가 버티고 선 도임방에서 보부상들이 줄줄이 끌려나온다. 최경선, 두루마리를 읽는다.

최경선　탐관오리와 결탁혀서 물건으 유통을 독점헌 죄! 무명잡세로 양민들 호주머니를 턴 죄! 창으군얼 학살헌 죄! (두루마리 내리고) 금일부로 팔도보부상 전라도임방을 해산헌다!

화톳불에 기름을 끼얹는 이강. 불길이 확 일어난다.

해승　순순히 체장²을 반납하고 고향으로 돌아가시오!

보부상들, 차례로 책상 앞에 앉은 정백현, 오시영에게 체장을 반납한다.
체장이 화톳불에 던져진다. 굳은 표정의 이강, 여각 쪽을 보는...

8.   전주여각 / 자인의 집무실 안 (밤)

창의군들, 분주히 오가는... 유월, 불안한 듯 서 있는... 자인, 묵묵히 차를 따
른다. 송희옥이 앞에 앉아 있다.

송희옥   송봉길이 으덨소?
자인   성문이 닫히기 전에 저희 행수와 성을 빠져나갔습니다. (찻잔을 송희옥에게
내밀며) 지금쯤 어디 경치 좋은 누각에서 약주나 드시고 계실 겝니다.
송희옥   (미심쩍은 듯 보는)
유월   참말이랑게요... 믿어주셔라...
송희옥   보부상들과 내통허다 발각되는 날엔 각오허쇼이.
자인   (미소)

9.   동 자인의 침소 안 (밤)

자인, 이마를 괴고 앉아 있다.

유월   (E) 객주님... 이강이가 왔는디라.
자인   (고개 들어 문가를 보는)

10.   동 앞 (밤)

─────────

2   체장: 나라가 발급한 보부상 증명서.

이강과 유월, 서 있다. 안에서는 아무런 기척이 없다.

이강　(착잡한) 잠깐만 보게.

11.　다시 침소 안 (밤)

망설이는 자인... 곁에는 호롱불이 타고 있다.

12.　동 앞 (밤)

침소의 불이 꺼진다.

유월　그냥 가야겠다.
이강　이녁헌틴 암일도 없을텅게 너무 걱정 말어.

유월, 이강을 잡아끄는... 따라가던 이강, 발길이 떨어지지 않는 듯 멈추어 돌아본다.

13.　다시 침소 안 (밤)

캄캄한 어둠 속, 심란한 자인의 모습 위로...

덕기　(E) 인자 진짜 어른이 되신 깁니더.

플래시백〉 7회 60씬의,
덕기　(싱긋) 사랑예.

현재〉

꺼질 듯 한숨을 내쉬는 자인의 표정에서.

14.   전라감영 외경 (낮)

창의군들, 경계를 서는… 동헌 쪽 지붕 위에 '대장소' 깃발이 펄럭이는…

15.   동 객사 일실 안 (낮)

유월, 둘러앉은 별동대 앞에 찬을 바리바리 내려놓는다. 눈이 휘둥그레져 군침을 삼키는 별동대.

유월   많이 자시고 기운들 내쇼이. 이강이 늠이 실수혀도 이쁘게 봐주시고요이. (봄동 겉절이 턱 올리면)

동록개   (깜짝 놀라) 요건… 봄똥³!

유월   (싱긋) 물 말어 잡숴 봐. 끝내줘어.

김가   (물 부으며) 다들 말어, 빨리!

별동대   (허겁지겁 물 말아 먹는)

해승   서로 뻔한 처지에 이리 민폐를 끼쳐도 되는지 모르겠수.

이강   아따, 봄똥은 꼬꿉쟁이⁴도 노나묵는다잖여라. 근디 장군님 건 읎어?

유월   (보자기에 싸인 단지 내밀며) 묵히덜 말고 아삭아삭헐 띠 드시라개.

이강   (히! 웃는) 알었어.

유월   (별동대들 행복해하며 먹는 모습 흐뭇하게 보다가) 내일은 봄똥으로 문지⁵나 해다 드리면 쓰겄네이.

별동대   (멈칫)

번개   우덜 내일 여그 읎는디라?

---

3   봄동: 겨울을 난 배추.
4   꼬꿉쟁이: 구두쇠.
5   문지: 부침개의 전라도 방언.

유월	... 야?
버들	아직 야그 안 헌거?
이강	(대꾸 대신 서툰 젓가락질로 봄동 집는)
해승	내일 충청도로 올라갑니다.
유월	(불길한) 충청도요?
해승	거기도 의병들이 싸우고 있거든요. 합세해서 한양으로 밀고 가야지요.
유월	(철렁) 개두... 아직 지대로 쉬도 못혔을 턴디...
이강	(봄동을 집어 유월의 입가에 내밀며) 엄니도 묵어 봐.
유월	이강아...
이강	걱정 말어... 인자 저굼질도 잘허잖애. (미소)
유월	(눈물 그렁해지는)

16. 도임방 앞 (낮)

부서진 현판조각... 재만 남은 화톳불... 굳게 닫힌 대문 위로 '禁' 자가 적힌
종이가 붙어 있는... 일각에 걸터앉아 도임방을 하염없이 바라보던 자인, 한
숨 내쉬는...

이강	(E) 오매, 땅 꺼져블것네이.

자인, 보면 이강이 서 있다.

이강	아부지 잘 피신혔겄다, 다친 늠 없이 이 정도로 끝난 게 으디여? 그만허고 기운 내드라고.
자인	(보는)
이강	(씨익 웃는)
자인	(심란한 듯 시선을 도임방으로 돌리는)
이강	으따 애절허네이. 도임방에 숨겨둔 재물이라도 있는거?
자인	쩌그... 내 고향이여.
이강	(보는)

자인	나가 울 엄니 잡아묵고 태어난 년이구먼... 아부지 장터 나가믄 임방 아재들
	이 업어주고 젖동냥허고 똥기저귀 갈고 그랬디야... 아재들허고 맨날 돈치기
	허고 막걸리 얻어묵고 담배도 몰래 폼고... 넘들이 머라개도... 나헌틴 참 선한
	사람들이었구먼.
이강	(쓸쓸한) 알고 본믄 나쁜 사람 있간디? 다 이늠으 시절이 웬수제.
자인	(깊은 한숨 내쉬는)

이강, 걸어가 길바닥의 흙을 파낸다. 자인, 의아한 듯 보는... 작은 구멍을 판 이강, 근처에 금을 찍 긋고 자인을 돌아본다.

이강	으며... 한판 해 볼텨?
자인	(옅은 미소) ... 후회할 텐데?
이강	봐달라고나 말어. 나가 타짜여.

〈시간경과〉

엽전 하나 들어가 있는 구멍. 그 옆에 툭 떨어지는 동전... 금을 밟고 선 이강, 쩝...

자인	대.
이강	(이마를 내미는)
자인	(사정없이 딱밤을 때리는)
이강	(움찔... 빈정 상하는) 이. 그려. 바라던 바여.

자인, 던지면 쏙 들어가고... 이강, 던지면 못 미치고... 맞고... 또 못 미치고... 맞고... 잔뜩 열 받은 이강, 던지면 마침내 성공! 잔뜩 벼르며 돌아서는 이강... 이미 저만치 물러나 있는 자인.

이강	일루 와. 괜찮애.
자인	(고개 젓는)
이강	다 한순간이여. 어여 와.

자인   (고개 젓는)

이강   (짜증) 그려, 알었어... (자기 이마에 때리고) 됐제? 애초에 때릴 맴도 읎었당
게. 나가 사내대장부여. (하다가 냅다 쫓아가는)

자인, 꺅! 비명을 지르며 도망치는... 이강, '거그 서!' 쫓는!

17.   다른 거리 + 골목 (낮)

깔깔대며 모퉁이를 뛰어나오던 자인, 누군가와 살짝 부딪힌다. 번개와 순찰
을 돌던 버들이다.

자인   미안해요! 정말 미안해요. (하며 골목으로 숨어들어가는)

버들, 번개, 의아한 듯 보는데 이강이 숨을 몰아쉬며 나타난다.

이강   송객주, 못 봤냐?

번개   송객주?

이강   (못 봤다 싶은, 두리번대며) 잡히기만 혀... 주먹이여.

버들   (골목의 자인을 흘끔 보는)

자인   (말하지 말라는 듯 사정하는 시늉)

버들   (시큰둥하게 자인 가리키며) 여깄구먼.

자인   (헉!)

이강   (발견하고) 송자인~!!!

자인   (비명을 지르며 도망치는)

이강   (아씨, 투덜대며 쫓아가는)

버들   (쓸쓸하게 보는)

번개   둘이 정분난 거 맞제?

버들, 번개 뒤통수를 팍 치고 가는... 번개, 우쒸~ 따라가는...

18. 그네가 있는 연못가 (낮)

이강, 모퉁이를 돌아 헐레벌떡 나오다 멈칫. 그네 줄을 잡고 선 자인, 싱긋 웃는다.

이강 밀으라고?
자인 (끄덕이는)
이강 에이 싫어... 모양 빠진당게.
자인 (쓰읍)
이강 아, 알었어, 알었어... (꿍얼대며 다가가는) 상전이여, 상전.

〈시간경과〉

환호성을 지르며 하늘로 솟구치는 자인. 그네 틀 중간에 서서 도약할 때마다 힘차게 밀어 올리는 이강... 어린애처럼 즐거워하는 자인... 흐뭇하게 바라보는 이강.

자인 백이강!
이강 이?
자인 나한테 왜 이러는 건데?!
이강 먼 소리여?
자인 왜 잘해주냐구?!
이강 ...
자인 엄니 때문에 그래?!
이강 고것만은 아니고.
자인 뭐라구?!

이강, 망설이는... 자인, 오락가락하면서 이강을 주시한다.

이강 (작심한 듯) 이봐, 송객주. (보는데)

쾅!!! 하는 굉음이 들려온다. 이강, 보면 하늘로 솟구쳤다가 서서히 낙하하는
자인... 그 너머로 맹렬히 날아오는 포탄!!! 이강, 자인을 낚아채서 엎드린다.
포탄이 이강 일행을 지나쳐 연못에 떨어진다. 거대한 물기둥이 솟구친다. 자
인, 헉! 하는...

이강　　경군이여!

자인　　!

19.　　완산 언덕 (낮)

도열된 대포들이 차례로 불을 뿜는다. 일각에서 천리경(작은 쌍안경 형태)으
로 전주성을 내려다보는 홍계훈. 곁에 이두황이 서 있다.

홍계훈　　(천리경을 내리고) 계속 퍼부어.

이두황　　(포대에 외치는) 포격을 계속하라신다!

홍계훈, 돌아서면 이규태가 석주, 이현과 서 있다.

이규태　　고부에서 향병대가 왔습니다.

석주　　고부군수를 대리하여 온 진사 황석주라 합니다.

홍계훈　　(본체만체... 이규태에게) 진입로로 데려가 매복에 합류시키게.

이규태　　예. 영감. (하는데)

순간, 포대의 병사가 튕기듯 쓰러지고 뒤이은 총성이 울린다. 일동, 일제히 몸
을 숙이거나 은폐물 뒤로 숨는다.

홍계훈　　어디냐!

이규태　　전주성 쪽입니다!

홍계훈　　... 천보총이구만!

20. 전주성 성곽 위 (낮)

별동대와 창의군들, 성가퀴에 바짝 붙어 있는... 성벽 끝에 고정된 지지대 위에 올려진 천보총! 해승, 측방의 연기가 자욱한 숲을 향해 방아쇠를 당긴다. 곁에서 귀를 막고 있던 이강, 신속하게 삭대로 총강을 쑤시고 총알을 집어넣는... 해승, 화구에 화약을 쟁이는...

이강　쓰벌... 언 발에 오줌 누기 겉은디!

해승　(조준하며) 놈들도 마찬가지야!

이강이 귀를 막는 것과 동시에 방아쇠를 당기는 해승. 쾅!!!

21. 다시 언덕 (낮)

포탄상자가 부서지면서 포탄이 쏟아진다.

이규태　포대를 뒤로 물리셔야 합니다.

홍계훈　(피식) 이거 성가시게 됐구만...

이현　(나서며) 송구하오나 초토사 영감.

홍계훈　(보면)

이현　(총을 풀며) 소인에게 맡겨주십시오.

석주　!

이두황　무엄하다, 이놈! 아전 따위가 감히 어느 안전이라구! (하는데)

나무에 박히는 총탄! 움찔하는 이두황.

홍계훈　아주 좋은 총을 갖고 있구나. 실패하면 허세를 떤 대가를 치를 것이야.

이현　(끈을 꺼내며) 잠시... 천리경을 빌려도 되겠습니까?

홍계훈	?

22.   산길 + 언덕 (낮)

천리경과 총을 쥐고 뛰어 내려가는 이현. 언덕에서 내려다보는 홍계훈 등...

23.   다시 성곽 위 (낮)

불을 뿜는 해승의 천보총.

24.   다시 포대 앞 (낮)

포신에 불꽃이 튀고 유탄을 맞고 쓰러지는 경군... 불을 뿜는 대포!

25.   성 앞 수풀 (낮)

성벽을 때리는 포탄! 창의군들, 일제히 움찔하는... 성 앞 수풀로 뛰어들어 엎드리는 이현. 성벽 너머로 측방 완산을 향해 사격하는 해승과 이강의 모습이 보인다. 끈으로 천리경을 묶어 매듭을 만드는 이현.

26.   다시 성곽 위 + 성 앞 수풀 (낮)

천보총이 불을 뿜는다. 이강, 물을 부어 총구를 식힌다. 치~ 하며 김이 피어오르는... 수풀에서 상체를 일으켜 조준하는 이현. 천리경을 머리에 감아 눈과 밀착시킨 상태다. 재장전하는 이강의 모습이 천리경 안에서 어지럽게 흔들린다. 해승이 조준을 하면서 서서히 움직임이 잦아드는 천보총... 조준하는 이현... 천리경 중앙에 천보총의 약실부가 자리잡는다! 거의 동시에 방아쇠를 당기는 해승과 이현! 순간, 천보총의 화구에 불꽃이 튀면서 약실부가 폭발한다! 나자빠지는 해승! 깜짝 놀라 두리번대는 별동대! 이강, 숲에서 번쩍하는 천리경의 반사광을 감지한다! 몸을 돌려 도주하는 이현의 뒷모습이 시야에 들어온다!

이강   (가리키며) 버들 접장!

버들이 급히 조준을 하지만 이내 숲속으로 사라지는 이현. 버들, 칫! 총을 내리고... 꺾인 천보총을 허탈하게 바라보는 이강.

27.   경군 초토사 막사 외경 (낮)

홍계훈의 통쾌한 웃음소리가 들려온다.

28.   동안 (낮)

홍계훈 앞에 이현, 서 있다. 불편한 기색의 석주, 앉아 있다.

홍계훈   나 이거야 원... 이 촌구석에서 조선 최고의 명포수를 만날 줄이야.
이현   과찬이십니다. 초토사 영감.
홍계훈   황진사라 하셨소?
석주   예.
홍계훈   저자는 내가 쓰겠소.
이현   ...
석주   허나 영감, 백이방은 고부 향병대의 부관입니다.
홍계훈   저런 재주를 가진 자를 총알받이로 허비할 수는 없지 않소?
석주   총알받이라니요? 말씀이 좀 과하신 듯합니다.
홍계훈   (거슬리는... 피식) 예우를 해주었더니 아예 상투를 잡자고 드는구만.

석주	영감!
홍계훈	이봐, 진사양반. 여긴 시골 서당이 아니야... 토를 달았다간 회초리가 아니라 칼을 맞는 곳이라구. 알아?
석주	(파르르 떠는)
이현	...

29.   전라감영 / 관찰사의 집무실 안 (낮)

전봉준 등 지도부, 다급히 들어와 앉으며 대화한다.

최경선	놈들이 완산에 진을 쳤습니다.
김개남	길목을 지킴서 장기전을 허겠다는 수작이여.
손화중	공성전을 예상하고 완산을 비워 둔 것이 실책입니다.
전봉준	... 충청도의 전황은 새로 들어온 것이 있는가?
송희옥	옥천, 회덕에 이어 보은, 목천에서도 의병들이 봉기했다고 헙니다.
김개남	싸게 충청도로 가야 돼야. 안 그믄 갸들 각개격파 당헐 것이구먼.
손화중	허나 홍계훈의 경군이 요처를 선점하고 있습니다. 설불리 공격했다간 도리어 낭패를 볼 것입니다.
최경선	달리 방도가 없잖여라... 속전속결혀야 됩니다.

지도부들, 전봉준을 바라본다. 심각한 표정의 전봉준.

30.   전주성 성곽 위 (밤)

곳곳에 화톳불을 피우고 삼엄하게 경계를 서는 창의군들... 저만치 완산에서 아련한 폭음과 함께 불꽃이 번득인다. 움찔하는 창의군들... 성가퀴 일각에 기대어 앉은 별동대.

김가	개자식들... 전쟁 참 재미없게 하네.

동록개	홍계훈이 저늠이 원래 새가슴이라 그랴. 임오년에 군란 띠도 싸울 생각은 않고 왕비마마 들쳐업구 튀었대잖애.
번개	고때 나가 있었으믄 민씨 고 잡것들 씨를 말려 부렀을 틴디...
버들	임오년이믄 니 엄니 젖 묵고 있을 띠여.
번개	(쩝)
해승	그때 대원위대감[6]이 청나라에 끌려가지만 않았어도... 지금 나라 꼴이 이렇게 되진 않았을 텐데...
이강	긍게 우덜이 싹 쓸어불자고요. 청나라 믿고 깝치는 민씨족속들 말여라.

대장장이, 나타나 화덕 곁에 선다.

대장장이	여그 있었구먼.
이강	(다가서며) 천보총 으째 됐소?
대장장이	글렀어.

총성! 대장장이가 머리에 총을 맞고 쓰러진다. 이강, !!!

번개	적이다!

별동대, 일제히 성 밖을 겨누는... 그러나 어둠 속에 적막만이 감도는...

이강	머여?

어둠 속에서 불빛이 번쩍하더니 총성과 함께 화톳불 곁의 병사 한 명이 픽 쓰러진다.

버들	그늠이여!

---

6   대원위대감: 세간에서 홍선대원군을 부른 호칭.

버들, 불빛이 번득였던 곳을 사격하는... 순간 그 옆에서 번쩍! 총성과 함께 화톳불의 병사 또 쓰러지는... 버들, 총구를 옮겨 응사한다!

31.   수풀 안 (밤)

나무 뒤로 몸을 숨기는 이현, 장전한 뒤 근처의 나무로 신속히 이동한다. 숨을 고른 뒤 다시 성을 향해 사격한다.

32.   다시 성곽 위 (밤)

성벽에 머리만 내밀고 바라보던 의병이 총을 맞고 쓰러진다. 당황하여 어쩔 줄 모르는 창의군들... 이강, 화톳불을 걷어차는...

이강   (외치는) 불 꺼! 불 끄라고!!!

넘어지거나 물 끼얹어지는 화톳불들... 성곽이 순식간에 캄캄해지고 정적에 잠긴다. 놀란 눈동자들... 두려움이 담긴 거친 호흡소리...

이강   (성 밖 보며 허탈하게) 저늠 뭐여?

33.   경군 군영 / 이현의 막사 안 (밤)

초라하고 좁은 실내... 이현, 들어와 탄띠를 푼다. 착잡한 기색이 역력하다. 노기 어린 석주, 들어온다.

석주   이리도 잔인무도한 놈이었더냐?
이현   (노기를 억누르며) 초토사의 영을 수행하였을 뿐입니다.
석주   니놈의 흉계를 안다.

이현	(보는)
석주	내게서 멀리 떨어진 연후에... 기회를 봐서 저격하려는 것이겠지.
이현	오발탄에 아군이 당하는 경우가... 더러 있다고 들었습니다. (하는데)
석주	(멱살을 잡아 밀치는) 내가 그리 호락호락할 성 싶으냐!
이현	(보다가 피식) 고정하십시오.
석주	가증스러운 놈. (멱살을 홱 풀고) 일본에서 배운 것이 기껏 사람 죽이는 법이었더냐?
이현	죽지 않으려면 죽여야지요. 살아남는 법을 배운 것입니다.
석주	공격할 의사도, 능력도 없는 자들이었어! 명분 없는 살인의 변명치곤 치졸하다는 생각이 들지 않느냐?
이현	전쟁터에 명분 있는 살인이란 게 있기는 한 겁니까?
석주	(보는)
이현	그 잘난 명분이란 것이 전쟁을 낳습니다. 허나 전쟁에서 제일 먼저 전사하는 것이 바로... 명분입니다.
석주	요설 늘어놓지 마라.
이현	전투가 벌어지면 똑똑히 알게 되실 것입니다. 치졸한 건 전쟁이지... 제가 아닙니다. (냉혹한 미소)
석주	(섬뜩한)

34. 전주성 성곽 위 (밤)

성가퀴에 기대어 앉아 거적으로 몸을 덮은 별동대. 이강, 번개, 해승 거적을 함께 덮고 있다. 김가와 동록개가 함께... 버들은 홀로 덮고 있는.

동록개	염병... 화톳불 놔두고 요거이 먼 지랄이여?
해승	별수 없잖수. 언제 또 총알이 날아올지 모르니.
동록개	그늠 참 귀신 겉은 늠이드먼... 참말로 귀신 아녀?
김가	(쓰읍) 거, 재수 없게스리...
번개	(오한이 드는 듯 기침하는)
버들	고뿔 들린 거 아녀?

번개	암시랑토 안혀.
이강	(팔 둘러 당겨 안는) 이리 와.
번개	으째 이려!
이강	가만있으. 니 고뿔 나가 확 묵어불랑게.
번개	(버둥대며) 징그럽당게! 고로코롬 안고 잡음 가서 송객주나 안드라고.
별동대	!
이강	(뜨악한) 머시여?
번개	버들 누야허고 나가 다 봤구먼. 둘이서 정분 나가꼬 오도방정 떨어쌋는 거 말여.
동록개	정분?
이강	(당혹, 너털웃음) 오매, 대그빡 피도 안 마른 늠이 참말로 못 허는 소리가 없구먼... 아녀요.
동록개	버벅대는 거 봉게 정분 났는디 뭘.
이강	아, 아니랑게요! (투덜대는) 속고만 살았나 참말로...
김가	이제 보니 백접장한테 장갑 준 여자가 송객주였구만!
이강	(말문 막히는... 머뭇대다 해승과 눈이 마주치는)
해승	(씨익 웃는) 고운 사람이 줬댔지, 아마?
이강	(졌다는 듯 한숨 쉬고) 정분은 아니고 혼자 가슴앓이 허는 거니께 모른 척들 허쇼.

별동대, 워~ 탄성 터지는... 버들, 씁쓸한 미소.

김가	미친 척하고 가서 고백해. 전주에서 제일 돈 많은 여자라던데 밑져야 본전이 잖아.
동록개	송객주도 마음 있당게. 저 비싼 장갑에다 엄니까지 챙개주는디 고거이 보통 마음으로 되간디?
번개	잘허믄 한양 가기 전이 국수 먹겄는디라?

별동대, 또 워~ 하는...

| 이강 | 우덜 중에 말여... 살어 돌아온다고 장담헐 수 있는 사람 있소? |

별동대   ...

이강   곱디나 고운 사람인디... 상처 내믄 안 되잖애.

별동대, 숙연해지는... 버들, 애틋하게 이강을 바라보는... 이강, 착잡한...

35.   성당 안 (밤)

프랑스인 신부가 미사를 집전하고 있다. 신분에 상관없이 성별로만 나뉘어 맨바닥에 앉아 있는 신도들... 자인, 기도하고 있는...

신부   하늘에 계신 우리 아비신 자여. 네 이름의 거룩하심이 나타나며 네 나라이 임하시며 네 거룩한 뜻이 하늘에서 이룸같이 땅에서 또한 이루어지이다...[7]

신부 소리 잦아들며 기도하는 자인의 모습 위로 내레이션 깔리는.

자인   (Na) 저를 긍휼히 여기시듯 그이를 긍휼히 여겨주시옵구...

인서트〉16씬의, 돈치기를 제안하며 미소 짓는 이강.
인서트〉7회 7씬의, 눈가리개가 풀리면서 나타나는 이강의 모습.
인서트〉8회 68씬의, 자인을 보고 씨익 웃는 이강의 모습.

자인   (Na) 저를 사랑하시듯 그이 또한 사랑해 주시옵구... 빛이 되어 주시옵구... 힘이 되어 주시옵구... 지켜주시옵구... 지켜주시옵소서.

36.   전라감영 동헌 + 대청 안 (밤)

---

7   출처:「천주교성교공과(텬쥬셩교공과)」/ 연출부에서 천주교 관련 도움 받을 수 있는 곳 – 재단법인 한국 교회사연구소 (http://www.history.re.kr/)

'宣化堂(선화당)' 현판이 걸린... 전봉준, 대청가에 서서 동헌을 응시한다. 고뇌가 깊은... 최경선, 동헌을 가로질러 대청 앞에 선다.

최경선   찾으셨능게라?

전봉준   오늘따라 밤공기가 유난히 차갑구만.

최경선   긍게 침소에 기시지 으째 나와 계십니까?

전봉준   (손가락을 비벼 습도를 가늠하는) 바람이 눅눅한 것을 보니... 새벽에는 안개가 자욱하겠어.

최경선   그렇겠지라이.

전봉준   새벽에... 공격하세.

최경선   !... 접주들 모으겠습니다. (가는)

전봉준   ...

37.   완산 구릉 (새벽)

안개가 자욱한 개활지... 횡대로 밀집대형을 갖춘 석주와 향병들. 맞은편에 숲이 보이는... 일각에서 어지러운 발자국 소리... 향병들, 흠칫해서 보면, 당손이 감영군을 이끌고 나타난다.

당손   놀라지 마라. 감영군이다.

향병들, 안도하고 감영군들이 대열 뒤에 감시하듯 도열한다.

당손   경군들 총알받이나 하게 되다니... 제대를 하든지 해야지, 원... (하다가 석주 보고 티껍게 침 퉤 뱉는)

석주   ...

당손   진사나리 덕분에 이방씩이나 된 우리 처남도 왔다 하던데... 어디 있습니까?

석주   초토사와 함께 있을 것이네.

당손   (뜨악한)

38. 산비탈 (새벽)

홍계훈, 이현과 함께 서 있다. 이규태와 이두황이 이끄는 경군 총병들이 매복해 있다. 모두 안개가 자욱이 깔린 구릉지대를 내려다보는...

홍계훈 전투가 개시되면 전봉준을 찾아 죽여라.
이현   동비들이 선공을 해 오겠습니까?
홍계훈 분명히 온다. 놈들은 지금 전주에서 꾸물댈 겨를이 없거든.

39. 숲속 (새벽)

안개가 자욱이 깔린... 적막만이 감도는... 안개 속에서 서서히 모습을 드러내는 창의군들... 기도비닉을 유지하며 천천히 전진해 오는... 김개남, 손화중, 김덕명의 모습에 이어 최경선과 별동대의 호위를 받는 전봉준이 나타난다!

40. 다시 구릉 (새벽)

석주와 당손의 부대, 숲 쪽을 주시하고 있다.

당손 (투덜대는) 동비는 개뿔, 노루새끼 한 마리 안 보이는구만. (하는데)
석주 쉿! (칼자루를 바투 쥐고 전방을 주시하는)

당손, 흠칫 전방을 주시하는... 안개 너머 희미하게 들려오는 의문의 소리... 사각사각... 일동, 숨이 멎을 듯한 긴장감으로 귀를 기울이는... 점점 더 또렷해지는 소리... 젖은 낙엽을 즈려밟는... 사각사각사각!

석주 (칼을 뽑으며) 적이다!

안개 속에서 함성을 지르며 뛰쳐나오는 창의군들, 노도처럼 관군을 덮쳐간
다. 극도로 흥분한 채 칼을 겨눈 석주의 모습에서.

41.   황진사댁 명심의 방 안 (새벽)

명심   (상체를 벌떡 일으키며) 오라버니!!!

침의 차림의 명심, 헉헉 숨을 몰아쉬는... 이내 꿈이었음을 깨닫는다. 문가에
는 아침 햇살이 찾아들고... 명심의 눈동자에 두려움이 가득한...

42.   산길 (새벽)

안개가 자욱한... 이현이 총을 들고 뛰어 내려온다.

43.   숲속 (새벽)

고립되어 사투를 벌이는 석주. 숨바꼭질이라도 하듯 안개 속에 숨어 있다 공
격해오는 창의군들! 한 명을 베면, 다른 쪽에서 튀어나오고 또 베면 또 다른
쪽에서 달려드는 창의군! 간신히 베고 난 뒤 공포에 휩싸이는 석주!

44.   근처 숲속 + (43씬의) 숲 교차 (새벽)

안개 속의 이현, 어딘가를 조준하고 있다. 저만치 숲에서 주위를 두리번대는
석주의 등을 겨누고 있다.

플래시백) 6씬의,
명심   **제발... 오라버니를 용서해주시어요.**

현재〉

이현, 갈등하는...

그때 창의군 장수가 석주에게 달려든다. 장수의 배를 찌르는 석주의 허벅지에 죽창이 박힌다! 죽창병과 뒤엉켜 육박전을 벌이던 석주, 돌로 내려쳐 죽인다. 순간, 뒤에서 칼을 치켜드는 누군가! 공포와 흥분에 휩싸인 석주, 울부짖으며 돌아보다가 멈칫한다. 칼을 치켜든 채로 멈춰버린 사내, 전봉준이다! 석주와 전봉준, 순간의 찰나에 만감이 교차하듯 시선을 주고받는다.

석주   (절규하듯) 죽여!!!

일각, 최경선과 함께 싸우던 이강, 석주의 목소리에 돌아본다. 갈등하는 전봉준의 모습이 보인다. 순간, 탕! 하는 총성과 함께 전봉준의 관자놀이 부근에서 핏방울이 튄다.

석주   !
이강   장군!

전봉준, 휘청하며 뒤로 몇 걸음 물러서더니 털썩 무릎을 꿇는다. 전봉준의 멍한 시야로 희뿌연 안개 속 사내의 실루엣이 보인다. 차분하게 재장전하는 모습의 이현이다. 이강, 허겁지겁 달려와 전봉준을 부축해 일으킨다. 석주와 눈이 마주친다. 살기를 느끼지만 이내 전봉준과 도주하는 이강. 이현이 쏜 총알이 전봉준의 다리에 명중한다. 축 늘어지는 전봉준을 악착같이 끌고 가는 이강! 창의군 두어 명이 도주하는 이강과 전봉준을 호위한다. 탕! 탕! 맥없이 쓰러지는 창의군들... 장전된 총알이 다 떨어진 이현, 총구를 내린다. 망연자실한 석주, 안개 속으로 사라져가는 이강과 전봉준을 바라본다. 최경선이 나타나 거들고... 별동대들, 주위를 살피며 뒷걸음질 쳐서 퇴각하는 모습에서...

〈시간경과〉

화창한 하늘... 안개가 말끔히 걷힌... 시체들 사이를 누비며 부상자를 사살하는 경군들... 넋이 나간 듯 멍한 석주의 시야에 저만치 쪼그려 앉은 당손이 보인다.

당손 (남몰래 눈물 찍어내며) 이거 정말 제대를 하든지 해야지 원...

석주의 다리께에 누군가 헝겊을 떨군다. 석주, 보면 이현이다.

이현 지혈을 하시지요.
석주 ...
이현 이제 실감이 좀 나십니까? 진사나리께서 제게 무슨 짓을 했었는지...
석주 (킬킬대는)
이현 (보는)
석주 어찌하여 나를 쏘지 않은 것이냐? 천재일우의 기회가 아니었더냐?
이현 (씁쓸한 듯 피식) 글쎄요... 진사나리의 표정 때문이라고 해 두지요.
석주 뭐라?
이현 겁에 질려 계시더군요... 한 번쯤은... 더 보고 싶어진 모양입니다. (가는)
석주 (치욕스러운)

45. 전주여각 / 자인의 집무실 안 (낮)

자인, 초조한 표정으로 서성대는...

유월 (E) 이강아!
자인 !

46. 동 마당 안 (낮)

격앙된 표정의 이강, 지게를 진 창의군들과 들어온다.

유월	멀쩡헌겨? 다친 디 읎어? (피 묻은 옷 살피며) 으디 좀 봐. (하는데)
이강	암시랑토 안 혀. (유월의 손을 밀어내며 대청으로 향하는) 송객주 안에 있어? (하는데)

자인이 급히 나온다.

자인	백이강, 괜찮아?
이강	(초조한) 약재가 필요혀서 왔는디, 있능가?
자인	괜찮냐구 묻잖아!
이강	(짜증) 아, 약재 있냐고!!
자인	!

47. 동 헛간 안 (낮)

이강, 다급히 창의군들과 지게에 약재를 싣는다. 자인은 문가에서 묵묵히 이강을 바라보는...

이강	(못마땅한) 거 싸게 좀 헙시다! 사람이 죽어나간다니께!

이강의 성화에 창의군들, 서둘러 약재를 실어 나간다.

이강	염병... (약재자루 둘러메는)
자인	거기 잠깐 서 봐.
이강	인사는 담에 허세.
자인	글쎄 서 보라구!!!
이강	(멈칫 보는)
자인	(자루 낚아채 옆으로 던지고) 진정해. 니 정신... 아직 전쟁터에 있어.
이강	...
자인	(손 잡으며) 크게 숨 좀 쉬어 봐... 몇 번이면 돼.

자인을 보던 이강, 천천히 숨을 들이마셨다가 뱉는다. 자인, 격려하듯 따뜻하게 바라보는... 심호흡을 반복하면서 안정을 찾아가는 이강, 비로소 감정이 북받쳐 오른다.

이강   장군이... (울컥하는... 애써 참고) 장군이 많이 다쳤구먼.
자인   지금은 니 생각만 해... 넌 최선을 다해 싸웠구... 살아서 돌아왔어. 그럼 된 거
        야.
이강   (눈물 맺히는)
자인   (먹먹한) ... 고마워.
이강   (설핏 미소) 뜬금없이 머시 고맙단겨?
자인   (눈물 그렁한) 내 앞에서 이렇게... 숨 쉬고 있어줘서.

자인, 이강을 끌어안는다. 이강, 경직!

자인   할 수 있는 거라곤 기도밖에 없지만... 빌고 또 빌 거야... 살아 있게 해달라
        구... 그러니까 너도 약속해... 죽지 않겠다구.

갈등하던 이강, 자인의 팔을 천천히 떼어내는... 자인, 보면...

이강   하루살이매이로 살다가 불나방으로 죽는 거이 으병이여. 마음 주덜 말어.
        (가는)
자인   (안타까운)

48.   **동 마당 (낮)**

       이강, 뛰쳐나온다. 착잡한...

49.   **다시 헛간 안 (낮)**

자인, 꺼질 듯 한숨 내쉬는...

50.   전라감영 / 내삼문 앞 마당 (낮)

부상자들로 가득한... 의원과 아낙들이 분주히 오가며 치료를 하고 있다.
부상자의 상처를 지혈하는 유월의 모습도 보인다. 송희옥이 들어와 집무실
로 향한다.

51.   동 관찰사의 집무실 안 (낮)

머리에 붕대를 감은 전봉준과 침통한 지도부들, 앉아 있다. 전봉준 옆에 꿇
어앉은 최경선이 허벅지에 박힌 총알을 빼낸다. 전봉준, 미동도 하지 않고 고
통을 참아낸다.

전봉준   적들도 피해가 만만치는 않으나... 승전만 해오던 창의군의 충격이 클 것이오.
최경선   (착잡한) 쪼까 힘드실 겁니다. (고름을 긁어내는)
전봉준   (이를 악무는... 몸이 떨리는)
지도부   (침통한)
전봉준   (꾹 참으며) 해서 무엇보다도... 병사들의 사기 유지에 만전을 기해주시오.

송희옥이 '장군!' 하며 급히 들어온다. 일동, 보면.

송희옥   나주에 있는 오권선 접주헌티서 급보가 왔습니다!
전봉준   급보라니?
송희옥   나주목사 민종렬이 군사를 일으켰다 헙니다!
일동   !
김개남   엎친 데 덮친다드니면... 나주까지 손을 보고 올라왔어야 했어.
손화중   민종렬이 북상하여 경군과 합류할지 모릅니다. 속히 군사를 보내 막아야 합
니다.

전봉준   장수는 누가 적임이겠소?

52.   동 전각 지붕 위 + 아래 (낮)

이강, 야트막한 전각 지붕 위에 드러누워 하늘을 바라본다.

플래시백〉 47씬의,
이강을 끌어안는 자인.

현재〉
이강, 착잡한... 버들이 전각 아래로 다가선다.

버들   한참 찾었네... 거서 머더냐?
이강   (상체 일으키는) 먼 일이여?
버들   대장이 모이랴.
이강   ?

53.   동 객사 일실 안 (낮)

최경선 앞에 해승, 김가, 동록개, 번개, 서 있다. 이강, 버들과 들어온다.

최경선   이 판국에 농땡이나 치고 있는겨! 장군 구했다고 유세허는 거여, 머여!
이강   미안헙니다. 쪼까 생각헐 거시 있어가꼬...
최경선   다딜 잘 들어. 나주목사가 껍쩍거래가꼬 나가 거그 진압을 허러 가게 됐응게 장군 잘 보필들 혀.
번개   대장도 없는디 우덜끼리 뭘 으쩌라고라?
최경선   대장 새로 뽑으믄 되잖애.
버들   해승 접장이 허믄 되겠네요.
해승   난 접장 말군 장짜 들어가는 건 죽어도 안 해.

동록개	(큼) 그믄 뭐 나이 순으로 혀야겄네이.
번개	나이 어린 순으로 말이지라?
김가	벌써부터 자리 밝히면 못써. 대장, 외모 순으로 합시다.

버들, 웩! 동록개, '저 병 못 고친당게!' 번개, '난 찬성!' 하면서 어수선해지는...

최경선	조용! 김칫국들 마시지 말어... 백접장.
이강	야?
최경선	(보는)
일동	(이강을 보는)
이강	에이~ 장난치덜 말어요. 시방 장단 맞출 기분 아녀라.
최경선	(다가서는)
이강	(보는)
최경선	(이강의 팔을 잡으며) 장군을 부탁허네... 백대장.
이강	(얼떨떨한)

옅은 미소 짓는 최경선... 흐뭇해하는 별동대.

54.　동 내삼문 앞 마당 (낮)

피 묻은 천이 가득 담긴 대야를 들고 바삐 걸어오던 유월, 멈칫한다. 자인이 머쓱하게 서 있다.

유월	객주님?
자인	이런 일은 해본 적이 없어서... 아짐이 좀 가르쳐주시겠습니까?
유월	동비들 도왔다고 나중에 말 나오믄 으쩔라고요?
자인	그럼 뭐... 저도 동비하면 되죠.
유월	야? (핏 웃는)
자인	(웃는데)

번개	(E) 유월 아짐!

유월과 자인, 보면 번개, 나타난다.

유월	이, 느도 무사혔구먼?
번개	감축드려라. 백접장이 별동대장이 됐구먼이라.
자인	!
유월	(군는) 이강이가 머가 됐다고?
번개	대장 말여라! (힛! 웃는)
유월	(불안해지는)
자인	...

55. 경기전 앞 (낮)

창의군들, 경계를 서고 있는... 긴장한 표정의 이강이 다가와 멈춘다. 경기전[8] 현판을 일별하고 들어가는...

56. 동 본전 안 (낮)

이강, 들어온다. 좌정한 전봉준, 한지에 무언가를 쓰고 있다. 뒤편 중앙의 텅 비어 있는 벽면... 태조 이성계의 어진[9]이 걸려 있던 자리다.

이강	부르셨능게라?
전봉준	이리 와 앉거라.
이강	(다가가 앉는) 몸은 좀 어뗘싱게라?

---

8   경기전: 태조 이성계의 어진을 모신 곳.

9   어진: 임금의 초상화.

전봉준	뭐... 덕분에...
이강	(쑥스러운)
전봉준	별동대장이 되었다지?
이강	야.
전봉준	십중팔구 죽는 자리이니 축하한단 말은 하지 않겠다.
이강	(쩝) 알고는 있는디 그리 대놓고 말씀허싱게 쪼까 거시기허네요.
전봉준	(붓을 놓고) 여기가 어딘지 아느냐?
이강	경기전이잖여라. 관리들이 들고 튀어부렀지만 원래는 쩌그 태조대왕 어진이 떡허니 붙어 있었다는디...
전봉준	어진이 있건 없건 여긴 조선 왕실의 심장과도 같은 곳이지. 맨 처음 봉기를 결심했을 때 이것만은 꼭 여기서 쓰리라 다짐했었다.
이강	(한지 보며) 요게 먼디요?
전봉준	폐정개혁안[10]... 조선 백성들의 염원이지.
이강	(중얼대며 읽어 내려가는) 탐관오리를 엄징혈 것.... 횡포한 부호들을 엄징혈 것... 불량한 유림과 양반들을 징벌헐 것...(뭉클한) 노비문서를 불태울 것... (가슴이 벅차는) 이대로만 되믄... 참말로 살맛 나겄는디라?
전봉준	단지 이런 살맛 나는 세상을 원했을 뿐인데...
이강	(보는)
전봉준	이것 때문에... 오늘 하루에만 오백 명의 목숨이 사라졌어.
이강	장군...
전봉준	(힘든)
이강	기운 내쇼... 아따 장군 잘못도 아니잖여라... (하는데)

전봉준, 묵묵히 이강의 오른손을 끌어가 잡는다. 이강, !
전봉준, 반장갑을 아프게 바라본다. 이강, 먹먹한...

전봉준	경선이가 너를 천거하였을 때 내색은 하지 않았다만... 무척... 기뻤다.
이강	(뭉클한) 손도 성치 않은 늠이 장군을 잘 보필헐지 모르겄습니다.

---

10 ☞ 폐정개혁안은 여러 버전이 있으나 이 장면에서는 전주화약 당시 김학진과 합의되는 12개조 개혁안
입니다. (노비문서 조항이 이 버전에만 있는 관계로)

전봉준	병사는 적하고만 싸우지만 장수는 자신과도 싸워야 한다. 너는 이미 거시기와의 싸움에서 이기지 않았느냐? 잘 해낼 게다.
이강	... 장군.
전봉준	(보는)
이강	으병으로 살게 혀줘서... 감사헙니다.
전봉준	(미소)
이강	(미소)

57. 전주시장 거리 (밤)

벽 앞에 웅성대며 모여 있는 백성들. 벽에 붙은 언문 괘서를 보고 있다. 자인과 유월, 백성들 틈을 비집고 들어와 보는...

사내	(E) 전봉준은 한울님의 현신이 아니다. 전봉준을 죽이는 자에게는 주상전하께옵서 군수의 벼슬을 하사하실 것이다.
유월	오매... 누가 이런 숭악헌 짓을 했대요?
자인	동학군의 기세가 꺾였다 싶으니 숨죽여 지내던 양반과 토호들이 슬슬 기지개를 펴는 모양입니다.

58. 전주여각 / 자인의 집무실 안 (밤)

피곤한 기색의 자인, 들어와 의자에 털썩 앉는다. 생각에 잠기는...

플래시백〉54씬의,

번개	**백접장이 별동대장이 됐구먼이라.**

현재〉
자인, 옅은 한숨을 내쉬는데 침소에서 인기척이 들려오는... 자인, !

59.   동 침소 앞 (밤)

자인, 바짝 긴장해서 다가선다.

60.   동 침소 안 (밤)

어둠 속에 금고를 뒤지는 사내의 뒷모습... 문이 벌컥 열리고 자인이 육혈포를
겨누며 들어온다.

자인   웬 놈이냐?

천천히 일어나 돌아서는 사내. 최덕기다.

덕기   객주님, 접니더.
자인   (멍한) 최행수?
덕기   별고 없으셨습니꺼?
자인   성 밖에 계셔야 할 분이 예서 뭐 하시는 겁니까?
덕기   성 밖에 나가도 몬했십니더. 성문이 먼저 닫기뿌가꼬예.
자인   !... 아버지는요?

61.   초가 마당 안 (밤)

칼을 소매 안에 숨긴 호위무사가 주변을 경계하는... 자인과 보퉁이를 든 덕
기, 들어온다.

62.   동 일실 안 (밤)

덕기, 보퉁이를 펴면 금괴가 드러난다. 초췌한 안색의 봉길을 안타깝게 바라보는 자인.

자인 혈색이 으쩨 고 모양이여? 진지도 지때 못 챙겨드셨능가?

봉길 도임방이 작살이 나부렀는디 밥 넘어가믄 그게 보부상이여? 여각은 으쩨 됐어? 괜찮여?

자인 멀쩡허니께 아무 걱정 말고 아부지 빠져나갈 궁리나 허드라고.

봉길 (금괴를 끌어가며) 이늠 이자는 을매여?

자인 (답답한 듯 한숨 내쉬고) 이자고 머시고 그늠은 어따 쓸라는겨?

봉길 예전에 검계[11] 허던 늠들이 성 안에 남어 있는 모냥이드라고.

자인 검계?... 아부지 시방 먼 생각허는겨?

봉길 전봉준이가 보부상을 우습게 봤잖냐? 응분으 대가를 치러야제.

자인 !

63. **전주성 성곽 + 망루 (밤)**

화톳불이 모두 꺼진... 어둠 속에서 파수를 서는 창의군들. 이강, 별동대와 순찰을 돌고 있다. 파수병1 앞을 지나친다.

해승 춥다고 불 때지 마슈.

파수병1 걱정 마쇼이. 도채비[12] 헌티 골로 가긴 싫으니께.

동록개 도채비? 이 동네 밤에 도채비 나오는겨?

버들 밤마동 총질허러 오는 경군 포수늠 말여라.

번개 불이 번쩍 허믄 한 늠씩 죽어나간다고 도채비라네요이.

김가 (어딘가 보고) 아, 사람들 정말... (망루 계단을 오르는)

---

11 검계: 조선 후기 폭력조직.

12 도채비: 도깨비의 전라도 방언.

망루에서 파수병2·3, 곰방대를 물고 부싯돌을 꺼내는... 이강, 불길한 예감에
전방의 수풀을 굽어본다. 칠흑같이 어두운...

김가 (망루에 올라) 글쎄, 위험하다니까... 이리 내려오슈.

파수병2 (킬킬대며) 괜찮여라... 이깟 늠이 밝아봤자 을매나 밝다고...

파수병3 오래나 가? 눈 깜짝헐 사이 아녀?

이강, 수풀을 주시하는... 어렴풋이 달빛에 무언가가 희미하게 반사되는...

64. 성 앞 수풀 (밤)

총구가 먹잇감을 찾듯이 성곽을 따라 이동한다. 이현의 총이다.
총구 끝에 김가와 파수병들이 잡힌다.

65. 다시 성곽 위 + 망루 (밤)

이강 (불길한) 김접장...

김가 (어느새 동화되어 낄낄대는) 그럼 나도 한 대 피워볼까?

파수병2 생각 잘했소. (부싯돌을 부딪치는)

이강 (수풀을 주시하며) 그만허라고!

부딪치는 부싯돌... 픽! 불꽃이 튀는... 이현, 조준하는...

이강 (망루로 뛰어가며) 그마안!!!

김가와 파수병들, 계단을 오르는 이강을 본다. 김가 등의 시선이 숲으로 향
하는 순간 불빛이 번쩍 하면서 총성이 울린다. 파수병2, 총을 맞고 이강이
오르던 계단 위로 떨어진다. 이강, 헉!

파수병1 도채비다!!!

일제히 납작 엎드리는 병사들... 버들만이 불빛이 번득인 곳을 향해 응사한다.

66. **다시 수풀 (밤)**

이현 근처에 총알이 박힌다. 이현, 몸을 낮춰 이동한다.

67. **다시 성곽 위 + 망루 (밤)**

사격을 마친 버들, 몸을 낮춰 옆으로 이동한 후 재차 사격자세를 취한다. 이강, 파수병2의 두 손에서 부싯돌을 빼낸다.

이강 번개 접장! (작은 부싯돌을 하나 던지며) 새총!
번개 (새총에 돌을 장전하는)
이강 버들 접장, 사격 준비혀!
버들 (총을 단단히 견착하는)
이강 (번개에게) 하나둘셋에 가는거이!
번개 (새총을 쏠 자세를 취하는)
이강 하나... 둘... 셋!

이강이 허공에 부싯돌을 던진다. 번개, 새총을 날린다. 성가퀴 위에서 충돌한 부싯돌이 파파팍! 불꽃을 일으킨다. 순간 숲에서 불꽃이 번쩍이고 동시에 버들의 총구가 숲을 향해 불을 뿜는다. 타탕!!!

68. **다시 수풀 (밤)**

윽! 이현, 옆구리를 잡고 웅크린다.

69.   다시 성곽 위 (밤)

버들   적중이여!

별동대   !

번개   (화색) 대장!

계단을 내려온 이강, 죽창을 꼬나쥔다.

이강   가게요... 도채비 잡으러!

70.   다시 수풀 + 성곽 계단 (밤)

어둠 속에서 헉헉대는 숨소리... 고통으로 일그러진 이현... 옆구리를 누른 손
가락 사이로 피가 배어 나오는...
위풍당당하게 성곽 계단을 내려오는 이강과 별동대.
결연한 이강과 절박한 이현의 모습에서 엔딩!

10회

1.   (9회 엔딩씬의) 수풀 + 성곽계단 (밤)

어둠 속에서 헉헉대는 숨소리... 고통으로 일그러진 이현... 옆구리를 누른 손
가락 사이로 피가 배어 나오는...
위풍당당하게 성곽 계단을 내려오는 이강과 별동대.

2.   성문 앞 + 안 (밤)

이현, 칼과 이빨로 옷섶을 잘라 상처부위를 누른다. 끼이익! 소리와 함께 성
문이 서서히 열린다. 반쯤 열린 성문 뒤에 좌우로 나뉘어 바짝 붙어 있는 별
동대... 이강, 창의군복을 꽂은 작대기를 성문 밖으로 내민다. 탕! 하는 총성
과 함께 군복이 펄럭인다.

이강   지금이여!

별동대들 일제히 뛰어나간다. 산개하면서 풀 주변에 엎드려 사격자세를 취하
는 별동대! 동시에 성곽 위에서 불화살들이 발사된다.

3.   다시 수풀 (밤)

이현의 주변에 불화살이 날아와 박힌다. 주변이 밝아지고 위험을 느낀 이현,
몸을 최대한 낮춰 퇴각한다.

번개   도채비여!

별동대의 총구가 불을 뿜는다. 등을 보이며 도주하던 이현이 풀썩 쓰러진다.
별동대, !

동록개   잡었다!

별동대, 안도하며 주의를 흩트리는 순간, 일어나 맹렬히 뛰어가는 이현!

이강   쫘!!!

별동대, 급히 장전하는... 연발총을 가진 버들이 가장 빨리 사격해보지만 빗
나가는... 숲속으로 비틀대며 들어가는 이현.

번개   머더는겨? 따라가야제!
이강   (고민하는)
해승   안 돼, 너무 위험해.
번개   나중에 또 당헐라고 그라요! (다그치듯) 대장!

이강, 고민하는... 순간, 못 참고 뛰어나가는 번개!

김가   (나직이) 야, 인마!

번개, 갈지자로 맹렬히 달려간다.

이강   (하는 수 없다는 듯) 따라오쇼!

이강을 선두로 별동대들 뛰어 나간다. 몸을 웅크리고 갈지자로 숲을 향해 달려가는...

4.   숲 곳곳 (밤)

나무들 사이를 거침없이 달려가는 번개... 좌우를 살피며 달리는 이강... 옆구리를 움켜쥐고 도주하는 이현... 다른 곳을 달리는 세 사람의 모습이 쫓고 쫓기듯 교차한다.

5.   숲 덤불 일각 (밤)

수색하던 해승과 버들, 덤불 뒤편에서 인기척을 느끼고 멈춰 선다. 눈짓을 주고받은 뒤 조용히 다가간다. 동시에 좌우에서 덤불 뒤로 돌아 들어간다! 화들짝 놀라 총을 겨누는 동록개와 김가!

동록개   (맥 풀리듯) 염병...
김가   (우쒸) 십년감수했잖아!
해승   (쉿! 하고 주변을 살피는)
버들   (불안한) 인자 대장도 안 비는디라?

6.   숲속 산길 (밤)

이강, 덤불에서 뛰어나오다 멈칫하는... 좌우로 뻗은 산길... 어디로 가야 할지 감이 서지 않는...

7.   근처 숲 (밤)

주변을 두리번대며 다가오는 번개, 멈춰 선다. 피 묻은 헝겊을 주워든다. 긴장한 번개, 곁의 나무에 몸을 숨기며 사격자세를 취한다. 나무를 중심으로 천천히 돌면서 전방을 살핀다. 한 바퀴를 돌아 제자리로 돌아온 번개, 옅은 한숨 내쉬는... 번개의 어깨에 물방울이 툭 떨어지는... 번개, 손가락으로 만져 보면 끈끈한 붉은 피가 묻어 있다!

번개   (뇌까리듯) 도채비...

철컥! 하는 장전음이 들려온다. 번개, 옆으로 몸을 날린다. 허공에서 몸을 틀어 나무 위를 조준한다. 나뭇가지 사이에서 섬광이 작렬하면서 이현의 실루엣이 명멸한다. 동시에 번개의 총구가 불을 뿜는다!

8.   (6씬의) 산길 (밤)

탕탕!!! 연이은 두 발의 총성에 고개를 돌리는 이강! 소리가 난 곳으로 질주한다.

9.   (7씬의) 숲속 (밤)

덤불을 박차고 나오는 이강. 눈 앞에 펼쳐진 광경에 경악한다. 번개가 복부에서 피를 흘리며 널브러져 있다. 씨벌! 뱉으며 달려가 번개의 옷섶을 풀어헤치면, 상처에서 피가 흥건히 배어나온다.

이강   (안심시키는) 뱉거 아녀, 정신만 놓지 말어.
번개   (피 묻은 헝겊을 움켜쥔 손으로 가리키는) 대장, 저짝이여...
이강   !
번개   도채비...

별동대, 들이닥친다.

버들 번개야!

해승, 지혈하면서 상태를 살피는... 김가와 동록개, 사주경계를 서고... 버들, 번개의 손을 움켜잡는...

버들 (애써 침착하게) 암일 없을팅게 걱정 말어이.
번개 누야...
해승 급소는 피했어! (번개를 들쳐 업으며) 김접장!
김가 (거드는)
이강 (일어나며) 먼저들 가소.
버들 (총 쥐고 일어나는) 대장, 나도 갈라네!
이강 (버럭) 명령이여!!!
버들 !
이강 (번개가 가리킨 방향으로 달려가는)

10. 숲 (밤)

이강, 숲속을 질주해 올라간다. 분노에 가득 찬...

11. 숲길 (밤)

헉헉대며 숲을 빠져 나오다가 엎어지는 이현... 총을 지지대 삼아 간신히 일어나 허겁지겁 걷는다. 저만치 억새풀처럼 무성하게 자란 수풀이 흔들린다. 흠칫 멈춰서는 이현. 누군가 이동하는 듯 덤불이 직선방향으로 출렁인다. 이현, 힘겹게 총을 겨누는 순간 이규태가 길로 튀어 나온다.

이규태　(손 뻗어 제지하며) 진정해. 아군이다.

뒤이어 경군들이 사방을 경계하며 모습을 드러낸다. 이현, 맥이 풀리면서 무릎을 털썩 꿇는다. 경군 두 명, 이현에게 다가서고... 이규태, 주위를 살피는...

12.　숲길 (밤)

이규태와 경군들, 사주경계를 하면서 속보로 이동한다. 실신한 듯 고개를 떨구고 업혀가는 이현... 이규태 일행이 지나가고 뒤늦게 숲에서 튀어나오는 이강... 저만치 이규태 일행이 시야에서 멀어진다. 이강, 답답한 듯 탄식을 토한다.

13.　(9회 62씬의) 초가 일실 안 (밤)

봉길, 덕기, 자인, 둘러앉아 있다. 침묵이 흐르는...

봉길　으째 안 가고 뻗대는겨? 여기서 날 샐라고?

자인　(한숨) 아부지... 복수고 머시고 잠자코 숨어나 기쇼.

봉길　(피식) 새 날어가는 소리 말고 어여 집이나 가.

자인　(답답한) 새 날어가는 소린 아부지가 허고 있잖여. 칼잽이 몇 늠 매수혀가꼬 전봉준일 죽이겄다고?

봉길　암살허는디 백만대군 있어야간디?

자인　중과부적[1] 이라니께!

봉길　갑술년에 민승호는 폭탄이 든 뇌물곽 열다가 디졌고, 얼마 전에 역적 김옥균이는 자객 한 늠헌티 당해부렀어. 똘똘헌 늠 몇이믄 충분혀.

자인　(답답한) 글씨 객기 좀 부리딜 말드라고! 전봉준인 홍계훈이가 알어서 허겄

---

[1]　중과부적(衆寡不敵): 적은 사람으로는 많은 사람을 이기지 못함.

제!

봉길 홍계훈이가 우덜 밥그릇꺼정 챙겨주겄냐?

자인 (보는)

봉길 벼슬아치들 믿덜 말어. 난리 끝나믄 민심을 수습허네 어쩌네 험서 우덜헌티 독박 씌우고도 남을 놈들잉게.

덕기 객주님, 임방을 재건할라카모예, 우짜든지 행님이 공을 세워야 합니다.

자인 임방 재건혀서 머덜라고?

덕기 ?

봉길 (거슬리는) 머시여?

자인 무명잡세로 노점, 좌고²덜 등골이나 빼묵을라고? 전쟁 나믄 관군들 화살받이나 혈라고? 관리들 개 노릇허는 거 지겹지도 않은가! 장사치가 이문을 묵고 살어야제 으째 피를 묵고 살라능가 이 말이여!

봉길 (노려보는)

자인 (버티듯 응시하는)

봉길 이늠이 동비를 짝사랑허드니먼 숫제 동비가 다 돼 부렀구먼.

자인 !

덕기 (쭈뼛) 행님도 아셔야 헐 거 같아가꼬예...

자인 그려, 나 동비 좋아혀. 근디 그라믄 안 되능가?

봉길 (피식) 이팔청춘 가심에 붙은 불을 인력으로 으째 끄겄냐?

덕기 (피식) 하모예... 내가 이래가 행님을 좋아한다카이...

봉길 (정색하고) 소문만 안 나게 혀. 이강인가, 거시긴가 그늠... 살어봤자 을매나 더 살었어?

자인 ...

14.　　전라감영 / 객사 일실 안 (밤)

이강, 문을 벌컥 열고 들어온다. 문가에 동록개와 김가가 서 있다.

2　좌고: 한곳에 가게를 내고 하는 장사.

동록개   으째 됐디야?

이강, 대구 대신 방 안을 보면 약재와 피 묻은 헝겊 따위가 어질러진... 복부에 붕대를 감은 채 힘없이 눈만 끔뻑이며 누워 있는 번개... 간호하는 해승 옆에서 눈물범벅의 버들이 울음을 삼키며 앉은...

번개   (헛소리를 중얼대는) 여그가 어디냐니께... 아무도 없소?
이강   으째 저런다요?
김가   헛것이 뵈는 게지.
이강   (불길한... 해승을 보면)
해승   (침통하게 고개 젓고) ... 피를 너무 많이 흘렸어.
버들   (흑! 울음이 터지는)
이강   (천천히 번개 곁에 다가가 앉는)
번개   염병... 으딘디 요로코롬 껌껌허디야?
이강   (애통한... 번개의 손을 잡으며) 겁내덜 말어... 여그 느덜 집이여.
번개   (흠칫) 아부지?
이강   (탄식)
번개   ... 학동이냐?
이강   그려... 나여, 형아 동상 학동이...
번개   (안도하듯 옅은 미소) 써글 늠이 으디 갔다가 인자 온겨... 오늘 야반도주허기로 혔잖애.
이강   (굳는)
번개   백가네 거시기... 그늠 오기 전에... 싸게 가야 된다니께...
이강   (억장이 무너지는)
번개   걱정 말어... 좋은 디로 가는 거인디 뭘... 인자 아부지허고... 엄니허고... (큭! 피를 토하는)
별동대   !
버들   번개야~!
번개   (두 손으로 이강을 부여잡는) 손 놓지 말어라이! 밤길이 을매나 어두운디... 형아 손 꼭 잡으란 말이여...

이강	(북받치는 울음을 참으며) 잡었어... 잡었응게... 걱정 말구 가아...
번개	놓지 말어... 알었지야?
이강	(번개 얼굴 매만지며) 그려... 그려... 어여 가아...

천천히 숨을 몰아쉬는 번개... 편안한 미소가 떠오르는... 이강을 부여잡은 손이 스르르 풀리고... 마침내 눈을 감는 번개... 멍해지는 이강... 번개를 부둥켜 안고 오열하는 버들... 이를 악물고 슬픔을 참는 해승... 괴로워하는 김가와 동록개... 분루를 삼키는 이강의 모습에서.

15.   전주여각 외경 (낮)

16.   동 자인의 침소 안 (낮)

자인, 고심하며 앉아 있다. 유월이 훌쩍이며 들어온다.

유월	객주님... 병막[3]에 좀 나가보겠어라.
자인	(미련을 털듯 일어나며) 잠깐만 기다리세요, 같이 가게. (하다가 유월의 눈물을 보는)
유월	(고개 돌려 눈물을 찍어내는)
자인	무슨 일입니까?
유월	별동대에 번개라고 조막만 헌 아그 있잖여라...
자인	그 아이가 왜요?
유월	(울먹) 간밤에... 시상을 떠부렀구먼이라.
자인	(가슴이 철렁하는)

---

3   병막: 병자들을 수용한 막사.

17.   언덕 일각 (낮)

흙무덤 앞에 박혀 있는 번개의 묘비... '접장 김학수의 묘'라고 적힌... 버들, 묘
비를 어루만지는... 그 뒤에 (9씬의) 피 묻은 헝겊을 쥐고 선 이강과 별동대.

버들   (애써 미소 지으며) 너무 서운해 말어... 나도 곧 따라갈팅게... 고때꺼정 식구
         덜허고 재미지게 잘 지내고 있어라이...
별동대   (침통한)
이강   (묘비를 응시하는)
버들   (E) 번개 접장이 맨든겨.

플래시백〉8회 23씬의,
- 단죽창 클로즈업

이강   **(보는)**
번개   **디지지나 말어. 두고두고 괴롭힐라니께...**

현재〉
애통한 이강, 손아귀의 헝겊을 꽉 움켜쥔다.

18.   경군 군영 / 이현의 막사 안 (낮)

아침 햇살이 새어 들어오는... 누워 있던 이현, 천천히 눈을 뜬다. 급히 상체
를 일으키던 이현, 통증을 느낀다. 헝겊이 감긴 옆구리를 잡으며 신음을 토하
는 이현... 앞에서 꾸벅꾸벅 졸던 당손이 흠칫 깬다.

당손   처남!
이현   (숨을 몰아쉬는)
당손   하여튼 사람 놀래키는 건 알아줘야 된다니까... 귀신 같은 명포수가 있다더니
         그게 처남일 줄이야...

이규태	(E) 깨어났느냐?

이현, 보면 이규태, 들어온다. 당손, 벌떡 기립한다.

이현	영관나리.
이규태	(덤덤히) 운이 좋았어. 총알이 장기를 피해 살만 찢고 나갔거든.
이현	... 감사합니다.
이규태	일본 유학을 하였다구?
이현	...
당손	(살살대는) 일본에서도 내로라하는 경응의숙을 나왔습죠.
이규태	왜놈들의 학문을 배우면... 자네처럼 잔인해지는 것인가?
이현	(보는)
이규태	아무리 초토사 영감이 시킨 것이라 해두 그 도가 지나치다 싶어 묻는 것이야.
이현	세상에 도가 사라진 지 오래인데... 어찌 도를 지키라 하십니까?
이규태	(맞는 말이다 싶은) ... 황진사를 고부로 후송키로 하였네.
이현	!
이규태	이젠 자네가 향병대를 맡게. (나가는)
이현	...

19. 경군 군영 입구 (낮)

향병들이 수레를 끌고 군영을 빠져나온다. 수레 위에는 석주가 다리에 헝겊을 동여맨 채 앉아 있다. 몰라보게 핼쑥해진 몰골이다. 수레가 멈춘다. 석주, 돌아보면 이현이 목발을 짚고 서 있다.

이현	자리를 물려라.

향병들, 멀찍이 물러서는... 이현, 다가선다.

이현	귀향을 감축드립니다.
석주	너는... 악귀다.
이현	(피식) 동비들은 도채비라 부르는 모양입니다만.
석주	마음만 먹었다면 나 하나 쏴 죽이는 건 일도 아니었을 터... 이리 살려 보내는 연유가 무엇이냐?
이현	고민을 해보았는데... 아무래도 직접 보시는 게 나을 듯싶어서요.
석주	(피식) 내가 무슨 꼴을 더 보아야 하는 것이냐?
이현	명심아씨께서... 악귀의 배필이 되시는 것입니다.
석주	(굳는)
이현	(차갑게 보는)
석주	미친놈...
이현	(미소, 향병들에게) 진사나리를 뫼셔라.

향병들, 달려와 수레를 잡는다. 움직이기 시작하는 수레...

석주	기다리고 있으마.
이현	(보는)
석주	네놈의 갈가리 찢긴 시체를...

멀어지는 석주... 묵묵히 바라보는 이현... 어딘가 쓸쓸함이 느껴지는... 발길을 돌리던 이현, 무언가를 보고 돌아선다. 저만치 말을 탄 청군장교가 역관과 함께 청군들의 호위를 받으며 나타난다. 이현, !

20. 동 초토사 막사 앞 (낮)

홍계훈, 이규태, 이두황이 막사 앞에 서 있다. 청군장교 일행이 나타나 멈춘다. 경군들이 청군 일행 앞에서 초토사 막사까지 카펫을 깔듯 거적을 신속하게 깔아간다. 경군 한 명이 엎드리면 그 등을 밟고 거만하게 내려서는 청군장교. 거적 위를 걸어 홍계훈에게 다가간다. 역관이 거적 옆으로 쪼르르 따른다. 어두운 표정으로 목례만 하는 이규태와는 대조적으로 반색하며 허리를 직각으로 꺾는 이두황. 마침내 청군장교가 홍계훈 앞에 서면…

홍계훈 (반갑게) 원로에 얼마나 고생이 많으셨소이까? 어서 듭시다.
역관 (중국어로 통역하는)
청군장교 (거만한 미소)

일각에서 나타나는 이현, 초토사 막사를 바라본다. 저만치 막사 안으로 들어가는 홍계훈과 청군장교 일행. 당손이 목을 빼고 나타나 이현의 곁에 선다.

당손 떼놈들이 여긴 무슨 일로 왔을까?
이현 (주시하는)

21. 동 초토사 막사 안 (낮)

홍계훈의 좌우에 이두황과 이규태… 맞은편에 청군장교와 역관이 앉아 있다.

홍계훈 (긴장) 해서… 원세개 장군께선 차병⁴을 수락하시었소?
역관 (귀엣말로 소근대는)
청국장교 (중국어) 그렇소. 이미 엽지초 제독의 부대가 제물포에 상륙했소이다.
역관 그렇소. 이미 엽지초 제독의 부대가 제물포에 상륙했소이다.
홍계훈 (놀라) 벌써요?
청국장교 (중국어) 섭사성의 선발대는 배를 타고 아산으로 남하하는 중이오.
역관 섭사성의 선발대는 배를 타고 아산으로 남하하는 중이오.
홍계훈 (파안대소를 터뜨리는) 역시 원세개 장군이시오! 도무지 주저하는 법이 없으시다니까!
이규태 (침통한)
이두황 청군이 온다는 소문만 퍼져도 동비들이 제풀에 나가떨어질 것입니다!

---

4 차병: 병사를 빌림.

홍계훈   그렇지, 소문! (곰곰이 생각하는) 소문이라...

22.   전주성 성곽 위 + 성문 앞 (낮)

창의군들, 경계를 서고 있다. 손화중이 순찰한다.

창의군1   (성 앞 보고) 손접주님! 쩌그!

손화중, 보면 남루한 행색의 사내들 십여 명이 달려온다. 창의군들, 흠칫 전투 태세를 취하면...

손화중   멈추시오! 창의군들이오!

창의군복을 입은 포로들, 성 앞까지 달려온다. 성문을 두드리며 '문 열어!' '우 덜 으병이여!' '싸게 문 열어~' 외치며 아우성치는데...

포로1   떼놈! 떼놈들이 몰려오는구먼!
손화중   !

23.   전라감영 / 관찰사 집무실 안 (낮)

전봉준 등 지도부, 앉아 있다. 이강이 말석에 앉아 있다.

송희옥   홍계훈이가 장군헌티 전허라겠답니다. 청군 선발대가 곧 아산으로 상륙헌다 고 말입니다.
손화중   포로들이 청나라 전령대를 직접 목격했다 하니 허풍만은 아닌 듯싶습니다.
전봉준   완산에서 수비만 하는 것이 이상하다 하였더니... 청군을 기다리고 있었어.
이강   (큼) 근디 장군... 소문이 벌써 쫙 퍼져부렀는디라.

24. 동 내삼문 앞 마당 (낮)

부상자들, 누워 있는... 일손을 놓고 앉은 아낙들과 병사들, 불안한 기색이 역력한... 일각에 걸터앉은 유월과 자인.

유월 떼놈들 군대가 고로코롬 쎄대요?

자인 청나라가 아무리 이빨 빠진 호랑이라 해두... 조선의 관군보다는 훨씬 강하겠지요.

유월 잡것들이 머덜라고 넘으 나라꺼정 겨오고 지랄이대?

자인 (걱정스러운)

25. 다시 관찰사 집무실 안 (낮)

김개남 (벌떡 일어나며) 임금이 으쩨 이럴 수가 있는겨! 우덜이 임금을 폐허겠다는 것도 아니고 악습 없는 나라를 맨들라는 거잖여! 근디 지늠이 다른 나라 군대를 끌어들여!

손화중 말씀을 가려 하세요! 주상전하십니다!

김개남 주상전하? 엿이나 처먹으라 그려!

손화중 (일어서며) 김개남 접주!

전봉준 그만!!!

손·김 (마지못해 진정하는)

이강 (긴장을 풀듯 후~ 숨을 내쉬는)

전봉준 (일어나) 각자 부대로 돌아가... 병사들을 배불리 먹이시오.

이강 (보는)

전봉준 (결연한)

26. 경군 군영 / 초토사 막사 안 (낮)

김문현이 붉으락푸르락해서 들이닥친다.

김문현   초토사!

조정 관리와 병사들 앞에서 두루마리를 읽고 있던 홍계훈이 티껍게 쳐다본
다.

김문현   청군의 차병을 주청한 자가 자네라는 게 사실인가!
홍계훈   황룡강에서의 패전 직후에 그리 주청을 하였지요.
김문현   네, 이놈! 그런 중차대한 일을 어찌 관찰사인 나도 모르게 처결할 수 있단 말
이냐!
홍계훈   (피식) 말씀이 좀 과하신 듯합니다.
김문현   뭐, 뭐라? 이놈이 왕비마마의 총애를 받더니만 간이 배 밖으로 나왔구나!
홍계훈   (두루마리 던지는) 주상전하의 교집니다.
김문현   !
홍계훈   동비의 창궐을 초래한 전라관찰사 김문현을 삭탈관직하고 유배에 처한다.
(싱긋 웃는)
김문현   (다급히 교지를 집어 드는... 헉! 하는)
조정 관리   (다가서는) 가십시다.

병사들, 김문현의 양팔을 제압하는데... 멀리서 콩 볶는 듯한 총성이 들려온
다. 일동, 멈칫하는데... 이규태, 다급히 들어온다.

이규태   영감! 동비들이 몰려오고 있습니다.
홍계훈   (피식) 전봉준이가 급했구만! (낄낄대는)

27.   **전라감영 / 관찰사의 집무실 안 (낮)**

한껏 무거운 분위기의 실내... 전봉준, 양팔로 탁자를 짚고 선 채 생각에 잠겨
있다. 초조함과 고뇌가 느껴지는... 송희옥이 뛰어 들어온다.

송희옥	장군!
전봉준	어찌 되었는가?
송희옥	(차마 말을 꺼내지 못하는)
전봉준	어찌 되었냐 묻지 않는가!
송희옥	완산 중턱꺼진 치고 올라갔는디 매복에 걸려서... (침통하게) 시방 퇴각 중이라고 헙니다.

한동안 말이 없던 전봉준, 가슴 깊은 곳에서 한숨이 터져 나오는...

28. 동 내삼문 앞 마당 (낮)

부상병들이 쏟아져 들어온다. 병사와 아낙들, 분주히 응급처치를 하는... 해승과 팔을 베인 이강, 다리를 다친 병사를 부축해 들어온다.

유월	이강아!
이강	(부상병을 눕히며) 해승 접장 좀 도와줘!
유월	(이강의 팔을 부여잡으며) 느 팔이 왜 이려!
이강	(유월의 손 떼어내며) 밸거 아녀. (하다가 멈칫)

자인, 애써 덤덤히 헝겊을 내민다.

| 자인 | 지혈이라두 해. |

머뭇대던 이강, 이내 외면하고 객사 쪽으로 간다. 자인, 착잡해지는...

플래시백〉9회 47씬의,
| 이강 | **하루살이매이로 살다가 불나방으로 죽는 거이 으병이여. 마음 주덜 말어. (가는)** |

현재〉

자인   (힘든)

29.   **동 객사 앞 (낮)**

총을 겨눈 버들과 동록개 앞에 경군 포로 두 명 정도 겁에 질려 서 있다. 툇돌 정도에 걸터앉은 김가, 풀을 질겅질겅 씹으며 노려보는... 이강이 들어와 포로들 앞에 다가선다.

이강   묻는 말에 솔직허니 답혀. 밤마동 성 앞에 와서 총질허던 늠, 계급허고 이름이 머여?

포로1   모, 모릅니다. (하는데)

이강   (멱살 잡아채며) 백발백중허는 명포수럴 같은 경군이 모른다고?

포로1   경군이 아닙니다! 향병 출신이라고 들었습니다!

동록개   써글 늠이 우덜을 순 바지저고리로 아누먼! (다가서는데)

이강   (막으며) 있어 봐요.

이강, 주머니에서 피 묻은 헝겊을 꺼낸다. 포로1의 앞섶을 당겨 대조해보면 다른 옷감이다.

이강   이늠들, 옥에 처넣으쇼. (숙소로 들어가는)

버들과 동록개, 포로들을 끌고 간다. 노려보던 김가, 풀을 퉤 뱉더니 따라간다.

30.   **동 객사 일실 안 (낮)**

이강, 피 묻은 헝겊을 보며 바라본다.

인서트〉9회 26씬 - 몸을 돌려 도주하는 이현의 뒷모습.

인서트〉10회 3씬 - 숲속으로 비틀대며 들어가는 이현.

이강, 고심하는데 버들이 급히 들어온다.

버들   대장!

이강   (보는)

31.   동 옥사 근처 일각 (낮)

김가   말해!!

김가, 포로들을 무자비하게 구타한다. 쓰러진 포로들을 총으로 내려찍고 짓밟는! 수수방관하는 동록개. 버들과 뛰어나온 이강이 김가를 말린다.

이강   머더는 것이오, 시방!

김가   (살기를 뿜어내며) 이 새끼들... 말로 해서 들어먹을 놈들이 아니야. 족쳐야 분다구.

이강   자중허쇼. 포로헌티 이라믄 군령 위반이여.

김가   (피식) 뭐, 군령?

이강   (보는)

김가   그렇게 군령 좋아하는 사람이 어째서 그땐 명령을 못 내린 거야?

이강   (거슬리는) 먼 말이여?

김가   번개가 도채비 잡으러 가잘 때... 단칼에 잘랐으면 번개 그 꼴 안 됐어, 아니야?

이강   !

버들   고건 억지제! 먼저 튀어나간 번개가 잘못헌 거랑게!

김가   (피식) 대장이 미덥지가 않았나 보지... 하긴 아무리 개과천선을 했대두 한때 자길 괴롭히던 자가 대장이 됐으니, (하는데)

이강   (격하게 멱살 잡는) 씨벌!

김가	!
이강	백가네 거시기가 으떤 늠이었는지... 보고 잡소?
김가	(피식) 이거 놓고 얘기합시다, 대장나리.
이강	(노려보는데)
동록개	(E) 이늠들 왜 이려?!

이강, 보면 동록개, 당황해서 쓰러진 포로들의 몸을 흔들어댄다. 이강, 다가가 포로들의 숨을 확인한다. 이미 숨이 멎은 포로들!

동록개	디진겨?
이강	... 야.
버들	!

난감한 이강, 김가를 돌아본다. 김가, 애써 태연한...

32.   동 객사 앞 (밤)

무장해제되어 거적 위에 꿇어앉은 김가. 창의군 두 명이 형틀을 가져와 설치한다. 김가, 울분에 찬 시선으로 보는...

33.   동 관찰사의 집무실 안 (밤)

전봉준, 오래된 조보들을 수북이 쌓아두고 하나씩 훑어본다. 이강, 들어와 앞에 선다.

이강	옛날 조보는 으째 보고 기십니까?
전봉준	(조보를 훑으며) 마음에 좀 걸리는 게 있어서... 무슨 일이냐?
이강	김접장 말여라... 선처해주시지라.
전봉준	(조보를 훑으며) 어떤 경우에도 선처해선 아니 되는 부류가 있다. 측근이라

불리는 자들이지.

이강 ... 그믄 지도 지휘 책임이 있응게 같이 벌을 받겠습니다.

전봉준 (조보를 내려놓고 탐탁찮은 표정으로 이강을 보는)

이강 그리허겠습니다.

전봉준 그래야 니 마음이 편해진다면... (부드럽게) 무슨 벌이든 받겠느냐?

이강 야.

전봉준 허면 니가... 직접 매를 치거라.

이강 !

전봉준 (노려보는)

이강 (당혹스러운)

전봉준 못난 놈... (일갈하듯) 대장이라는 놈이 제 마음의 평안이나 얻으려 드는 것이냐!!

이강 (울컥) 그믄 으째야 되는디요? 애가 닳어 죽겄는디... 김접장 말마따나 나가 꾸물대지만 않었으믄... 번개 그늠... 시방 온 전주바닥얼 사삭거림서 뛰어대닐 거신디... 고 생각만 허믄 나가 내 목을 따고 잪어 미치겄는디 으째라고요!

전봉준 견뎌라.

이강 장군!!

전봉준 (O.L) 견디란 말이다!!

이강 !

전봉준 마음이 타들어가 숯덩이가 될 때까지! 수백 명이 죽어나가도 눈 하나 깜짝 않는 악귀가 될 때까지!!... (토하듯) 나처럼 말이다.

이강, 전봉준을 본다. 의연함 속에 깊은 슬픔이 깃들어 있는...

전봉준 병사는 피 흘리며 죽고... 장수는 피가 말라 죽는다. 그리 죽으면 되는 것이다.

이강 (먹먹해지는)

34. 동 객사 앞 (밤)

착잡한 표정으로 들어오던 이강, 눈앞에 펼쳐진 광경을 보고 멈춰 선다. 해승과 버들, 형틀 옆에 쓰러져 신음하는 두 명의 창의군을 응급처치하고 있다.

이강   이거 머여?

동록개가 이강을 발견하고 다가선다.

동록개   백대장! 김접장이 튀어부렀구먼!
이강   !

35.   작은 성문 안 (밤)

길가에 쪼그려 앉은 한 무리의 창의군들, 주먹밥을 게걸스레 먹고 있다.
닫힌 성문 일각에 유월과 자인이 파수병에게 주먹밥을 나눠주고 있다.

유월   허기질 틴디 요거 쪼까 드셔보쇼.
파수병1   고맙소이! (허겁지겁 먹다가 어딘가 보는)

총을 메고 칼을 쥔 김가, 독기를 뿜으며 걸어와 대뜸 성문을 열려고 한다.

파수병1   시방 머더는 거다요?

대뜸 칼을 겨누는 김가. 파수병들, 흠칫해서 창을 겨누는... 자인, 얼른 유월
을 데리고 일각으로 피한다. 길가의 창의군들, 엉거주춤 일어나는...

김가   막지 마... 나 누군지 몰라?
파수병1   아니, 알기는 아는디 이라믄, (하는데)
김가   (칼로 성문을 쾅! 내려치는)
파수병들   (움찔해서 뒤로 물러서는)

김가, 성문을 연다. 창의군들, 어리둥절해서 얼굴만 쳐다보는...

김가	(돌아서서 창의군들에게) 댁들도 생각 잘 하슈… 내가 보기엔… 댁들 다 죽어.

고민하던 창의군들 일부, 대열을 이탈해 성문을 빠져 나간다.
김가, 퉤! 침 뱉고 나가버린다. 파수병들, 얼른 성문을 닫거는…

유월	김접장이 으째 저런대요?
자인	두려워진 것입니다… 김접장두… 여기 있는 이 사람들두.

유월, 보면 불안한 기색의 창의군들… 자인, 고심하는…

36.   초가 일실 안 (밤)

봉길, 덕기, 앉아 있다.

덕기	동비들이 사기가 떨어지가꼬예, 탈영하는 놈들이 속출한다캅니더.
봉길	으째 안 그러겄어? 떼놈들이 은제 들이닥칠지 모르는디 경군헌티는 판판이 깨지고 있으니께…

문이 열리고 자인, 들어선다. 일동, 보면

자인	아부지…
덕기	(짜증) 객주님! 미행 당하모 우얄라꼬 이카십니꺼?
자인	(봉길 보며) 칼잽이들은 구했능가?
덕기	글쎄 객주님은 고마 모른 척하고 계시소.
자인	나헌티 좋은 계책이 있구먼.
덕기	!
봉길	… 말 혀 봐.
자인	고전에 한나만 약조혀.
봉길	무신 약조?

자인   이강이... 처형은 면허게 해주겠다고. (결연해지는)

37.   성문 안 + 앞 (낮)

성문이 열리고 줄 서 있던 사람들이 파수병들에게 통행증을 보여주고 나간다. 밖에서도 양민 몇이 들어온다. 짐을 검색하는 파수병들.

파수병1   (통행증을 건네주며) 다음!

소복을 입은 자인, 파수병1에게 통행증을 내보인다.

파수병1   으디 가시는디?
자인   숙부님의 사십구제를 치르러 태인에 가는 길입니다.
파수병1   (건네주며) 다음!

자인, 성문을 빠져나간다.

38.   완산 산비탈 (낮)

경군들, 매복해 있다. 이규태가 순시 중이다.

이규태   정신 바짝 차리고 잠시도 경계를 흩트리지 마라.
경군1   영관나리!

경군1이 자인과 함께 다가선다. 이규태, !

자인   (인사하고) 군상[5]을 하던 중에 최덕기 행수와 함께 뵀더랬는데... 기억하시겠습니까?

이규태	기억은 하네만 자네가 여긴 어쩐 일인가?
자인	(의미심장한 미소)

39.   경군 군영 / 초토사 막사 안 (낮)

홍계훈, 미심쩍은 표정으로 자인을 본다. 이규태, 배석한...

홍계훈	그러니까... 너희가 성 안에서 성문을 열어주겠다구?
자인	정확히는 사대문 중 패서문[6]입니다. 풍남문에 비해 경계도 허술한 데다 이곳 완산과도 가까우니 말입니다.
홍계훈	(구미가 당기는)
자인	청군이 올 때까지 기다리는 것도 방법이긴 하겠으나 영감의 그간의 노고가 빛이 바랠까, 그것이 저어될 따름입니다.
홍계훈	(피식) 언변이 보통이 아닌 계집이로구나. 허나 어중이떠중이 몇 놈으로 성문을 열 수 있겠느냐?
자인	수는 적으나 이끄는 자가 최덕기 전 종사관이라면... 열 수 있지 않겠습니까?
홍계훈	... 언제?
자인	금일 자시[7]가 어떠할런지요?
홍계훈	(보다가 흔쾌히) 좋다!
자인	(미소... 편치만은 않은)

40.   동 군영 일각 (낮)

이규태와 나오던 자인, 멈칫한다. 옆구리를 잡고 걸어오던 이현이 자인을 보고 멈춘다.

---

5   군상: 종군상인.

6   패서문: 전주성의 서쪽 성문.

7   자시: 밤 11시부터 새벽 1시까지.

자인	백도령...
이현	(목례하고 막사로 들어가는)
이규태	백이방과는 아는 사이더냐?
자인	(놀라) 이방이라 하셨습니까?

41.　　다시 초토사의 막사 안 (낮)

홍계훈 앞에 이현, 서 있다.

홍계훈	(거만한) 이제 멀쩡해 보이는구나.
이현	의관의 말이 이삼일이면 상처가 아물 것이라 하였습니다.
홍계훈	(피식) 상처가 아물 때를 기다려 싸울 만큼 한가한 시국이더냐?
이현	(보는)
홍계훈	오늘은 패서문 반대쪽 동문을 공격하거라. 동비들의 이목을 동문으로 쏠리게 하란 말이다.
이현	(보는... 덤덤한 표정 이면에 노기가 배어 있는)
홍계훈	안 나가구 어찌 버티는 게야?
이현	청나라 군사들이 조선에 들어온다고 들었습니다.
홍계훈	헌데?
이현	혹... 을유년에 일본과 청나라가 체결한 천진조약[8]을 살펴보셨는지요?
홍계훈	(거슬리는) 주제에 일본에서 공부한 티를 내려는 것이냐? 그깟 왜놈들의 조약 따위 내 알 바 무엇이냐?
이현	허면 지금이라도, (하는데)
홍계훈	어허! 썩 물러가지 못할까!
이현	...

8　톈진조약: 갑신정변 이듬해인 1885년 일본과 청나라가 맺은 조약.

42.   감영 / 객사 앞 (낮)

(점프 느낌으로) 과녁에 연이어 꽂히는 쇠뇌 화살! 왼손자세로 쇠뇌를 겨누고 있던 이강, 다시 살을 장전한다. 버들이 곁에서 지켜본다.

버들   대장, 혼자선 위험혀.
이강   느덜은 여그서 장군을 보위혀. 언 늠이 먼 짓을 헐지 모르니께. (조준하는)
버들   참말로 도채비가 다시 오겄능가?

이강, 발사하면 과녁으로 날아가 정확히 중심에 꽂히는 화살!

이강   ... 놈은 반드시 와.

43.   경군 군영 / 이현의 막사 안 (낮)

탄띠를 매고 정좌한 이현, 침통한 표정으로 앞에 놓은 총을 바라본다.

44.   성문 앞 (낮)

죽창을 꼬나쥔 이강, 쇠뇌를 둘러메고 당당하게 걸어 나온다.

45.   (12씬의) 숲길 (낮)

이강, 걸어와 멈춘다.

플래시백〉12씬의,
이현을 업고 사라지는 이규태 일행.

현재〉

이강, 근처의 숲을 쳐다본다.

46.   **다시 이현의 막사 안 (낮)**

총알을 탄창에 집어넣던 이현... 잠시 손을 멈추고 고민한다.

47.   **다시 숲길 (낮)**

나무 위에 숨어 쇠뇌에 활을 장전하는 이강, 숲길을 주시한다.

48.   **경군 군영 / 이현의 막사 앞 (낮)**

천막을 걷으며 작심한 듯 걸어 나오는 이현.

49.   **다시 숲길 (낮)**

이강, 일각의 인기척에 흠칫 몸을 돌려 쇠뇌를 겨누면 토끼 정도 깡충깡충 뛰어가는... 다시 전방을 주시하는데... 사람의 발자국 소리가 들린다. 이강, 진짜다 싶어 쇠뇌를 겨누면... 소복을 입은 자인이 나타난다. 이강의 표정이 굳어진다. 자인, 어두운 표정으로 이강이 숨은 나무를 지나쳐가는... 이강, 이게 뭐지 싶은...

50.   **산비탈 (낮)**

매복한 경군들 앞의 이규태, 이현을 돌아본다.

이규태　천진조약?

이현　갑신정변이 실패한 이후 일본과 청나라의 군대가 철수하면서 체결된 조약입니다. 차후 조선에 청나라 군대가 진주할 경우 일본에 통보한다는 조목이 있습니다.

이규태　통보라... 헌데 그게 무슨 문제란 말이냐?

이현　일본의 이등박문[9] 내각은 갑신년에 상실했던 주도권을 되찾기 위해 조선 출병의 명분을 찾고 있습니다. 그들이 원하는 최고의 명분이 바로... 청나라 군대의 조선 파병입니다.

이규태　!

51.　경군 군영 / 초토사 막사 안 (낮)

홍계훈 앞에 이규태, 이현, 서 있다.

홍계훈　듣기 싫다! 어느 안전이라구 해괴한 요설을 지껄이는 것이냐!

이규태　묵살만이 능사가 아닙니다. 조정에 기별을 보내 일본의 동태를 감시하게 해야 합니다.

홍계훈　아전 나부랭이도 아는 것을 조정의 중신들이 몰랐겠느냐! 갑신년에 청나라에 혼쭐이 난 왜놈들이 감히 출병을 할 수 있다고 보느냐!

이현　지금 일본은 갑신년의 일본보다 강하고, 청나라보다는 더더욱 강합니다.

홍계훈　이놈이... 오냐오냐 해주었더니 주제를 모르고 설치는구나!

이두황, 들어온다.

이두황　영감.

9　이등박문: 이토 히로부미.

홍계훈	뭐냐!
이두황	신임 전라관찰사 김학진 대감이 오셨습니다.
홍계훈	!

52.   동 초토사 막사 앞 (낮)

김학진 일행이 서 있다. 이현, 나와서 옆으로 비켜서고 홍계훈, 이규태, 이두황이 급히 나와 맞는다.

홍계훈	대감... 부임을 감축드립니다.
김학진	(노려보는)
홍계훈	?
김학진	(탄식하는) 이런 한심한 인사 같으니!
일동	!

53.   전라감영 / 관찰사 집무실 안 (낮)

송희옥을 따라 김개남과 손화중이 들어온다. 전봉준, 수북이 쌓인 조보 앞에 앉아 있다.

손화중	무슨 일입니까?
전봉준	(들고 있던 조보를 건네며) 어쩌면 진짜 위기가 닥칠지도 모르겠네.
손화중	(급히 보는)
김개남	먼 소리여? 지금도 위긴디 진짜 위기라니?
손화중	!... 천진조약?
전봉준	창의군이 아니라... 이 나라 조선의 위기 말일세.
일동	!

54.   다시 초토사 막사 앞 (낮)

홍계훈 (어이없는 듯 피식) 아니 대감, 난데없이 왜 이러시는 겁니까?

김학진 닥쳐라, 이놈!

홍계훈 대감!

김학진 니놈이 청군을 끌어들이는 바람에... 지금 일본군이 제물포에 상륙했단 말이다!

홍계훈 !!!

55.   인서트 - 해안가 (낮)

일본군 기마대와 보병들, 모여드는... 짐꾼들, 분주히 짐을 나르는... 백성들, 구경하는... (☞일본군의 제물포 진주 사진을 참조 바랍니다.)

56.   다시 초토사의 막사 앞 (낮)

김학진 (비통한) 청군도 모자라 이제 일본군까지 들어왔다! 이 사태가 니놈의 목 하나로 해결될 일이겠느냐~!!!

홍계훈 (병한)

이규태, 고개 돌려 이현을 바라보는... 쓸쓸한 듯 피식 웃는 이현.

홍계훈 (냉정을 되찾고) 너무 걱정 마십시오. 소관이 곧 동비들을 진압할 것이니, 청군과 일본군도 물러가게 될 것입니다.

김학진 자네가 무슨 수로?

홍계훈 (피식) 다 수가 있습니다. 오늘밤이면 전봉준이도 끝장입니다.

김학진 !

57.　(송봉길의) 초가 일실 안 (낮)

자인, 봉길, 덕기, 앉아 있다.

덕기　　그라모 지는 검계[10] 아아들 쫌 만나보겠십니더. (일어나는)
자인　　(착잡한) 나도 그만 가볼라네. (일어나는)
봉길　　자인아.
자인　　(보는)
봉길　　고상했다.
자인　　... 약조만 지켜주소. (나가는)

58.　동 초가 앞 (낮)

덕기와 자인, 초가를 나선다.

자인　　아버지를 다른 곳으로 옮겨주세요.
덕기　　들어묵도 안 합니더... 객주님, 일이 잘못돼도예, 시치미 뚝 떼고 모르는 척 하
　　　　이소. 홍계후이를 만난 거는 접니더.
자인　　(옅은 한숨) 몸조심하세요, 최행수.
덕기　　(싱긋) 걱정 마이소. (가는)

자인, 착잡하게 반대편으로 사라진다. 일각에서 모습을 나타나는 사내, 굳은
표정의 이강이다.

59.　전주시장 (밤)

10　검계: 조선 후기 폭력 조직.

철시한... 일각에서 한 여인이 배추 껍데기를 주워 모으고 있다. 유월, 광주리를 안고 걸어오다 자인을 보고 멈춘다.

유월   객주님?
자인   아, 아짐.
유월   하루쳥일 으딜 다녀오셨어라? (소복 보고) 으디 초상났능게라?
자인   (애써 미소) 아무것도 아닙니다. 성문에 가시는 겁니까?
유월   밤마동 주먹밥 노나주람서요. (하다가 일각의 여인 보고) 오매, 불쌍헌 거... (다가가 광주리에서 주먹밥 꺼내 건네는) 이거 드쇼이.

'고맙소이!' 하며 냉큼 받던 여인이 흠칫한다. 이화다.

이화   느!
유월   (헉! 하는)
이화   (대뜸 먹살을 잡으며) 너 이년!
자인   (뜯어 말리며) 이게 무슨 짓입니까!
이화   (밀치며) 놔! 넌 누군디 우리 집 노비를 델고 다니는겨! (이내 자인을 알아보는) 쩌번에... 고부 친정서 봤던 객주 아녀?
자인   일단 고정부터 하세요. (하는데)
이화   (대뜸 유월의 따귀를 올려붙이는)
유월   !
이화   니년 아들이 이방 안 헌다고 지랄염병을 허는 바람에 친정이 시방 으째 됐는지 아냐? 망쪼가 나부렀다, 이년아! (잡아끄는) 가자! 당장 고부로 가자고!!!
자인   (보다 못해) 이런 써글... (소매 걸어부치고 다가서는데)
유월   (뿌리치는) 이거 놔!!!

광주리가 엎어지면서 주먹밥이 흩어지는... 유월, 이화의 뺨을 냅다 갈기는... 이화, 헉! 하고... 자인, 놀라 보면,

유월   나 노비 아녀! 나아! 창으군 별동대장 백이강이 엄니여!
이화   (벙한) 유월이 느... 죽고 잡어 환장했냐?

유월	환장만 했간디? 아들내미 죽으믄 따라 디질 년이라 뵈는 것도 싫어. 눈뜬 봉사라고!
이화	(질린 듯 보는)
유월	다시는 노비 소리 허덜 말어. 쎄바닥을 뽑아가꼬 세답줄[11]에 널어블라니께.
이화	(망연자실, 털썩 주저앉는)
유월	(가는)
자인	(헛웃음이 터지는)

60. 전주여각 / 행랑채 일실 안 (밤)

유월, 짐을 싼다. 자인이 뾰로통해서 서 있다.

자인	정말 이러시깁니까?
유월	민폐 그만 끼쳐야지라이.
자인	무슨 민폐를 끼쳤다고 그러세요? 제가 공밥 멕여드렸습니까?
유월	객주님이 이화 아부질 몰라서 그려라... 계속 여그 있다간 객주님도 애 먹는당게요.
자인	가실 데나 있으십니까?
유월	동무 따라 강남도 간다는디 아들 따라 한양얼 못 가겠어라? 으병들 밥이나 해줌서 따라다닐라고요. (보퉁이 들고 일어서는데)
자인	(막는) 가지 마세요. 저는 못 보냅니다.
유월	글씨 있어봤자 객주님헌티 해만 된당게요.
자인	유월 아짐!
유월	(보는)
자인	(유월의 손 잡고 간절히) ... 제발요.
유월	(얼떨떨한) 야?
자인	제가 이강이 살려낼 테니까... 제발 여기서 저와 함께 있어주세요.

---

11   세답줄: 빨랫줄.

유월	객주님이 으떻게 살려내는디요? (하다가) 아니... 객주님이 왜요?
자인	(보는... 먹먹한)
유월	객주님...
자인	이강이가... 백이강 그 나쁜 놈이... (유월의 손을 가슴께로 가져가며) 도무지 여기서 나가지를 않습니다.
유월	(허어~ 놀라는)
자인	(눈물 그렁한)

61.   동 행랑채 앞 (밤)

이강, 고개 숙인 채 묵묵히 듣고 있다.

62.   다시 행랑채 일실 안 (밤)

유월, 자인을 감싸 안는다.

유월	으쩔라고 그랬소? 은제 디질지 모르는 늠을 으쩔라고요?...
자인	(눈물 흐르는)
유월	(자인의 등을 쓰다듬으며) 으쩌끄나... 우리 객주님 짠혀서 으쩌끄나...
자인	(처연한)

63.   다시 행랑채 앞 (밤)

무겁게 가라앉은 이강의 표정에서 F.O.

64.   황진사댁 외경 (밤)

박원명　(E) 황진사!

65.　동 석주의 방 안 (밤)

석주, 명심의 부축을 받아 몸을 일으킨다. 막 들어온 박원명, 석주를 만류한다.

박원명　그냥, 그냥 앉아 계시오. (석주의 몰골에 한탄이 절로 나오는) 이런... 이런 참담할 일이 있나!

석주　(씁쓸한) 못난 꼴을 보여드려 송구합니다.

박원명　아닙니다. 이게 다 본관이 부덕해서 벌어진 일입니다. 그래, 향병대는 어찌 되었소?

석주　태반이 죽거나 다쳤지요... 지금은 백이방이 지휘를 하고 있습니다.

명심　!

66.　백가네 안채 / 거실 안 (밤)

백가, 채씨 앞에 억쇠가 서 있다.

백가　황석주가 왔다고?

억쇠　야. 죽창에 다리를 찔려가꼬 후송이 됐답니다요.

채씨　(투덜대듯) 이래서 동비덜이 반편이에 맹추라는겨. 넓다나 넓은 배때지 놔두고 으째 다리를 쑤시고 지랄이여?

백가　이현이는?

억쇠　황진사 대신 향병대를 맡았다는 거 보믄... 아직은 무사헌 모양입니다.

채씨　(꺼질 듯 한숨)

백가　이현이가 황석주를 곱게 돌려보낸 거 보믄... 아직 명심이헌티 미련이 있는 거이 분명혀.

채씨　(발끈) 미련? 무신 고런 땡중 개뼉다구 핥는 소릴 해대쌌소? 이현이가 왜!

백가	(쓰읍) 거 참 여편네 말뽄새 꼬락서니허곤...
억쇠	근디 어러신.
백가	(보면)
억쇠	황진사가 말여라... 오자마자 매파[12]부터 찾았다는디라?
백가	!
채씨	매파?
백가	(피식) 고늠 참... 허는 짓마동 사람 염장을 질러부네이.

앙심을 품는 듯한 백가의 표정 위로...

| 명심 | (E) 싫습니다! |

67.   황진사댁 / 석주의 방 안 (밤)

명심, 다부진 눈초리로 석주를 본다.

명심	파혼한 지 얼마나 됐다구 매파를 들입니까?
석주	(지친) 그럴 만한 사정이 있어 이러는 것이니 따르거라.
명심	싫다 하였습니다!
석주	명심아!
명심	(원망스런) 한때나마 백년가약을 맺었던 정인이 지금 사지에 있습니다. 헌데 소녀더러 다른 사내의 아내가 되라니요? 이는 금수만도 못한 짓입니다! (박차고 나가는)
석주	(답답한 듯 한숨을 내쉬는)

68.   동 명심의 방 안 (밤)

---

12   매파: 혼인을 중매하는 할멈.

반닫이에서 무언가를 꺼내는 명심... 탄피다.

이현　(E) 탄피라는 겁니다.

플래시백〉 5회 12씬의,

이현　**보이는 건 이처럼 다 껍데깁니다. 아씨께서 보아오신 것도 제 껍데기... 그 속의 저는 아씨께서 생각하시는 것 이상으로 훨씬... 강합니다.**

현재〉
명심, 눈물이 그렁해지는...

69.　경군 군영 / 이현의 막사 안 (밤)

봇짐이 풀어헤쳐진... 이현, 피 묻은 한복배자를 물끄러미 바라본다.

70.　다시 명심의 방 안 (밤)

탄피를 소중히 보듬으며 슬퍼하는 명심.

71.　다시 이현의 막사 안 (밤)

한복배자를 움켜쥐는 이현... 북받치는 감정을 애써 억누르는데...

이두황　(E) 집결하라!
이현　!

72.   경군 군영 안 (밤)

홍계훈이 지켜보는 가운데 병사들이 모여든다.

이두황   꾸물대지 마라!

이현, 총을 들고 나온다. 이규태가 근처에 서 있다.

이현   영관나리! 야습입니까?
이규태   자시에 보부상들이 패서문을 열기로 하였네.
이현   !

73.   번개의 무덤 앞 (밤)

이강, 번개의 묘비를 응시하며 앉아 있다. 묵묵히 깊은 생각에 잠겨 있는...

74.   전주여각 / 자인의 집무실 안 (밤)

자인, 초조함을 가누지 못하고 서성대는... 순간 멀리서 들려오는 인경 소리!

75.   인서트 - 종루 (밤)

창의군들, 인경을 친다.

76.   전주여각 마당 안 (밤)

자인, 대청을 내려선다. 유월, 대문을 잠그려다 말고 다가선다.

유월	인경[13]이 쳤는디 으딜 가실라고요?
자인	(초조한) 가볼 데가 있습니다. 먼저 주무세요.

자인, 대문가로 가는데 문이 벌컥 열리면서 이강이 들어선다.
자인, 멈칫! 이강, 자인 앞에 바짝 다가선다.

유월	이강아?
이강	(자인을 아프게 바라보는)
자인	(머뭇) 백이강...
이강	(힘든)

77. 초가 일실 안 (밤)

봉길, 덕기, 검계 두령 및 살수들, 앉아 있는...

봉길	(금궤를 두령 앞에 밀어주며) 나머진 거사 후에 드리겠소.

78. 다시 전주여각 마당 안 (밤)

이강	아버지 뵈러 가는겨?
자인	(하얗게 질리는)
유월	먼 소리여? 어르신은 시방 성 밖에 계시잖여? (하는데)
자인	(작심한 듯) 그래.
유월	(헉! 해서 자인을 보는)
이강	(보는)

---

13   인경: 통행금지를 알리는 종.

79. 다시 초가 일실 안 (밤)

금괴를 집어넣은 두령, 눈짓을 주고받고 일어서는데

호위무사 (E) 웬 놈이냐!
일동 !

80. 동 초가 마당 안 (밤)

해승이 호위무사를 베어 쓰러뜨린다. 검계 살수들이 튀어나온다. 동록개가 창의군들을 이끌고 들이닥친다.

해승 송봉길은 어서 나와 오라를 받으시오!!!

81. 다시 일실 안 (밤)

덕기, 칼을 뽑아드는... 봉길, 눈을 질끈 감는...

82. 다시 초가 마당 안 (밤)

두령, 칼을 뽑아 해승에게 덤빈다. 울타리 밖에서 버들이 방아쇠를 당긴다! 탕!!!

83. 다시 전주여각 마당 안 (밤)

총소리에 헉! 하는 유월! 불길해진 자인, 이강을 밀치고 나가려는데... 이강이
거칠게 잡아챈다.

자인   놔. (뿌리치면)
이강   (꽉 잡고) 나럴... 용서허덜 말어.
자인   (일그러지는) 놔!!!

이강과 자인의 시선에서 엔딩.

11회

1.   (10회 엔딩씬에서 이어지는) 전주여각 마당 안 (밤)

총소리에 헉! 하는 유월! 불길해진 자인, 이강을 밀치고 나가려는데... 이강이 거칠게 잡아챈다.

자인   놔. (뿌리치면)
이강   (꽉 잡고) 나럴... 용서허덜 말어.
자인   (일그러지는) 놔!!!

이강과 자인의 시선이 부딪친다.

2.   초가 마당 안 (밤)

버들이 총을 겨눈 가운데 해승과 동록개를 선두로 창의군들이 살수들을 포위, 압박해간다. 살수 한 명이 버들에게 암기를 던진다. 버들이 가까스로 피하는 순간 일제히 덤벼드는 살수들! 해승과 동록개가 응전한다.

3.   다시 전주여각 마당 안 (밤)

이강, 자인을 끌어당겨 얼굴을 바짝 들이민다.

이강   (다짐시키듯) 이녁은 암것도 모르는겨. 아부지가 으딨는지... 누가 홍계훈이허
         고 무신 작당을 혔는지.
자인   (원망 어린)
이강   알겄능가!

4.   동 일실 안 (밤)

살수가 문짝과 함께 쓰러지고 해승이 들이닥친다. 봉길, 미동도 않고 앉은...
벽에 바짝 붙어 있던 덕기가 해승의 목에 단검을 갖다 댄다.

덕기   행님, 퍼뜩 일나이소!

순간 해승이 덕기의 손목을 꺾어 단검을 떨어뜨린다. 덕기와 해승, 치열하게
몇 합을 주고받는다. 동시에 가격하고 물러선 두 사람이 무기를 집어 드는 순
간, 버들이 총을 겨누며 들어온다.

버들   꼼짝 말어!
덕기   !
봉길   덕기야. 그만허자.
덕기   (분한, 무기를 던지는)

5.   다시 전주여각 마당 안 (밤)

자인   (체념의 빛이 어리는... 이내 냉담하게) 그려... 나넌 아무것도 몰러.
이강   (잡은 손 놓는)

자인 용서허지 말라고?

이강 (보는)

자인 명색이 으병 대장이니께 안면 몰수허고 이 지랄허는 거 나가 이해 못헐 바는 아니여. 근디 안 있냐이... 아부지 털끝 하나 상해블믄... 그띤 용서 안 혀.

자인, 들어가는... 유월, 털썩 주저앉는... 이강, 침통한.

6. **전라감영 앞 (밤)**

굳은 표정의 이강, 걸어온다. 한 무리의 창의군들이 어딘가로 신속히 이동한다. 칼을 쥔 손화중이 걸어나와 이강을 지나친다.

이강 손접주님, 먼 일이다요?

손화중 적들이 패서문[1] 앞에 출몰했었다는군. (가는)

이강 (난감한)

7. **동 옥사 옥방 안 + 앞 (밤)**

김개남, 포박당한 덕기 앞에 쪼그려 앉는다. 역시 포박당한 봉길이 구석에 널브러져 있다. 버들이 창살 앞을 지킨다.

김개남 성문을 열어가꼬... 경군을 들일라 근거?

덕기 (피식) 생사람 잡지 마소. 우린 고마 성 밖으로 티낄라캤다카이.

김개남 (피식) 주뎅이 작살내블기 전이 이실직고혀.

송희옥이 '김접주님!' 하며 들어온다.

---

1 패서문: 전주성의 서쪽 성문.

송희옥	검계 한 늠이 토설을 했습니다. 자시에 패서문을 열면 경군이 쳐들어오기로 했었답니다.
덕기	...
김개남	경군허고 연통을 헌 늠이 누구여?
덕기	나 아이모 누가 했겠노?
김개남	니늠이 들락날락혀두 모를 만큼 허술헌 창으군이 아녀!
덕기	이래봬도 내가 왕년에 훈련도감 종사관 했던 몸이다. 알굿나?
김개남	(멱살 잡으며) 말혀... 중간에서 다리를 놓은 늠이 누구여?
이강	(E) 그늠 맞소.

덕기, 보면 이강이 창살 앞에 서 있다.

이강	도채비 잡을라고 나가 매복을 혔었는디... 쩌늠이 경군 군영 쪽에서 내려오는 것을 봤구먼이라.
덕기	(이강을 보는)
이강	...
덕기	(피식) 절마 하는 말 들었제?

김개남, 마지못해 멱살을 풀어주고는 일어난다. 송희옥과 옥방을 나와 사라지는... 이강, 침통하게 보다가 사라진다. 버들, 문을 잠근다.

봉길	쟈가 자인이 갸여?
버들	(멈칫)
덕기	(쓸쓸한 듯 피식) 예.
봉길	망헐 늠... 사내 볼 줄은 아누먼.
버들	...

8.   전라감영 / 객사 일실 안 (밤)

이강, 묵묵히 앉아 있는... 버들이 들어선다.

버들　　죄인들 말여... 내일 으찌헐지 처결을 내린디야.

이강　　... 그려.

버들　　... 괜찮냐?

이강　　... 그려.

버들　　... 대장.

이강　　(보는)

버들　　대장을 자랑스러워 허는 사람이 많다는 거... 꼭 알어주믄 쓰겄구먼.

이강　　(씁쓸한)

버들　　지하에 있는 번개도 솔찬히 기뻐헐 거시여.

이강　　(애써 미소) 그려.

버들, 나가는... 이강, 착잡해지는.

9.　　　경군 군영 안 (밤)

출동했던 병사들이 들어와 도열한다. 이규태, 이현, 당손 등 장교들 들어간다.

홍계훈　　(E) 이런 빌어먹을!!!

10.　　　동 초토사 막사 안 (밤)

홍계훈, 탁자를 내려친다. 그 앞에 이규태 등 장교들 서 있다. 이두황, 홍계훈 뒤에 배석한.

홍계훈　　성문이 열리지 않다니... 송객주 그년이 내게 허언을 한 것인가?

이현　　성 안에서 총성이 들렸습니다.

이규태	교전을 벌이다 진압된 것 같습니다.
홍계훈	(분한) 전군 출정준비! 새벽에 전주성을 친다!
이두황	예, 영감!
김학진	(E) 멈추시게!

일동, 보면 일각에 묵묵히 앉아 있는 김학진.

김학진	병사를 아껴야 하네. 청나라 군대가 당도할 때까지 자중하시게.
홍계훈	(어이없는... 비아냥대듯) 제물포에 왜놈들의 군대가 왔다면서요? 예서 꾸물 댈 시간이 없습니다. 왜놈들의 의중도 모르는 지금... 한양에는 군사래봤자 금군²이 고작입니다!
김학진	그러니 더더욱 병사를 아껴야! 경군이 건재해야 왜놈들이 딴 마음을 품지 못할 것이 아닌가!
홍계훈	대감은 관여치 마십시오! 전투는 초토사인 이 홍계훈이의 소관입니다!
김학진	감히 관찰사의 영을 거역하겠다는 것이냐!
홍계훈	(피식) 그럴 리가요. 동비를 토벌하라는 주상전하의 어명을 따를 뿐입니다.
김학진	그 주상전하께옵서... 내게 편의종사³의 권한을 주셨다면?
이현	(보는)
홍계훈	(놀라) 편의종사?
김학진	본관의 영을 거역하는 것은 주상전하를 거역하는 것임을 명심하게.
홍계훈	(분한) 해서... 무엇을 어쩌자는 것입니까?

김학진, 숙고한다. 이현, 보는...

11. 전라감영 외경 (낮)

---

2   금군(禁軍): 궁궐을 수비하는 국왕의 친위군.
3   편의종사: 현지 사정에 따라 임금의 재가 없이 일을 처리할 수 있는 권한.

대장소의 깃발이 펄럭이는.

김개남 (E) 하마터면 허를 찔릴 뻔혔으!

12.   동 관찰사의 집무실 안 (낮)

전봉준과 지도부들, 회의 중이다. 격앙된 분위기.

손화중 송봉길과 그 일당을 마땅히 참수로 다스려야 합니다.
이강 성문이 열린 것도 아니고 미수에 그쳤는디 참수는 너무 심허잖소!
손화중 일벌백계! 다시는 이런 일이 벌어지지 않도록 본보기로 삼아야 하네!
이강 꼭 모가지를 썰어가꼬 꼬챙이에 꽂아부러야 본보기다요! 태형도 있고 옥살
이도 있고 시상에 널린 게 처벌 아녀라!
김개남 으병덜 사기도 생각혀야제! 가뜩이나 떼놈들 땀시 심란헌 판국인디 경군허
고 내통헌 늠들꺼정 살려주믄... 싸울 맴이 생기겄능가?
이강 (말문 막히는)
송희옥 장군, 저자에 효수혀서 결사항전으 으지를 과시허셔야 헙니다!

고심하는 전봉준. 그때 동록개가 들어온다.

동록개 장군!
전봉준 무슨 일이오?
동록개 전주여각 송객주가 독대를 청허는디요?
이강 !
전봉준 물러가라 전하시오.
동록개 (난처한) 고거이... 말로 혀서 될 거 겉지가 않은디...
전봉준 (보는)
이강 (나가는)

13.   동 내삼문 앞 마당 (낮)

이강, 급히 나온다. 문 앞에 꿇어앉은 자인, 육혈포를 제 관자놀이에 겨누고 있다. 창의군들, 차마 다가서지 못하는...

유월   (황망한 표정으로 이강에게 다가서는) 장군님은? 이?

이강   (난감한)

자인   장군께 다시 전해... 선처나 구걸하려는 게 아니라 거래를 하러 왔다구.

이강   (다가가며) 일단 고늠부터 내려놔.

자인   (노리쇠를 당기는)

이강, 멈칫하고 창의군들, 어~ 놀라는...

자인   가서 전해.

이강   (답답한)

해승   (E) 백대장!

이강, 보면 서찰함을 든 해승이 급히 다가선다.

해승   장군께 어서 전해줘.

이강   (받는) 이게 먼디요?

해승   전라관찰사가 보낸 효유문⁴이야.

이강   !

송희옥   (E) 본관은 주상전하로부터 편의종사를 윤허 받았느니라.

14.   다시 관찰사의 집무실 안 (낮)

---

4   효유문: 백성을 타이르는 글.

전봉준과 지도부, 송희옥이 낭독하는 효유문을 듣고 있다.

송희옥 약속하건대 너희에겐 아직 살 길이 있다. 너희를 선동한 흉괴 이외에는 징치하지 않겠다. 허니 속히 흉괴를 포박하여 성문을 열고 항복하라. 너희의 죄를 불문에 부치고 생업에 종사토록 할 것이다. (낭독 마치는)

김개남 (피식) 편으종사꺼정 허락허다니... 임금이 어지간히 급했구먼.

손화중 일고의 가치도 없는 이간질입니다.

전봉준 그래도 나 하나만 징벌하겠다는 것은 크게 선심을 쓴 것이네.

김개남 무신 흉계가 있는겨. 청나라서 원군꺼정 오는 판에 뭐가 아쉬워서 선심을 쓰겠는가?

전봉준 무언가 발등에 불이 떨어진 모양이지.

손화중 발등에 불이라면 혹... 일전에 장군께서 우려하신 그놈들이 아닐런지요?

이강 (의아한) 그늠들이라믄... 누구 말여라?

김개남 왜늠.

이강 !

15.   **인서트 - 길 (낮)**

욱일승천기를 휘날리며 위풍당당하게 진군해오는 일본군들.

16.   **다시 관찰사의 집무실 안 (낮)**

지도부 (긴장하는)

전봉준 (짐짓 대수롭지 않은 투로) 다들 함부로 속단하지 마시오.

김개남 아녀, 녹두. 분명 왜늠이여.

전봉준 병사들 사기도 있으니 억측은 자제하게. (말 돌리듯) 송객주는 어찌 되었는가?

이강 버티고 있습니다. 다짜고짜 거래를 허자는디요.

전봉준 (목발 짚고 일어나며) 객사로 들게.

17.   동 객사 일실 안 (낮)

       자인과 전봉준, 마주 앉은.

자인   (태연히) 제 아비와 행수를 어찌하실 작정입니까?

전봉준 효수하여 본보기로 삼자는 의견이 대세요.

자인   (조소) 인즉천을 신봉하는 창의군이 그리 끔찍한 일을 저질러서야 면이 서겠
        습니까? 관용을 베푸는 것이 보국안민의 대의에 합당할 것입니다.

전봉준 (미소) 거래를 하러 왔다 들었소. 말씀해 보시오.

자인   (정색) 두 분의 목숨과 전주여각의 전 재산을 바꾸고 싶습니다.

전봉준 ...

자인   군량미는 물론 군자금마저 바닥이 났다 들었습니다. 저는 겨우 두 명을 살리
        고, 장군께선 수만의 창의군을 살리는 것이니... 말이 거래이지 거저입니다.

전봉준 (보다가 허심탄회하게) 송객주.

자인   (보는)

전봉준 나와 함께 좀 더 큰 거래를 해보는 게 어떻겠소?

자인   (미소) 말씀해보세요.

전봉준 (서찰봉투를 꺼내 내밀며) 나를 대리해서 이것을 좀 팔아주시오.

자인   (끌어가며) 이게 뭡니까?

전봉준 이 나라 조선의 명운이오.

자인   (터무니없다는 듯 피식) 네?

전봉준 조선에 일본군이 들어온 것 같소.

자인   (굳는)

전봉준 아니... 분명히 왔소.

자인   허면 이 터무니없는 것을 누구에게 팔란 말입니까?

전봉준 편의종사의 권한을 가진... 전라관찰사 김학진.

자인   ... 만에 하나 일본군이 오지 않았다면요?

전봉준 거래는커녕 송객주도 위험에 처할지 모르오.

자인   구문[5]은 부친과 행수의 목숨이겠지요?

전봉준	물론이오.
자인	하지요.

문이 열리고 이강이 들어온다.

전봉준	(불쾌한) 엿듣는 버릇이 있었더냐!
이강	지도 같이 가겠습니다.
자인	번거로울 뿐입니다. 사양하지요.
이강	홍계훈이허고 내통했던 사람... 최행수가 아니라 송객주였구먼이라.
전봉준	(자인을 보는)
자인	(태연한)
이강	또 먼 작당을 헐지 모르니께 지가 붙어 있겠습니다.
전봉준	허위보고를 한 죄는 따로 묻겠다. (자인에게) 같이 가시오.
자인	(옅은 한숨)
이강	(보는)

18. 성문 앞 (낮)

자인과 봇짐을 멘 이강, 나선다. 차인들이 면포 정도 가득 실린 수레를 끌고
나온다. 이강, 차인 복장에 목에는 수건 정도 두른...

자인	(멈추고 냉랭하게) 장갑 빼.
이강	(서운한) 쪼잔허게 이럴 거까진 없잖애. (왼손으로 슥 빼서 주면)
자인	의병인 거 들키고 싶지 않으면 눈에 띌 만한 건 뭐든 감춰. (가는)
이강	(주머니에 장갑 넣으며 따라가며) 알어볼 늠이 으됬다구 이려? 쫄지 말어.
자인	거기 백도령이 있어.
이강	(잡아 세우며) 이현이가?

---

5   구문: 홍정을 붙여주고 그 대가로 받는 돈.

자인	(팔 가볍게 뿌리치고) 지금은... 백이방이구. (가는)
이강	(믿기지 않는)

19.   경군 군영 / 이현의 막사 안 (낮)

이현, 이두황의 발길질에 쓰러진다. 당손이 말린다.

당손	영관나리! 참으십쇼!
이두황	(당손을 밀치며) 비켜! (이현에게 다가가며) 천한 아전놈이 감히 초토사의 영을 거역해?
당손	(말리며) 부상이 도졌다지 않습니까? 안색을 좀 보세요. 저 몸으로 저격을 나가라니요?
이두황	핑계다. 어젯밤엔 패서문 반대쪽 성문에서 암약하란 지시도 묵살했던 놈이야!
이현	출동하려는데 야습을 나간다 하여... 소인의 맡은 바 소임대로 향병대를 인솔하였을 뿐입니다.
이두황	그래도 이놈이, (옆구리 걷어차는)
이현	(윽! 옆구리를 쥐는)
당손	영관나리!
이두황	비켜!
이규태	(E) 그만하시게.

일동, 보면 이규태, 들어온다.

이규태	동비들이 사자[6]를 보냈네.
이두황	!... (나가는)

---

6   사자: 타인의 의사를 전하는 사람.

이규태, 이현을 쓸쓸하게 일별하고 나간다.

당손　(이현을 부축하며) 처남, 괜찮아?

이현　(고통을 참는... 옆구리를 부여잡았던 손바닥을 보면 피가 묻어 있는)

당손　(헉! 이현의 상의를 벗기는) 어디 좀 봐. 환부가 터진 거 아냐?

이현　(노기 어리는)

20.　동 초토사의 막사 안 (낮)

자인과 이강이 들어온다. 문가에 이규태와 서 있던 이두황이 이강의 몸을 수색한다.

자인　젓가락질도 못하는 놈입니다. 염려 마세요.

이두황　(이강의 오른손 흉터를 일별하고 의심을 풀듯 피식)

이강　(헤벌쭉 웃으며 냉큼 엎드려 조아리는)

자인, 앉아 있는 김학진과 홍계훈에게 허리 숙여 절한다.

홍계훈　(조소) 어제는 전봉준을 죽이자더니 오늘은 그놈의 사자라... 참으로 변화무쌍하구나.

자인　하찮은 장사치가 어찌 그런 조화를 부리겠습니까? 파도에 떠밀리는 부평초 신세라 그런 것이니 측은히 여겨 주십시오.

홍계훈　(피식) 관찰사께 전봉준의 말이나 전하거라.

자인, 서찰을 꺼내면 이두황이 낚아채 김학진에게 전한다. 서찰을 펼친 김학진의 표정이 대번에 굳어진다.

홍계훈　어찌 그러십니까?

김학진　전봉준이... 화약[7]을 제의해왔네.

홍계훈　(뜨악한) 화약?

규태·두황 !

자인·이강 (긴장)

홍계훈   (김학진이 건네는 서찰을 낚아채듯 받아서 보는)

전봉준   (E) 우리의 요구를 수용하면... 전투를 중단하고 전주성을 비워드리겠소.

홍계훈   !

21.   몽타주 (낮)

1) 감영 동헌 안 - 송희옥과 함께 목발을 짚고 대청을 내려서는 전봉준.

전봉준   (E) 일조, 동학도인과 관은 그간의 원한을 잊고 함께 서정에 협력한다. 이조, 탐관오리의 죄상을 낱낱이 밝혀 처벌한다. 삼조, 횡포한 부호를 엄히 처벌하고 사조, 불량한 유림과 양반을 징벌한다.

2) 전주시장 + 골목 - 송희옥과 창의군들이 빈 교자 옆에 서 있는... 골목에서 목발을 짚고 시장통의 인간 군상을 바라보는 전봉준.

전봉준   (E) 오조, 노비문서를 불태운다. 육조, 칠반천인의 대우를 개선하고 백정의 머리에 쓰게 한 평양립을 폐지한다. 칠조, 청상과부의 재혼을 허가한다. 팔조, 무명잡세를 철폐한다.

3) 성곽 위 - 지치고 초라한 행색의 창의군들 사이를 목발도 없이 천천히 걸어가는 전봉준... 창의군들, 애써 의연한 미소로 성원을 보내는... 애틋한 전봉준의 표정 위로...

전봉준   (E) 구조, 지위와 문벌을 타파하여 인재를 등용한다. 십조, 일본과 통하는 자는 엄벌한다. 십일조, 기왕의 빚은 모두 탕감한다. 십이조, 토지를 균등하게

---

7   화약: 서로 화목하게 지내자는 약속.

분작한다.

누군가의 선창으로 '녹두장군 만세!', '창의군 만세!'를 외치는 병사들... 숙연한 전봉준의 표정 위로...

홍계훈   (E) 이런 말도 안 되는!!!

22.   다시 초토사의 막사 안 (낮)

홍계훈   (서찰 탁 내려놓으며) 놈이 궁지에 몰리니까 잔꾀를 부리는 것입니다!
김학진   전봉준에게 전하게. 하루의 말미를 줄 터이니 순순히 항복하라구.
홍계훈   차라리 저년의 목으로 답을 대신하시지요.
자인   !
홍계훈   놈이 다시는 이따위 수작을 부리지 못할 것입니다.

김학진과 영관들의 시선이 자인을 향한다. 엎드린 이강, 입을 움직여 무언가를 뱉어낸다. 작고 날카로운 침!

자인   (애써 태연히) 쉰네를 죽이면 차후에 전봉준과의 연통은 어찌 하시렵니까?
홍계훈   연통을 할 이유가 무엇이냐? 그깟 오합지졸... 쓸어버리면 그만이다.
자인   오합지졸이라고는 하나 그 수가 수만에다 견고한 성벽이 보위하고 있습니다.
이강   (천천히 왼손을 끌어당겨 침을 쥐는)
홍계훈   (피식) 청나라에서 원군이 온다는 소문도 듣지 못했더냐?
자인   전봉준에겐 시간이라는 원군이 있음을 모르십니까?
홍계훈   !
김학진   무슨 말이냐? 시간이 동비들의 원군이라니?
자인   시간이 갈수록 초조해지는 건 여기 계신 두 분이기에 드린 말씀입니다.
김학진   어째서?
자인   조선에 들어온 고삐 풀린 망아지... 일본군 때문이지요.
김학진   !

홍계훈	(발끈) 닥쳐라! 어느 안전이라구 망발을 지껄이는 것이냐! 왜놈들이 감히 여기가 어디라고 들어와!
자인	(애써 미소 지으며) 아니면 하는 수 없지요... 죽어드리지요!
홍계훈	오냐, 여봐라!
이두황	예!
이강	(왼 주먹을 쥐는... 침이 돌출하는)
홍계훈	저년을 당장, (하는데)
김학진	잠깐!!!
홍계훈	!

이강, 자인, 극도로 긴장한...

김학진	다시 부를 터이니 잠시 나가 있게.
홍계훈	대감!
김학진	자넨 나서지 말게!
홍계훈	(분한)
이강	(얼른 침을 주먹 안으로 숨기는)
자인	(애써 덤덤히) 전봉준이 관찰사 대감의 부임을 축하하는 뜻에서 면포를 보냈습니다.
김학진	병사들에게 나눠주게.
자인	분부 받잡겠나이다. (미소)
이강	(안도하는)

23. 경군 군영 일각 (낮)

차인들이 줄지어 선 병사들에게 면포 다발을 나눠준다. 지친 기색의 자인과 나란히 앉은 이강, 표정이 무겁다.

이강	이현이 말여... 으쩌다 이방이 됐디야?
자인	대화할 겨를이 없었어. 부상도 당한 것 같구.

이강	부상?

자인, 일각에서 수레 주변을 기웃대는 당손을 발견한다.

이강	으디를 다쳤는디?
자인	(나직이) 고개 숙여. 너희 매부가 왔어.
이강	(보는)
당손	(두리번대며 수레로 다가오는)
자인	마주치면 곤란해. 어서 피해.

이강, 면포 집어 들고 뚜벅뚜벅 당손에게 걸어간다. 자인, !

이강	(팔 잡으며 나직이) 나 좀 보게요.
당손	누구야? (돌아보다가 헉!) 거시기?
이강	이현이 으됬소?
당손	도, 동비놈이 여긴 어떻게... (하는데)
이강	(면포 확 안기고) 이화 누이... 따순 쌀밥 멕여 드릴텅게 (면포 한 무더기 더 집어 들며) 안내나 허쇼.

당손, 얼떨떨한 표정으로 이강과 자인을 번갈아 보는.

24.   **동 이현의 막사 안 (낮)**

이강, 막사를 걷으며 들어온다. 텅 빈... 당손은 이미 들어와 있는.

당손	(옅은 한숨) 또 어딜 간 게야?
이강	부상얼 당혔다든디... 시방은 괜찮소?
당손	돌아다니는 거 보면 몰라?
이강	어따, 이방이라고 막사도 내췄는갑소이.
당손	(큼)

둘러보던 이강의 시선이 벗어놓은 이현의 상의 속옷에 가 멈춘다.
군데군데 피가 묻어 있는... 이강, 집어 든다.

이강	(손끝으로 비벼보는) 이건 방금 흘린 피 같은디?
당손	꼬맨 데가 도로 터졌었거든.
이강	으쩌다가요?
당손	그럴 일이 있어. (바깥 일별하고) 누가 보기 전에 그만 나가자구.

이강의 손가락이 멈칫한다. 속옷의 옆구리 부분이 찢겨져 나간...
이강, !

플래시백〉10회 9씬의,

번개	**(피 묻은 헝겊을 움켜쥔 손으로 가리키는) 대장, 저짝이여...**
이강	**!**
번개	**도채비...**

현재〉

이강	(설마 하는)
이강	(E) 백발백중허는 명포수럴 같은 경군이 모른다고?

플래시백〉10회 29씬의,

포로1	**경군이 아닙니다! 향병 출신이라고 들었습니다!**

현재〉

이강	(철렁하는... 토하듯) 이현아...
당손	?
이강	이현이 찾아오쇼.

멀리서 탕! 아련한 총성이 들린다. 이강, !

25. 다시 군영 일각 (낮)

면포를 받던 병사들, 차인들, 총성에 놀라 먼 산 쪽을 돌아본다. 자인, 불안한 표정으로 일어나는데 다시, 탕!

26. 성곽 위 (낮)

망루의 파수병이 총을 맞고 성각 위로 떨어진다. 파수병들, '도채비다!' 외치며 몸을 숨긴다. 망루 아래 버들, 응사하고 성가퀴에 몸을 숨겨 장전한다. 해승과 동록개, 성가퀴에 바짝 붙어 있다.

해승   며칠 잠잠하더니 또 시작이구만!
파수병1 (웅크린 채 겁에 질려) 오매, 으병덜 다 디져블겄네이! 포수덜 싸게 안 쏘고 머더냐!
동록개   쐈봤자 조총은 닿지도 않어!!!
버들   잡것이! (일어나 응사하려는데)

탕! 총알이 성벽에 맞고 돌파편이 튄다. 총을 떨어뜨린 버들, 팔을 부여잡으며 주저앉는다.

해승   버들 접장!
버들   (고통을 참는)
동록개   환장허겄네이... 쩌늠 저거 진짜 도채비 아녀!
해승   (노기 어리는) 개자식!

27. 숲속 (낮)

이현, 장전한다. 풀어 헤쳐진 겉옷 사이로 붕대를 감은 맨몸이 드러나 있다.

성곽을 겨누다 흠칫!

28.   성문 앞 + 수풀 앞 교차 (낮)

성문이 열리면서 세 필의 말이 달려 나온다. 총을 쥔 채 말잔등에 바짝 붙은
해승과 동록개, 버들! 이현, 다급히 사격하지만 빗나간다. 창의군 포수들이
함성을 지르며 달려 나온다. 이현, 급히 자리를 피하는! 질주해오는 별동대!

29.   경군 군영 / 초토사의 막사 안 (낮)

김학진, 자인에게 답서를 건넨다. 불길한 표정의 홍계훈.

김학진   속히 가서 전하게.
자인   예, 대감. (나가는)
홍계훈   대감, 답서의 내용이 무엇입니까?

김학진, 침묵하는... 홍계훈, 불안해지는...

30.   경군 군영 일각 앞 (낮)

차인들, 수레 주변에 서성대는... 반장갑을 쥔 이강, 굳은 표정으로 앉아 있다.
자인이 급히 걸어온다.

자인   관찰사의 답서를 받았어. 어서 가.
이강   ...
자인   왜 그래?
이강   ... 이녁 먼저 가.
자인   !... 뭐?

이강	(반장갑을 이빨로 물어 오른손에 끼며 걸어가는)
자인	(불안한 시선으로 보는)

31.   숲 이곳저곳 (낮)

숲속을 질주하는 이현. (점프) 그곳을 지나쳐가는 별동대와 창의군! (점프) 개울가를 건너는 이현. (점프) 뒤따라 건너는 별동대와 창의군! (점프) 비탈에서 굴러 떨어지는 이현..(점프) 그 비탈을 어수선하게 미끄러지며 지나쳐가는 별동대와 창의군! 잠시 후 나무 틈에서 나뭇가지가 들썩이더니 이현이 튀어나와 반대쪽으로 뛰어간다.

32.   개울가 앞 (낮)

개울을 허탈하게 바라보는 별동대. 창의군들, 주변을 경계하는…

동록개	또 놓친겨?
해승	… 돌아갑시다.

분이 치미는 버들, 돌부리를 걷어차고 '악!' 고함을 질러댄다.

33.   다른 숲속 (낮)

지친 이현, 숨을 몰아쉬며 달려와 멈춘다. 주변을 둘러보면 낯설기만 한… 방향을 가늠하듯 주위를 두리번대는… 막막하게 하늘을 올려다보는 이현의 얼굴 위로…

이현	(Na) 길을… 잃었습니다, 아씨.

34.   고부 / 황진사댁 마당 안 (낮)

명심, 매파에게 물동이의 물을 끼얹는다. 매파, 기함하는!

명심   혼인 따위 안중에도 없으니 다시는 걸음하지 말게!
매파   아씨...

안방에서 열린 문으로 내다보는 석주. 고집스러운 명심 위로...

이현   (E) 아씨께 가는 길이... 도무지 보이질 않습니다.

35.   숲속 (낮)

길이 없는 울창한 수풀... 여기저기 헤매듯이 걷는 이현... 수풀 저편에서 아련
히 태양이 빛나는... 이현, 빛이 들어오는 곳을 향해 나뭇가지를 꺾고 덤불을
헤치며 나아간다.

이현   (Na) 꽃길 따위 바라지도... 있을 거라 믿지도 않았습니다. 가시밭일지라도
걸을 수만 있다면 그것으로 족했습니다. 누군가는 걸어가면 길이 된다 하였
구... 또 누군가는 길이 끝나는 곳에서 다시 길이 시작된다 하였는데... 한사코
걸어온 지금... 길을 잃었습니다.

36.   (10회 6씬의) 산길 (낮)

이현, 덤불을 빠져나와 길가에 엎어진다. 이를 악무는 이현...

이현   (E) 아니... 처음부터 길은... 없었는지도 모릅니다.

총을 지지대 삼아 간신히 일어나던 이현, 표정이 굳어진다. 전방에 이강이 묵묵히 서 있다! 이현, 얼떨떨한 듯 보면 이강, 뚜벅뚜벅 다가와 이현의 턱을 강타한다. 벌렁 나자빠지는 이현...

이강   인나.
이현   (멍한)
이강   인나!!!
이현   (입안에 고인 피를 뱉어내고 숨을 몰아쉬는)

뾰족한 돌멩이를 주워든 이강, 이현의 오른손을 제압해 땅바닥에 바짝 붙인다.

이강   니 안에 도채비... 성이 죽여줄팅게 다시 백이현으로 살드라고.

돌멩이를 치켜드는 이강, 망설인다. 차마 내려찍지 못하는데...

이현   찍어. 망설이지 말구.
이강   !
이현   어서 찍으라구, 이 새끼야!!!

이강, 괴성을 지르며 내려찍는다! 그러나 이현의 손바닥 옆을 찍은 돌멩이... 이강, 돌멩이를 내던지고 일어나면,

이현   (피식) 역시... 평생에 도움이 안 되는 사람이라니까...
이강   도채비 말이여... 니가 싸워서 이겨 봐.
이현   (키득대는)
이강   다시 도채비로 만나믄 그땐... 죽여분다이.

이강, 걸어가는... 이현, 기괴한 웃음을 터뜨린다... 멀어지는 형제의 모습에서 F.O.

37.   황진사댁 앞 (낮)

백가, 남서방과 함께 걸어와 선다. 남서방, 쭈뼛대는...

백가   읊어.
남서방   (난감한) 으르신... 만나봤자 좋은 소리 못 들으실 턴디라.
백가   (쓰읍) 싸게 읊으라니께!
남서방   (마지못해 외치는) 이리 오시요이~!!! 아, 이리 오시라고오~!!!
백가   (이를 앙다무는)

38.   동 석주의 방 안 (낮)

석주, 마뜩찮은 표정으로 백가를 바라본다. 백가, 미소를 띠고 앉은.

백가   거시기, 약첩이라도 한 재 져가꼬 와야 도린디... 지들 형편이 예전겉지 않어
　　　서 송구헙니다.
석주   인사치렌 그 정도면 됐으니 용건이나 말하시게.
백가   진사나리 댁에 매파가 들락거린다는 소문이 들려서 말여라.
석주   (피식) 과년한 처녀가 있는 집에 매파가 드나드는 것이 뭐가 어때서?
백가   (의뭉스럽게) 에이, 그러지 마시고요... 이현이 돌아오믄 고때 다시 생각허시
　　　지요.
석주   뭐라?
백가   둥글둥글허니 돌고 도는 시상, 모나게 살 거 없잖여라... 이현이 오믄 명심아
　　　씨 생각도 듣고, 우덜 어른들이 지혜를 모아가꼬 가급적 좋은 방향으루다가,
　　　(하는데)
석주   보자보자 하니까 방자하기 이를 데가 없구나.
백가   (넉살 좋게) 무례혔으믄 용서허시구요.
석주   물러가라... 다시는 내 앞에 나타나지도 말구.
백가   (웃으며) 으따 뻑뻑허시네이... (정색하고 차갑게) 진사나리.

석주	(보는)
백가	지가 을매 전에 관아에 들렀다가 관노가 된 홍가놈을 보지 않았겠어라?
석주	(거슬리는) 헌데?
백가	주뎅이가 걸레짝이 되어부렀길래 언 늠이 그랬냐고 물어봤지라이.
석주	(보는)
백가	근디 이 미친늠이 지가 지 손으로 그랬대네요이... 안 그믄 누가 자길 죽인다 그랬다나 뭐랬다나... 정신이 반은 나가븐 것 같던디 천벌을 받은 것이지라이. (눈빛 번득이며) 멀쩡헌 넘의 집 귀한 아들 신세 망치믄 천벌을 받는 것이 당연허지 않았습니까?
석주	네 이놈!

석주, 침목을 백가에게 집어던진다. 백가의 이마를 맞히고 나동그라지는 침목... 이를 악무는 백가의 이마에서 피가 흐른다.

석주	이놈이... 니 지금 홍가를 빌미 삼아 나를 겁박하는 것이냐!
백가	(피식) 홍가놈 야글 했을 뿐인디 으째 이러십까? 아무리 양반이래도 이건 쪼까 심헌 거 아녀라?
석주	물고를 내기 전에 썩 물러가라!
백가	그깟 물고가 무서웠으믄... 찾아오지도 않았습니다.
석주	!
백가	이현이 곧 옵니다... 저 백가... 그늠 눈에서 피눈물 흘리는 건 맴이 아파 못 보니께... 모쪼록... 심사숙고혀주셔라.

석주, 파르르 떠는... 백가, 싸하게 웃는...

39. 전라감영 외경 (낮)

| 자인 | (E) 김학진 대감의 답섭니다. |

40.   동 관찰사의 집무실 안 (낮)

자인, 창가에 홀로 선 전봉준에게 답서를 내민다. 전봉준, 묵묵히 받아서 답서를 펼쳐본다. 자인, 전봉준을 물끄러미 바라보는... 전봉준, 표정의 변화가 거의 없는...

자인   화약을... 받아들이겠답니까?
전봉준   (고심하는)

41.   전라감영 / 동헌 안 (낮)

송희옥이 손화중, 김개남을 안내해 들어온다.

송희옥   싸게들 드십쇼.
손화중   무슨 일이라던가?
송희옥   그건 저두 잘...
김개남   (너스레) 거 잘 알지도 못험서 지급루다 모이라 근겨? 똥 싸다 끊고 나왔잖여!

낄낄 웃으며 대청으로 향하던 지도부들, 일각에 다소곳이 서 있는 자인을 본다. 자인, 인사하는... 지도부들 탐탁찮은 표정으로 들어가는...

42.   동 관찰사의 집무실 안 (낮)

전봉준 앞에 착석하는 지도부들.

손화중   송객주가 바깥에는 어인 일입니까?
김개남   (탐탁찮은) 뻔허잖여. 아부지 살려돌라고 왔겄제.
전봉준   나를 대리해서 김학진을 만나고 왔네.

일동	!
김개남	김학진은 으째?
전봉준	십이 개 조목의 폐정개혁안을 전달하고... 화약을 제안하였네.
일동	!
손화중	아니, 그런 일을 어찌 저희와 한 마디 상의도 없이...
전봉준	이해해주게. 김학진의 의사를 타진하는 것이 급선무인 듯싶어...
김개남	(불만스러운)
김학진	(E) 자시[8]에 전주성을 주목하게.

43. 경군 군영 / 초토사 막사 안 (낮)

홍계훈, 놀라서 김학진을 본다.

홍계훈	전주성을 주목하라니요?
김학진	본관의 답서에 대한 전봉준의 답이 있을 것이야.
홍계훈	(답답한) 대감... 놈에게 대체 무슨 답을 보내신 것입니까?

44. 다시 관찰사의 집무실 안 (낮)

전봉준, 답서를 탁자 위로 민다.

전봉준	폐정개혁안을 수용할 터이니... 창의군을 해산하라는군.
손화중	(놀라) 해산? (급히 답서를 집어 훑어보는)
김개남	(노려보며) 허서... 인자 으쩌자고?
전봉준	창의군을 해산하세.
김개남	(눈에서 불꽃이 튀는) 말 같잖은 소리 말어!

---

8   자시: 23시부터 01시.

전봉준 자네도 이미 알고 있지 않은가? 조선에 일본군이 들어왔어.

김개남 근디 뭐? 조정이고 떼놈들이고 똥줄이 타게 생겼응게 우덜헌틴 차라리 잘된 거 아녀?

전봉준 작금의 정세가 그리 간단하지만은 않네.

김개남 자네만 정세 보는 눈이 달렸당가?

전봉준 (보는)

김개남 왜놈들 속셈이 뭐것어? 동비 토벌은 핑계고 목적은 한양이여. 떼놈들, 뒤통수가 근지러서 전주땅 밟지도 못헌다니께? 버티믄 되야.

손화중 저는... 화약에 찬성입니다.

김개남 (발끈) 화중이!

손화중 창의군은 지쳤구... 쌀도 무기도 고갈 직전입니다.

김개남 우덜이 은제는 풍족허고 기운이 남아돌아꼬 싸웠능가?

손화중 당장 밖에 나가 들판을 보세요. 보리가 누렇게 익은 지 오랩니다.

김개남 (조소) 갑자기 먼 놈으 뜬금없는 보리 타령이여?

손화중 창의군의 대다수가 농붑니다! 저들이 지금 진정으로 두려워하는 것은 청군도, 일본군도 아니고 들판의 보리들이 속절없이 썩어가는 것입니다!

김개남 !

송희옥 손접주 말이 맞습니다. 탈영병 대부분이 실은 고향에 추수를 허러 가는 것입니다.

김개남 노비 근성이여! 우덜이 바로 그런 것을 혁파헐라고 싸우는 거 아녀!

손화중 말을 삼가세요! 그들에겐 땅이 어버이구 곡식이 자식입니다!

김개남 고따우 값싼 감상에 젖지 말드라고... 시방 전라도만 싸우는 거시 아녀. 시방 충청도, 경상도 삼남으 곳곳으로 봉기가 번져가는 판인디... 여그서 판을 접어블자고?

손화중 현실을 직시하세요. 청군과 일본군이 연합하여 토벌에 나서는 날엔 삼남의 백성들이 어육이 될 것입니다.

김개남 글씨 하늘이 두 쪽 나도 떼놈허고 왜늠이 연합허는 일은 벌어지지 않는다니께!!!

전봉준 연합이 아니면... 전쟁이겠지.

일동 !!!

전봉준 아무리 생각해도 놈들을 조선에서 물러가게 만들 방도는 화약뿐일세.

김개남　(다급히 다가가 설득하듯) 아녀, 녹두. 자네가 부상을 당헌 뒤로 잡념이 많어
　　　　져서 이러는겨. 넘으 나라서 지들끼리 전쟁이 가당키나 헌 야그여?

전봉준　나라라기엔... 너무나 약하니까...

김개남　아녀, 왜늠들 간땡이가 조막만 혀가꼬 껍쩍대기는 혀도 청나라 상대로 전쟁
　　　　은 절대로 못 헌당게! 기우여!

전봉준　(갈등하는)

김개남　(간절히) 창으군을 해산허믄 안 되야. 으떠케 맨든 창으군인디... 우덜이 으떠
　　　　케 여겨정 왔는디... 쪼끔만... 아니 며칠만 더 버티자고, 이? 나가 이르케 부탁
　　　　허네.

전봉준　(힘든)

45.　전라감영 앞 (낮)

병사들, 웅성댄다.

병사1　벼슬아치덜 말을 으째 믿었어? 해산허믄 우덜 다 디지는겨.

병사2　장군님이 고런 대비책도 없이 화약을 허겄능가? 왜늠덜꺼정 왔다는디 이쯤
　　　　에서 접어야제.

병사3　맞어, 폐정도 개혁을 헌다잖애.

병사1　글씨, 그늠들 믿으믄 안 된다니께...

일각에서 걱정스레 바라보는 자인. 이강이 나타난다.

이강　왜들 저러는겨?

자인　관찰사가 창의군을 해산하는 조건으로 화약을 받아들이겠대.

이강　...

자인　(가는)

이강　(잡는)

자인　(보면)

이강　잘될팅게 너무 걱정 말어. 아부지, 덕기성 다 무사히 풀려날 것이구먼.

자인	이것 좀 놔줄래?
이강	...
자인	솔직히 지금은... 너를 보는 게 너무 힘들어.

이강, 천천히 손을 놓으면 자인, 가는... 이강, 착잡한.

46. 동 객사 일실 안 (낮)

이강, 군은 표정으로 들어온다. 해승, 동록개, 버들이 일어선다.

동록개	하루 종일 으디 갔다 온겨? 낮에 도채비 그늠이 또 지랄 염병을 떨었다니께!

이강, 대꾸 대신 버들을 보면 팔에 붕대를 감고 있는...

버들	(미소) 암시랑토 안 혀.
이강	(착잡한)
해승	대장도 화약 얘기 들었어?
이강	... 야.

전봉준, 목발을 짚고 들어선다. 별동대, !

동록개	(세상모르고 의자에 털썩 앉으며) 염병, 한번 시작을 혔으믄 끝을 봐부러야제. 장군님 사람 고래 안 봤는디 순 쫌생원이구먼?
버들	(툭, 치며 눈치를 주는)
동록개	으째 이려? 나가 못할 말 혔어? (또 툭 치면) 쫌생원을 쫌생원이라는디 뭐, (돌아보다가 헙!)
전봉준	...
동록개	(뜨악한... 이내 쭈뼛 일어나며) 아, 홍계훈 이 쫌생원 겉은 늠... 꼴에 지도 장군이라고... (전봉준에게) 아 장군, 장군이라고 같은 장군이다요?
전봉준	...

동록개　아, 소피! (나가는)

해승·버들　(웃음을 참는)

이강　여근 으쩐 일이십니까?

전봉준　... 허위보고의 죄를 물으러 왔다.

이강　(보는)

47.　밭두렁길 (낮)

이강, 지게에 전봉준을 싣고 낑낑대며 걸어간다. 지게 작대기를 짚으며 힘겹게 나아가는 이강. 전봉준은 태연히 보리밭을 보고 있다.

전봉준　보리가 참 이쁘게도 익었구나...

이강　(짜증 섞인) 보리만 보이는 걸 다행으로 아쇼이. 내 낯짝 보믄 주무시다 경기 허실팅게.

전봉준　벌이다. 달게 받아라.

이강　안 그래도 겁나게 달착지근혀서 쎄바닥 녹아분 지 오래구먼라. (끙차!)

전봉준　(미소, 나직이) 녀석...

이강, 낑낑대며 가는... 전봉준, 보리밭을 처연히 바라보는...

48.　밭두렁 일각 (낮)

지게가 놓인... 걸터앉아 숨을 몰아쉬던 이강, 일각을 보면 전봉준이 무언가를 꽂힌 듯이 보고 있다. 아직 꽃망울이 터지지 않은 녹두꽃 한 송이다.

이강　(의아한 표정으로 다가가) 멀 고로코롬 보고 기시다요?

전봉준　...

이강　녹두꽃 아녀라?

전봉준　꽃이 채 피지 않았구나.

이강	아직은 때가 아녕게요. 시상에 이치란 이치는 다 꿰고 앉은 분이 녹두꽃이 은제 피는지도 몰러라?
전봉준	(이강의 말이 가슴을 치는) 난... 헛똑똑이니까.
이강	(보는)
전봉준	무장에서 포고문을 선포할 때 녹두씨앗을 뿌렸었다. (먹먹한) 그 씨가 싹을 틔우고... 꽃을 피우고... 또 그 씨앗이 바람을 타고 날아가... 이 두메에서 저 산골로... 저 골짝에서 이 개울가로 그렇게 피고 피어서... 천하가 온통 녹두꽃으로 흐드러진 그런 날에... 한 줌의 거름으로 죽고자 했었다.
이강	(숙연하게 보다가) 꽃망울은 틔였응게... 곧 만개헐 것입니다.
전봉준	...
이강	관찰사랑... 화약을 허십시오.
전봉준	어째서?
이강	(나란히 걸터앉으며) 오늘 동상을 만났구먼이라... 못 본 새 똑 도채비매이로 변해부렀는디... 그늠이 눈으로 나헌티 말을 헙디다... 인자 지발... 그만허고 잡다고요.
전봉준	(피식) 이유 한번 솔직해서 좋구나. 동생을 살리고 싶다...
이강	살려가꼬... 그늠헌티 꼭 보여줄라고요.
전봉준	무엇을 말이냐?
이강	녹두꽃이 만개헌 세상 말여라.
전봉준	(보는, 옅은 미소를 머금는)
이강	(보는, 씨익 웃으며) 시방 겁나 멋진 늠이라고 생각혔지라이?
전봉준	(시치미 떼는) 전혀.
이강	그리 생각혔슴서... 딱 보믄 안당게요?
전봉준	천만에!
이강	에이, 맞는디 뭘! (깐족대는) 나가 포를 안 내서 글체 한 멋 한다니께. 솔직허니 말해보쇼. 겁나 멋져가꼬 딸내미 막 시집보내고 잡고 사우 맞고 잡고 그렇지라이. (하는데)
전봉준	이놈이! (뒤통수치는)
이강	음마? 첬소?
전봉준	그래, 쳤다.
이강	(우쒸) 장군 시방 허벌나게 위험시런 상황이랑게요. 보는 늠도 읎어~

전봉준	(피식) 나와 한판 해볼 테냐?
이강	계급 떼나가꼬요?
전봉준	물론.
이강	뒤끝 없겄지라?
전봉준	당연하지.
이강	(손바닥에 침 퉤! 뱉고) 싸게 오쇼. (길가로 나가는)
전봉준	(따라 나오며) 내 비록 다리가 불편하나 너 정도는 한주먹감도 아니지. (하고 보면)

이강, 지게를 들고 냅다 튄다. 전봉준, 헉!

이강	먼저 가요이!
전봉준	(헉!) 백대장!
이강	(뛰어가는)
전봉준	야, 임마!!

이강, 낄낄대는... 전봉준, 너털웃음을 짓는...

49.　　경군 군영 외경 (밤)

50.　　동 이현의 막사 안 (밤)

지친 기색의 이현과 당손, 들어온다.

당손	왜 이렇게 늦었어? 난 또 뭔 일 난 줄 알았잖아.
이현	(침상에 털썩 주저앉는)
당손	(입구 쪽 흘끔 보고 소리 낮춰) 거시기놈이 왔다 갔었어. 송객주랑 같이 왔었는데... (하는데)
이현	매부.

당손	어?
이현	혼자 있고 싶습니다.
당손	아, 그래... 나중에 다시 옴세. (나가는)
이현	(생각하는)

플래시백〉36씬의,

이강	**도채비 말이여... 니가 싸워서 이겨 봐아.**

〈현재〉
이현, 괴로운...

51. 전라감영 / 내삼문 앞 마당 (밤)

유월 등 아낙들, 분주하게 부상병을 간호하는... 이강이 지켜보는 가운데 부상병1의 맥을 짚는 전봉준.

전봉준	(털털한 어조로) 아이구~ 맥이 펄떡펄떡 뛰는 게 금방 쾌차하겠수.
부상병1	근디 장군... 경군허고 화약인가 머시긴가 헌다는 야그가 사실잉게라?
전봉준	... 안 그래도 그것 때문에 고민 중인데 접장 생각은 어떠슈?
부상병1	장군님만 믿고 따라왔응게 결정허시는 디로 따라야지라... 우딜 신경 쓰덜 말고 장군님 허고 잡은 대로 허쇼.
전봉준	(애틋한, 손을 다독여주는)

52. 동 동헌 안 (밤)

들어오던 전봉준과 이강, 멈춘다. 대청 앞에 꿇어앉아 연좌 중인 병사들. 손화중, 송희옥 등 지도부, 별동대, 난감한 듯 서 있는...

이강	김개남 접주 병사들입니다.

연좌병1	장군, 화약은 절대 안 되는구먼이라.
연좌병2	장군, 재고혀주십쇼!
일동	재고혀주십쇼!
전봉준	...

이강, 보면 일각에 불안한 표정으로 서 있는 자인. 전봉준, 묵묵히 병사들을 지나쳐 대청으로 간다. 이강, 따른다. 초조하게 바라보는 자인.

53.   동 관찰사의 집무실 안 (밤)

김개남, 앉아 있다. 전봉준 들어와 앉는다. 이강, 문가를 지킨다. 자인, 긴장한 표정으로 살며시 들어와 문가에 선다.

김개남	결심이 섰능가?
전봉준	그렇네.
김개남	(조금 기대감 섞인 눈으로 보는)
전봉준	... 미안하네.
자인	(안도의 한숨이 새어나오는)
김개남	(원망의 빛이 어리는)
전봉준	...
김개남	(냉담한) 미안허단 소리넌... 디져분 동지덜 앞에 가서 허드라고.

박차고 나가는 김개남, 도자기를 던져 박살을 내버린다. 이강, 옅은 한숨 내쉬는... 전봉준, 묵묵히 견디는...

자인	장군... 자시가 되었습니다. 관찰사에게 답을 하시지요.
이강	(전봉준에게) 가게요.
전봉준	(일어나) ... 가세.

54.   성곽 위 + 망루 (밤)

폭죽을 한 아름 든 이강, 목발을 짚은 전봉준, 망루를 향해 올라간다. 자인이
따른다. 계단을 오르는 전봉준을 부축하는 이강... 아래의 플래시백들이 명멸
하면서 전봉준의 표정이 점점 격앙된다.

플래시백〉5회 70씬, 백산 봉기 장면

플래시백〉사투를 벌이는 민초들의 모습들

현재〉
이강, 전봉준이 쥔 폭죽에 불을 붙인다. 불꽃을 응시하는 전봉준... 지켜보는
이강과 자인의 표정이 숙연해진다. 타들어가는 심지의 불꽃... 눈물이 맺히는
전봉준...

이강   장군.

전봉준, 마침내 결심한 듯 한손에 든 폭죽을 마치 깃발처럼 하늘 높이 치켜
든다. 펑! 암흑 속으로 솟구치는 폭죽! 이강과 자인, 올려다보면 불꽃이 터지
면서 밤하늘을 밝힌다!

55.   전라감영 / 내삼문 앞 마당 (밤)

부상병들과 유월, 밤하늘에서 명멸하는 불꽃을 바라본다.

56.   전라감영 / 동헌 안 (밤)

손화중, 송희옥과 별동대, 연좌병들 불꽃을 바라본다. 만감이 교차하는...

57. 경군 군영 / 이현의 막사 앞 (밤)

이현, 나오면 이규태, 이두황과 병사들이 의아한 표정으로 밤하늘의 불꽃을 바라보는... 일각에 김학진과 홍계훈이 서 있다.

홍계훈　(불만스러운) 뒷감당을 하실 수 있겠습니까?
김학진　못할 것도 없지.

홍계훈, 티꺼운 듯 피식 웃는... 이현, 불꽃을 물끄러미 바라보는...

58. 다시 성곽 망루 위 (밤)

전봉준, 눈물을 흘리면서 폭죽을 쏜다. 불을 붙여주는 이강의 눈시울도 뜨거워지는... 자인, 그런 이강을 물끄러미 바라보는... 전봉준, 이강, 자인의 모습에서...

59. 경군 군영 / 이현의 막사 안 (밤)

이현, 생각에 잠겨 있는... 이규태가 들어온다. 이현, 일어나면,

이규태　(앉으며) 앉게.
이현　(앉는) 또... 출동입니까?
이규태　(쓸쓸한 미소) 아니, 이제 살육은 하지 않아도 되네.
이현　?
이규태　동비들과 화약이 맺어졌어.
이현　화약... 이라니요?
이규태　관찰사는 폐정의 개혁을 수용하고 동비들은 해산키로 하였네. 아까 그 불꽃이 화약을 하겠다는 대답이었지.

| 이현 | 폐정이라면 무엇을 말입니까? |
| 이규태 | (서찰을 꺼내 건네는) 직접 보게. |

이현, 얼른 서찰을 펴본다. 폐정개혁안의 내용이 적혀 있다.

| 이현 | (깜짝 놀라) 전봉준이 이걸 다 관철시켰단 말입니까? |
| 이규태 | (쓸쓸한) 그렇다네. |

믿기지 않는 이현의 표정 위로...

| 이현 | (E) 소생은 나으리의 방식에 동의하지 않습니다. |

플래시백〉4회 43씬의,

| 전봉준 | **어째서?** |
| 이현 | **죽창은 야만이니까요. 새로운 세상을 여는 열쇠일 수 없습니다.** |

현재〉

이현	(멍하니 서찰을 건네는)
이규태	(받고 일어나는) 초토사 영감께서 찾으시네. 막사로 가보게.
이현	... 예.

이규태, 나간다. 이현의 표정 위로...

| 전봉준 | (E) 문명의 빛에 현혹되지 말게. 문명을 만든 것이 사람이듯 세상을 바꾸는 것도 사람일세. |

플래시백〉4회 43씬의,

| 이현 | (일어나) 전주성으로 가는 길이 쉽지만은 않을 것입니다. |
| 전봉준 | 걸어가면... 길이 되는 것이네. |

현재〉

침상에 털썩 앉는 이현, 자괴감이 밀려오는...

60.   동 초토사의 막사 안 (밤)

홍계훈, 이현을 의미심장하게 바라본다.

홍계훈   그간 고생이 아주 많았네.

이현   ...

홍계훈   고부로 돌아가면 다시 이방 노릇이나 하며 살겠구만.

이현   그것 말곤 달리... 길이 없으니까요.

홍계훈   길이라... 자네, 화약에 대해 어찌 생각하는가?

이현   소인 식견이 부족하여 뭐라 드릴 말씀이 없습니다.

홍계훈   (피식) 이건 그냥 미친 짓이지. 역적과 화약을 맺는 나라가 세상천지 어디에 있단 말인가?

이현   ...

홍계훈   나는 군인으로서 김학진이 같은 정치모리배들이 나라를 망치는 것을 좌시할 수만은 없네.

이현   무슨 말씀이시온지...

홍계훈   (긴하게) 내일 전주성 앞에서 체약⁹을 거행키로 하였네. 그때... 전봉준을 저격하게.

이현   (굳는) 송구하오나 영감...

홍계훈   눈 딱 감고 한 번만 당겨. 고부 말고 한양으로 가는 길을 열어줄 테니까.

이현   지금... 한양이라 하셨습니까?

홍계훈   내 자네를 왕비마마께 천거하여 요직에 중용토록 할 것이야.

이현   !

홍계훈   자네 앞길은 이제... 탄탄대로일세.

---

9   체약(締約): 조약이나 맹약을 맺음.

이현의 눈이 번득인다. 그 표정에서 엔딩!

12회

1.　　　(11회 엔딩씬에서 이어지는) 동 초토사의 막사 안 (밤)

홍계훈　(긴하게) 내일 전주성 앞에서 체약[1]을 거행키로 하였네. 그때... 전봉준을 저격하게.

이현　　(굳는) 송구하오나 영감...

홍계훈　눈 딱 감고 한 번만 당겨. 고부 말고 한양으로 가는 길을 열어줄 테니까.

이현　　지금... 한양이라 하셨습니까?

홍계훈　내 자네를 왕비마마께 천거하여 요직에 중용토록 할 것이야.

이현　　!

홍계훈　자네 앞길은 이제... 탄탄대로일세.

이현의 눈이 번득인다.

홍계훈　그러니까 해!

이현　　... 하겠습니다.

홍계훈　(흡족한)

1　체약(締約): 조약이나 맹약을 맺음.

| 이현 | (결연한) |

2. 전라감영 옥사 안 (밤)

자인, 창살을 마주한 채 덕기와 대화중이다.

자인	체약만 끝나믄 풀려날팅게 쪼까만 더 고상허쇼.
덕기	예, 욕봤심더.
봉길	(불만스러운) 동비들허고 화약이나 맺다니... 나라가 망조가 들어브렀구먼.
자인	자칫허믄 조선이 왜늠덜 놀이터가 될 판이여. 물러가게 헐라니게 으쩌겄능가?
봉길	(씁쓸한 듯 피식) 놀게 냅두지 그랬다냐? 보부상덜헌틴 왜늠이나 동학쟁이나 도쩐개쩐인디. (잔기침 뱉는)
자인	(타박하듯) 고따우 깝깝시런 소리만 해싸니게 기침이 잦은 거 아녀!

옥방에 보따리가 툭 던져진다. 일동, 보면 이강이 서 있다.

이강	고늠으로 냉기나 으쩨 막어보쇼.
덕기	(보따리 풀면 면직류 정도 들어 있는)
자인	(냉랭하게... 일어나는) 난 그만 가볼라요.

자인, 이강에게 눈길도 주지 않고 나가는... 이강도 걸음을 떼려는데.

덕기	거시기, 내 쫌 보자.
이강	(다가서는) ... 야?
덕기	화약 얘기 나왔을 때 홍계후이 반응이 어떻드노?
이강	눈에서 불똥이 튀던디요.
덕기	(고심하는)
이강	으쩨 물어쌌소?
덕기	김학지이는 사람이 물러터지가꼬 걱정 안 해도 되지만도... 홍계후이는 다르

데이.

이강   먼 말이다요?

덕기   안심하지 마라꼬... 글마, 왕실에 쪼매라도 해가 되는 거는 절대 용납하는 놈
         이 아이다.

이강   ...

3.   동 관찰사 집무실 안 (밤)

         전봉준 앞에 이강, 서 있다.

이강   체약허는 장소를 성 안으로 바꾸시지라.

전봉준   어째서?

이강   성 앞이니께요. 엄폐물 하나 없는 개활지잖여라.

전봉준   이제 와 장소를 바꾸자 하면 김학진이 응하겠느냐?

이강   ... 홍계훈이가 걸려서 그럽니다.

전봉준   (대수롭지 않은 투로) 괜한 소리... 돌아가 쉬어라.

이강   (찜찜한)

4.   동 객사 일실 안 (밤)

         이강, 생각에 잠겨 있다.

홍계훈   (E) 이런 말도 안 되는!!!

         플래시백〉11회 22씬의,

홍계훈   (서찰 탁 내려놓으며) 놈이 궁지에 몰리니까 잔꾀를 부리는 것입니다!
         (점프)

김학진   다시 부를 터이니 잠시 나가 있게.

홍계훈   대감!

김학진   **자넨 나서지 말게!**

홍계훈   **(분한)**

현재〉

이강, 불길한...

5.   경군 군영 / 초토사의 막사 안 (밤)

이두황, 깜짝 놀라 홍계훈을 바라본다.

이두황   영감!

홍계훈   ...

이두황   (나직이) 전봉준을 죽이면 관찰사 대감도 위험합니다.

홍계훈   (피식) 죽든지... 아니면 수괴를 잃은 동비들의 항복문서를 받든지 둘 중 하나겠지.

이두황   하오나 이건 하극상입니다. 영감께 화가 미칠 수도 있습니다.

홍계훈   해서 내 자네를 불렀잖은가.

이두황   ?

홍계훈   (의미심장해지는)

6.   동 이현의 막사 안 (밤)

곁에 총과 탄띠 정도가 놓인... 상의를 벗은 맨몸으로 좌정한 이현, 한복배자를 경건히 응시한다. 이두황이 칼을 찬 경군1·2·3을 대동하고 들어온다. 이현, 보면...

이두황   초토사께서 너를 호위하라 하셨다.

이현, 썩 내키지는 않은 표정으로 경군들을 일별한다. 경군들, 조금 긴장한 듯한... 이현, 한복배자를 입는다. 조금 놀란 듯 보는 이두황. 배자 위에 겉옷을 대충 걸치는 이현. 형형한 그의 표정 위로...

이현　(E) 아씨... 마지막으로 한 번만 더... 악귀가 되겠습니다.

긴장한 이두황... 결연한 이현의 모습에서 F.O.

7.　전주성 앞 + 성곽 위 (낮)

창의군들, 차양을 치고 그 아래 단상 위에 책상과 의자를 놓고 있다. 숲 쪽을 경계하는 해승, 동록개, 버들... 일각에서 자인과 유월, 지켜보는...

유월　(감격의 눈물을 찍어내는) 안 죽고 살으니께 이런 날도 있네요이.

자인, 물끄러미 단상을 바라보는데 어디선가 총성이 들린다. 탕!
사람들, 흠칫 놀라 두리번대는... 성곽 위에서 파수병1이 멋쩍게 손을 흔든다.

파수병1　미안혀! 오발이여!
동록개　써글... 도채빈 줄 알았네.
해승　(사람들에게) 서두릅시다. 시간 다 됐수.

사람들, 다시 일하고 자인, 불안한 표정으로 수풀을 바라본다.

8.　산길 + 근처 숲 (낮)

김학진, 교자를 타고 간다. 이규태와 병사들이 호위한다. 김학진 일행이 지나가면 근처 숲에서 풀뭉치들이 슥 솟아오른다. 위장한 이현, 이두황, 경군1·2·3이다.

이두황	(김학진 일행을 일별하며) 너 이런 건 어디서 배웠어? 아주 감쪽같구만.
이현	뭐든 간절해지면 방도는 따라오는 것입니다. (가는)

이두황 일행, 이현을 따라 내려간다.

9. 전주성 성곽 위 + 앞 (낮)

성벽 위에 창의군과 백성들이 뒤섞여 성 아래를 바라본다. 열린 성문 앞으로
해승, 동록개, 버들을 비롯한 창의군들이 달려가 인의 장막을 만든다. 성 안
에서 전봉준, 송희옥, 손화중이 걸어 나온다. 병사들, 바짝 긴장하여 사주경
계를 하는... 저만치 단상 아래 가운데쯤 서 있던 자인, 전봉준을 향해 목례
한다. 전봉준, 전방을 보면 김학진 일행이 모습을 드러낸다. 먼발치서 시선을
주고받는 전봉준과 김학진... 전봉준, 나아간다. 김학진도 다가온다. 유월이 의
아한 듯 버들에게 묻는다.

유월	이강인 으째 안 보인다요?
버들	(단상을 주시하며) 볼일 있담서 새벽겉이 나가던디요.
유월	(의아한)

10. 숲속 (낮)

이현과 동일하게 풀로 위장해 매복한 이강. 쇠뇌에 화살을 장전한다.

이강	(E) 지발 오덜 말어. 이현아... 오덜 말라고.

11. 다른 숲 (낮)

이현과 이두황 일행, 몸을 낮춰 이동해온다.

12. 다시 전주성 앞 (낮)

자인을 사이에 두고 마주 서는 김학진과 전봉준. 이규태와 장교들, 손화중, 송희옥과 별동대, 각각 뒤에 배석한다. 경군과 창의군이 각각 단상 주변 절반씩을 에워싼... 긴장감이 넘치는...

김학진   김학진이외다.
전봉준   전봉준이오.
자인   (긴장) 자, 앉으시지요.

13. 단상이 보이는 숲 (낮)

이현, 둔덕에 몸을 엎드린다. 이두황, 옆에 엎드리고 경군1·2·3, 이현의 뒤편을 에워싸듯 앉는다. 저 멀리 단상이 보인다. 이현, 조준한다.

이두황   (긴장) 실수하면 끝장인 줄 알아.

이현의 이동하는 가늠자를 따라 김학진, 자인, 별동대... 그 사이에 전봉준의 가슴이 천천히 노출된다. 이두황, 이현의 왼편에 앉은 경군1에게 눈짓을 보낸다. 긴장하는 경군들... 방아쇠에 걸린 이현의 손가락에 힘이 들어간다. 경군1, 칼자루를 쥔다. 살짝 뽑히는 칼날 위로 태양빛이 반사된다. 그 빛이 이현의 총신에 반사된다. 멈칫하는 이현, 곁눈질하면 팽팽하게 긴장해 있는 경군1의 몸이 일부 보인다. 금세라도 달려들 듯 힘이 들어간 다리... 팔... 그리고 칼자루를 쥔 손!

이두황   쏘지 않고 뭐하는 게야?
이현   (망설이는)
이두황   쏴!

이현   (심각한)

14.   다시 전주성 앞 (낮)

전봉준   귀향하는 창의군들의 안전을 어찌 보장하시겠소?
김학진   초토사 홍계훈 명의의 물침표[2]를 배포해 드리겠소.
전봉준   …

15.   다시 단상이 보이는 숲 속 (낮)

경군1, 금세라도 달려들 듯한… 이현, 진땀이 나는…

이두황   어서 쏘라니까!

이현, 총을 거두고 이두황을 돌아본다. 경군1, 얼른 칼자루를 놓는.

이현   차양막 때문에 조준이 어렵습니다. 좀 더 내려가야겠습니다.
이두황   (짜증 꽉) 빌어먹을! 빨리 이동해!

이두황 일행이 일어난다. 이현, 이두황의 뒤통수를 개머리판으로 갈긴다. 윽!
쓰러지는 이두황! 지체 없이 산 아래로 뛰어 내려가는 이현!

경군1   잡아!

경군들, 추격한다. 고통스러워하는 이두황.

---

2   물침표: 동학농민혁명 당시 보복을 막고자 발급한 일종의 증명서.

16.   다시 전주성 앞 (낮)

전봉준 폐정개혁에 우리도 함께하겠소.

김학진 아니 될 말이오. 폐정개혁은 관의 소관이오.

전봉준 진정한 개혁은 민이 함께하는 것이오.

자인 (조심스레 전봉준에게) 이건 화약의 조건에 없던 사항입니다.

전봉준 (김학진에게) 전라도는 지금 치안과 행정이 모두 공백상태요. 우리의 도움 없이 개혁이 가능하다 보시오.

자인 하오나 장군... (하는데)

김학진 (손 들어 제지하고, 마뜩찮은 듯 말을 낮추는) 어디... 방도나 들어보세.

전봉준 백성이 만들고... 백성이 스스로 다스리는 기구... 집강소³요.

김학진·자인 !

17.   다시 수풀 안 (낮)

이현, 도주한다. 칼을 뽑아든 경군들, 바짝 뒤쫓는다. 경군1이 옆으로 우회한다. 이현, 돌아서 총을 겨누면 경군2·3, 나무 뒤로 숨는다. 옆에서 경군1이 뛰어나온다. 이현, 총구를 급히 돌리는데 경군1의 칼이 총구를 강타한다. 방아쇠가 당겨지고 탕!!!

18.   다시 성 앞 (낮)

총소리에 흠칫하는 김학진! 전봉준의 표정도 굳어지는! 누가 먼저랄 것도 없이 칼과 총을 빼들고 서로를 겨누는 창의군과 경군! 자인, 헉!

---

3   집강소: 동학농민혁명 때 호남지방의 각 군현에 설치했던 농민 자치기구.

손화중	(이규태를 향해 제지하듯 손바닥을 펴 내밀며) 자중하시오!
이규태	(부하들에게) 진정해라!
일동	(잔뜩 긴장해서 상대를 노려보는)
송희옥	장군, 도채비 같습니다.
전봉준	...
김학진	(하얗게 질린) 도채비라니? 그게 무슨 소린가?

19.   다시 수풀 안 (낮)

경군1에 맨주먹으로 맞서던 이현, 달려온 경군2의 발길질에 쓰러진다.
총을 멀리 차버리는 경군3. 경군1, 이현을 향해 칼을 내리친다. 순간, 화살이
날아와 경군1의 가슴을 꿰뚫는다. 경군1, 쓰러지고 이현, 돌아보면 쇠뇌를 내
던지고 죽창을 꼬나쥐며 나타나는 이강.

이강	(경군2·3을 향해) 건드리덜 말어... 귀헌 아그여.

경군들 달려들고 격투가 벌어진다. 순식간에 경군2의 다리를 찌르고 경군3
을 오른 손바닥으로 강타하는 이강!

이강	(쓰러진 경군2·3에게) 맘 변허기 전에 꺼져.

경군2·3, 비틀대며 도망친다. 이강, 돌아보면 이현이 멍하니 앉아 있다.

이강	(착잡한) 고로코롬 설치더니 결국 토사구팽이나 당헌겨?
이현	(뭔가 떠오르는 듯 총을 향해 다가가는)
이강	(다가가 말리는) 그만혀. 다 끝났어.
이현	아뇨. 지금이라도 전봉준일 죽이면 돼요. (뿌리치려 하는)
이강	(잡으며) 정신 챙개!
이현	(기괴한 미소) 나 한양에 가야 된다구요. 한 번만 눈감아줘요. 동생 소원인데 그 정돈 들어 줄 수 있잖아요?

이강	(안되겠다 싶은... 이현을 쓰러뜨려 등 뒤에서 끌어안아 제압하는) 정신 챙개.
이현	(버둥대는) 놔요... 형님 제발... 제발 좀 놓으라구요!
이강	(버티는)
이현	(용을 쓰는) 놔!... 놔!... 씨발 좀 놓으라구!!
이강	(이를 악물고 버티는)
이현	(지친 듯 숨을 몰아쉬는... 서서히 안정을 찾아가는)
이강	이현아... 인자 고향 가게.
이현	(울컥, 울음이 터지는)
이강	성이 느 꼭... 고부로 보내줄랑게... 성만 믿어.

이현, 서럽게 흐느낀다. 이강, 가슴 아픈.

20. **근처 숲 (낮)**

속보로 수색 이동 중인 버들, 해승, 동록개.

21. **다시 (19씬의) 수풀 안 (낮)**

별동대, 들어서다 멈칫한다. 이강이 경군1의 시체 앞에 홀로 서 있다.

버들	(다가서는) 대장!
동록개	(시체 보고) 이늠 머여?
이강	... 도채비.

일동, 깜짝 놀라 경군1의 시체를 보면 이현의 상의가 걸쳐진!
해승, 시체 곁에 놓인 무라다총을 집어 든다.

동록개	호로새끼, 너무 편허게 디졌구먼! (걷어차며) 능지처참을 해브러야 되는디!
버들	(눈물이 그렁해지는)

해승　　이제야 번개 접장이 눈을 감겠구만.

버들, 털썩 무릎을 꿇는다. 착잡한 표정으로 숲속을 바라보는 이강.

22.　　수풀 안 (낮)

한복배자만을 걸친 채 걸어가는 이현.

23.　　성곽 위 + 성 앞 (낮)

성곽 위의 군중들, 조용히 단상을 내려다본다. 어느새 성문 앞에 몰려나와 구경하는 백성들... 그 틈을 비집고 나와서 바라보던 이화, 곁에 선 유월과 눈이 마주치자 주춤하는... 유월, 괘념치 않고 단상을 바라보는... 단상에는 적막만이 흐른다. 고심하는 김학진... 주시하는 전봉준.

김학진　집강소를 이끄는 집강의 자격은... 동학접주여야 하는가?
전봉준　접주들은 각 접의 도회를 관장해야 하오. 백성이 믿고 따를 수만 있다면 도인이 아니어도 상관없소.
김학진　(고심하는)
전봉준　(주시하는)
자인　　(재촉하듯) 대감...
김학진　(작심한 듯) 집강소를... 설치하시오.
일동　　!
전봉준　(미소) 고맙소.

(점프의 느낌으로) 자인, 두 장의 화약서를 펼쳐 탁자 위에 놓는다. 김학진 옆에서 관인을 대신 찍는 이규태. 전봉준 옆에서 직인을 대신 찍는 송희옥. 지켜보는 경군 측은 다소 침울하고 창의군 측은 감정이 북받치는... 이규태와 송희옥, 제자리로 돌아가 서면,

자인 (일어나) 조선 조정과 호남창의군의... 화약이 성사되었습니다.

김학진, 안도하듯 옅은 한숨을 뱉고... 전봉준, 치미는 격정을 참는... 손화중이 뛰쳐나와 성을 향해 외친다.

손화중 화약이 맺어졌소이다!!!

성곽 위는 물론 성문 앞에 몰려나와 있던 군중들이 환호성을 지른다. 기쁨에 겨운 유월과 이화, 저도 모르게 서로 손을 맞잡고 기뻐하다가 흠칫 떨어지는... 창의군들, 눈물을 흘리거나 얼싸안는... 이규태와 함께 화약서를 한 통씩 챙겨 넣는 송희옥도 뜨거운 눈물을 흘린다. 지켜보는 자인의 코끝도 찡해지는... 착잡한 표정으로 철수하는 김학진과 이규태의 병사들... 감격한 백성들이 몰려와 전봉준을 무등 태운다. 전봉준과 함께 성 앞을 도는 백성들... 성곽 위에서는 기뻐하는 백성들 틈에서 김개남만이 침통하게 서 있는... 미소 짓던 자인, 문득 보면 숲 앞에서 군중을 지켜보는 이강과 별동대... 전봉준과 이강의 시선이 부딪치는... 전봉준, 옅은 미소... 이강, 눈시울이 뜨거워지는... 그런 이강을 복잡한 심사로 바라보는 자인... 환호와 기쁨의 눈물이 가득한 현장 위로...

〈자막〉1894년 음력 5월 7일 전주화약

24. 백가네 외경 (낮)

백가 (E, 아픈) 아!

25. 동 안채 / 백가의 방 안 (낮)

채씨, 가위를 들고 백가의 이마 상처에서 실밥을 잘라낸다.

백가	(찡그린) 거 안 꾸매도 된다니께...
채씨	흥 지믄 으쩔라고요? (백가 면전 들여다보는) 으디 좀 봅시다.
백가	(멋쩍은) 으째 이려? (빼려는데)
채씨	(양손으로 백가 얼굴 잡아당기며) 아 글씨! 낯짝 쫌 뽀짝 대보랑게요!
백가	(투덜대면서도 순순히 웅하는) 염병...
채씨	(복장 터지는... 한숨 푹) 긍게 누울 디를 보고 다리를 뻗으랬다고 황석주 그 늠 집엔 머더러 가서 요따우 우사나 당해쌋소?
백가	(슬며시 채씨 손 떼어내며) 우사는 누가 우사를 당했다 그려?
채씨	그믄 경사대? 마빡에 밭고랑이 나브렀는디!
백가	기둘려 봐. 일단 선전포고는 혔으니께 곧 답이 있을겨.
채씨	답?
백가	쫄았으믄 조신허게 있을 거시고, 아니믄 껍적대것제.
채씨	껍적거래싸믄 으쩔라고라?
백가	으쩌긴... 홍가 꼴 내브러야제.
채씨	!

26. 고부관아 / 동헌 안 (낮)

홍가, 지팡이를 짚은 석주 앞에 머리를 긁적이며 서 있다. 시선을 마주치지 못하고 눈동자만 굴리는 홍가, 실성한 사람처럼 헤실댄다.

석주	정녕 이 몰골이 자네 스스로 한 짓이라구?
홍가	그렇다니께요... 모가지보담은 주뎅이 째지는 거이 낫잖여라...
석주	(한숨) 아무리 백가가 무섭기루 어찌 자해를 한단 말인가?
홍가	(불안한 듯 두리번대는) 진사나리허고 있는 거슬 아전들이 보믄 작살이 나블틴디... 가보것어라. (쪼르르 가는)
석주	(생각하는)
박원명	(E, 반갑게) 몸도 성치 않은 분이 관아엔 어인 일이시오?

27.   동 수령 집무실 안 (낮)

석주, 박원명 앞에 앉아 있다.

석주   공석 중인 향청[4]의 좌수[5]를... 소인에게 맡겨주십시오.
박원명   (놀라) 황진사!
석주   관아를 재건코자 하는 사또의 노고에 미력이나마 도움이 되고 싶습니다.
박원명   도움뿐이겠소이까? 황진사가 고부 양반들의 구심이 되어준다면 본관에겐 그 야말로 가뭄의 단비, 백만대군입니다!
석주   과찬이십니다.
박원명   어디 보자! 향청은 민란 때 불에 타버렸으니 어디서 사무를 보셔야 할꼬?
석주   ...

28.   백가네 안채 / 거실 안 (낮)

백가, 굳은 표정으로 억쇠를 본다.

백가   황석주가 향청의 좌수가 됐다고?
억쇠   야, 임시변통으로 황진사댁을 향청으로 쓰기로 혔는디요. 사또가 발써 나졸 허고 관속 몇 늠을 그리 보냈구면이라.
백가   (피식) 어따, 제법 씨게 나오누먼?
억쇠   근디 어러신... 홍가도 향청으로 갔구면이라.
백가   (보는... 찜찜한)
남서방   (E) 어러신!

---

4   향청: 조선 시대 지방 수령의 자문기관.
5   좌수: 향청의 우두머리.

일동, 보면 남서방이 헐레벌떡 들이닥친다.

남서방	어르신! 저자에 요상시런 소문이 도는디라?
백가	무신 소문?
남서방	신임 관찰사허고 동비덜이 화약을 헐지도 모른다는디요.
백가	머시여?
억쇠	(짜증) 고거이 먼 귀신 씨나락 까묵는 소리다요? 시방 떼늠들이 허천난 개떼 매이로 몰려오는 판인디 관찰사가 미쳤다고 화약을 허겄소?
남서방	아, 왜늠들이 겨들어왔디야!
억쇠	(헉!) 왜늠?
남서방	이, 숭악헌 소문이 시방 한둘이 아니랑게?
백가	억쇠 니가 싸게 확인을 혀야 쓰겄다.
억쇠	야. (후다닥 나가는)
남서방	사실이믄 으쩌지라이?
백가	사실이믄... 동비덜 시상 되는 거이제. (심각해지는)

29.   경군 군영 (낮)

홍계훈	이런 병신 같은 놈!!!

핏발 선 홍계훈, 이두황을 걷어찬다. 이두황, 윽! 뒷걸음질 치는...

홍계훈	영관이란 놈이 향병 하날 당하지 못해 대사를 그르쳐? (칼을 집어 들며) 죽어라.
이두황	(헉! 부여잡으며) 영감! 살려주십시오!
홍계훈	살려줘? 니놈 때문에 나라가 결딴나게 생겼단 말이다!
이두황	(어흐흐! 울면서 무릎을 꿇는) 죽을죄를 졌습니다! 제발 목숨만... 목숨만 살려주십시오!
홍계훈	(어이없는) 이런 놈도 군인이라고 녹을 처먹고 앉았으니... (칼등으로 어깨를 내려찍는)

이두황	(과장되게 비명을 지르며 쓰러지는)

홍계훈, 칼로 집기를 쓸어버린다. 이두황, 벌벌 떨고 홍계훈, 분을 삭이는데 이규태, 들어선다. 홍계훈, 티꺼운 듯 보면...

이규태	관찰사 대감께서 돌아오셨습니다.
홍계훈	(흥!)

30.   동 초토사의 막사 앞 (낮)

김학진과 홍계훈, 마주 서 있다. 이규태, 곁에 선...

김학진	그간 고생이 많았네. 속히 한양으로 올라가시게.
홍계훈	(아니꼬운) 물침표에 폐정개혁도 모자라서 집강소까지 허락하셨다구요?
김학진	자네는 떠나면 그만이나 나는 여기 남아 통치를 해야 하네. 지금 전라도에 변변한 군사가 있는가? 제대로 된 관아가 남아 있기를 한가?
홍계훈	(힐난하는) 말이 화약이지 동비들 천하를 만들어준 것 아닙니까!!
김학진	(참고) 이게 다 청나라 군사의 차병[6]을 요청한 니놈 탓이다. 너를 원망하거라.

김학진, 사라진다. 홍계훈, 분을 삭이고 돌아서다가 멈칫한다. 일각에 서 있던 이현이 인사한다. 홍계훈의 눈에서 불꽃이 튀는!

이현	(덤덤히) 화약이 체결되었으니 향병들과 귀향을 하고자 합니다.
홍계훈	(꾹 참고) 가거라.
이현	(옅은 미소... 조소에 가까운) 그간 미욱한 소인을 편달하여 주신 은혜 잊지 않겠습니다. 오늘 아침의 특별한 가르침까지 말입니다.
홍계훈	(피식) 그래, 무엇을 배웠더냐?

---

6   차병: 병사를 빌림.

이현	중요한 건 길이 아니라 함께 걷는 사람이더군요. 길동무에 따라 길은 탄탄대로일 수도... 무덤일 수도 있더이다.
홍계훈	평생을 아전 나부랭이로 살다 죽거라. (가버리는)
이현	(쓸쓸한 듯 피식)
이규태	무슨 일이 있었나보군. 혹 아침의 총소리와 연관된 것인가?
이현	소인, 무슨 말씀이시온지...
이규태	(대충 감이 오는... 보다가) 잘 가게.
이현	... 허면. (인사하고 가는)
이규태	철군을 준비하라! 한양으로 간다!!!

부산하게 움직이는 병사들. 그 사이를 묵묵히 걸어가는 이현.

31. 전라감영 / 지붕 위 + 동헌 안 (낮)

지붕 위에서 해승과 동록개가 대장소 깃발을 내리고 있다. 동헌에서 이강과 버들이 올려다보는... 버들, 몰래 눈물을 찍어내는...

이강	버들 접장, 울어?
버들	갑재기 번개 생각이 나가꼬... 나가 청승이구먼.
이강	... 미안허네.
버들	대장이 머시 미안혀... 도채비헌티 복수꺼정 혀줬잖여.
이강	(한숨)
버들	그나저나 송객주허고는... 풀었능가?
이강	(쓸쓸한)
전봉준	(E) 노고가 많았소.

32. 동 옥사 앞 (낮)

전봉준과 자인, 마주 서 있다.

전봉준 고맙소.

자인 저야말로 고맙지요. 일개 객주가 언제 이런 엄청난 거래를 주선해보겠습니까?

전봉준 폐정개혁에 의거... 일본과 곡물을 거래하면 처벌을 받게 될 것이오.

자인 (씁쓸한) 기쁨도 잠시라더니... 화약서의 인주도 마르기 전에 제 밥줄이 끊겨 버렸군요.

전봉준 그간 일본상인과 결탁하여 막대한 폭리를 취해오지 않았소. 애석해하지 말고 자신을 돌아보시오.

자인 (분이 서린 미소를 짓는데)

송희옥 (E) 장군.

일동 보면, 송희옥이 다가온다. 전봉준, 보는.

33.   거리 (낮)

말을 탄 김개남, 병사들을 이끌고 나아간다. 눈을 내리깔고 생각에 잠겨 있던 김개남, 문득 정면을 보면 목발을 짚은 전봉준이 송희옥과 나란히 서 있다. 손을 들어 행렬을 멈추는 김개남, 묵묵히 본다.

전봉준 (털털한 어투로) 사람... 뭐가 급해 벌써 가는 게야?

김개남 ...

전봉준 (곁으로 다가서는 진솔한 어조로) 잠깐 얘기 좀 하세.

김개남 서로 시간낭비 허덜 말자고.

전봉준 ...

송희옥 그믄 물침표라도 받아 가시지요.

김개남 필요 읎어. 나넌 화약에 동으헌 적 없응게.

전봉준 이보게, 개남이.

김개남 (미련 없이) 가게~!

행렬 나아간다. 김개남, 전봉준을 외면한 채 꼿꼿이 나아간다.
착잡한 전봉준.

34.   전라감영 내삼문 앞 마당 (낮)

해승, 동록개, 버들, 몰려든 창의군에게 물침표를 나눠주고 있다.

동록개   아, 줄덜 서보라니께! 오매, 쓰벌. 군기 빠지는 거 순식간이구먼!
해승   (나눠주며) 옛수! 고생 많았수!
버들   물침표 이거 절띠 잊어블믄 안 되라!
창의군들   (소중하게 받아가는)
동록개   염병! 이긴 거인지 비긴 거인지 아리송은 혀도 끝나니께 좋긴 허벌나게 좋네, 그랴! 아, 다들 안 그려!

창의군들, '그라제!' '말이라고!' 하면서 맞장구치는...

동록개   에라, 기분이나 내야겠네!

동록개, 걸쭉하게 민요 한자락 뽑아낸다. 해승과 버들, 미소 짓는...

35.   동 관찰사의 집무실 안 (낮)

전봉준을 중심으로 이강 등 지도부와 접주들, 가득 들어차 있다.

전봉준   이곳 전주에 대도소를 두어 각 고을의 집강소를 통할하고 화약의 이행을 관찰사와 더불어 점검해나갈 것이오. 각 접의 동학도인과 농민들이 주축이 되어 집강소 설치에 매진해주시오. 최대한 고을 수령의 협조와 지원을 끌어내시오. 폭력은 아니 되오. 설득하고 또 설득하시오.
송희옥   걱정 마십쇼. 대세가 우리헌티 있습니다.

전봉준	대세는 분명 우리에게 있소. 허나 우리가 지금부터 해야 하는 것은 이 나라 민초들이 단 한 번도 해 본 적이 없는 과업... 정치요.
일동	(긴장하는)
이강	정치가 별겁니까? 폐정개혁 잘 혀서 보국안민[7]허믄 고거이 정치 아녀라?
전봉준	(옅은 미소) 백대장의 말이 맞소... (준엄하게) 다들 자신 있소이까!
일동	(우렁차게) 야!!!
손화중	보국안민!
일동	보국안민!!!
손화중	광제창생[8]!
일동	광제창생!!!
손화중	제폭구민[9]!
일동	제폭구민!!!
손화중	척양척왜[10]!
일동	척양척왜!!!

반복되는 구호 속에 점점 고조되는 열기... 이강, 뭉클해지는... 전봉준, 결연한 모습에서.

36.　도임방 앞 (낮)

을씨년스러운... 대문에 붙은 빛바랜 '禁' 자 종이를 뜯어내는 손... 덕기의 부축을 받고 선 봉길이다. 참담한... 자인, 착잡하게 바라보는...

37.　전주여각 / 자인의 침소 안 (낮)

7 　보국안민(輔國安民): 나라를 돕고 백성을 편안하게 함.

8 　광제창생(廣濟蒼生): 널리 백성을 구제함.

9 　제폭구민(除暴救民): 폭도를 제거하고 백성을 구함.

10 　척양척왜(斥洋斥倭): 서양과 일본을 배척함.

봉길, 물사발을 들이켜는... 자인과 덕기, 걱정스러운 표정으로 보는...
봉길, 잔기침 뱉으며 사발을 건네면...

덕기   (받으며) 약방 좀 다녀오겠심더.

봉길   약은 됐고... 나랑 한양 갈 채비나 혀.

덕기   예?

자인   한양은 머덜라고?

봉길   선혜청 당상을 봬야겄어.

덕기   병조판서 민영준 대감을예?

자인   (불안한) 만나서 머슬 으쩔라고?

봉길   한양에 전라도 임시 도임방을 맨들어야 쓰겄다.

덕기   !

자인   (답답한) 참말로 으째 이래샀능가?

봉길   느넌 입도 뺑긋 말어. 보부상들 일잉게.

자인   환장허네이. 먼 말만 허믄 보부상, 보부상... 인자는 나도 징혀서 못 들어주겄구먼!

봉길   (거슬리는) 머시여?

자인   청나라, 일본에 양코쟁이들꺼정 장사허러 몰려드는 시국이여. 갸들 개항장 박차고 나와가꼬 조선 팔도 누빌 날이 멀지 않았다고.

덕기   그만하이소. 행님이 걸 와 모르겠십니꺼?

자인   전신국이 생겨가꼬 조정서 전라감영꺼정 한 식경이믄 국보[11]를 주고받는 시상이여. 은제꺼정 사람이 서신을 전허겄능가? 서신뿐이여? 일본은 시방, 배 얌매이로 생긴 철수레가 쇠길로 다님서 하루에도 쌀 수천 가마를 실어 나른다야. 고런 나라 장사치들이 사방에 똬리를 틀고 앉었는디 머? 보부상?

봉길   (노기 어리는) 그만허지 못혀!

자인   마저 들으라고! 동학쟁이 아니래도 보부상들 시상 을매 안 남었당게!

봉길, 자인의 뺨을 때린다.

덕기   (헉!) 행님!

자인   (버티듯 보는)

봉길   (노려보는... 봉길의 눈에서 눈물이 흘러내리는)

자인   !... 아부지.

봉길   보부상 삼 년에 등신 면허믄 대운이고 십 년에 객사 안 허믄 천운이라겠어, 아냐? 고로코롬 상도를 이어온 거이 태조대왕 이래로 자그마치 오백 년이여! 우덜 장똘뱅이덜 말여... 절띠 사라지지 않어.

덕기   (한숨)

자인   (안타까운)

38.   이화의 집 앞 (낮)

봄무를 서로 잡아당기며 실랑이하는 이화와 아낙1.

아낙1   놔! 내 무시여!

이화   나가 먼저 봤응게 내 무시여! (확 낚아채서 한 입 베어 먹는)

아낙1   (발끈) 요런 도둑년이! (이화의 먹살을 잡는) 안 내놔!

이화   음마? 느 우리 서방이 누군지 모르냐이?

아낙1   알지 왜 몰러? 죽창에 배때지 찔레가꼬 깨구락지 되브렀당게!

이화   머시여, 요런 개호로 잡것이! (아낙1의 머리채를 휘어잡는)

아낙1도 이화의 머리채를 맞잡는... 놔!, 못 놔!, 디진다!, 죽여봐!, 유치한 말 주고받으며 대거리를 하는데 이강이 다가와 둘을 떼어낸다.

이화   비켜! 말리덜 말어! (하다가 이강과 눈이 마주치고 헉!)

보퉁이를 든 이강, 짠함과 한심함이 뒤섞인 표정으로 보는.
구경꾼들, '별동대장 아녀?' '이, 맞어.' 수군대는...

이화	거, 거시기 느!
이강	(마뜩찮은) 그리 부르덜 말라개두 참말로 한결겉소이. (이화의 무를 뺏어 아낙1에게 건네고) 따러오쇼. (집으로 들어가는)
이화	(벙한)

39. 동 사랑방 안 (낮)

이강, 보퉁이를 소반 위에 올린다. 소반 앞에 앉은 이화, 보퉁이를 펴면 비빔밥과 수저가 드러나는... 이화, 뭐냐는 듯 이강을 보면.

이강	잡숴 봐요. (숟가락 건네는)
이화	(군침을 삼키면서도 받지 않는)
이강	(재차 내밀며) 으따, 수저가 밥 멕여주제 자존심이 멕여주는 거 아녀.
이화	(경계) 나헌티 으째 이러는겨?
이강	배고픈 사람 밥 주는디 이유가 필요허다요?
이화	나가 불쌍허냐?
이강	(피식)
이화	나가 우습냐!!!
이강	(괴춤에서 엽전 몇 닢 꺼내 올려놓는) 매부 곧 돌아올 테니께 독에 쌀이나 쪼까 채워노쇼.
이화	(놀라) 김서방... 살어 있는겨?
이강	야... 이현이도 무사허고.
이화	(눈물이 핑 도는)
이강	(일어나는) 체허니께 천천히 잡숴. (문고리를 잡는데)
이화	이런다고 나가 고마워헐 거 같냐?
이강	(멈추는)
이화	느 땀시 친정이 결딴이 나브렀시야... 이현인 팔자에도 읎는 이방이 되야브렀고!!!
이강	...

이화	(엽전 집어던지며) 이딴 거 필요 없응게 가져가! 가져가란 말이여!
이강	필요 없으믄 버리든 파묻든 알어서 허시는디... 밥은 꼭 챙개드쇼.
이화	(보는)
이강	동상이 누이헌티 처음으로 차래준 밥상잉게.
이화	!!!... 누, 누, 누가 니 누이여?
이강	그라고 이현이... 지가 선택헌 길이여. 슬퍼헐 일도, 분해헐 일도 아니다 이 말이여. (나가는)
이화	(황망한) 잡것이 구랭이 담 넘듯 말을 뇌부네이? 디질라고... (저도 모르게 한 술 떠먹는) 싹퉁배기 없는 늠... (맛있는) ... 잡것이... (허겁지겁 먹는)

40. 동 마당 안 (낮)

이강, 쓸쓸한 표정으로 나서는... 이내 피식 웃더니 개운한 표정으로 걸어가는.

41. 전주여각 / 행랑채 일실 안 (낮)

보따리가 펼쳐진... 널린 옷가지들을 물끄러미 바라보던 유월, 작심한 듯 옷가지를 갠다. 문이 열리고 이강이 문가에 기대선다.

이강	머더는겨?
유월	(착잡한) 보믄 몰러? 보따리 싸잖애.
이강	(들어와 앉아 같이 옷을 개며) 설마허니 송객주가 쫓아내진 않았을 티고... 지발로 나가는겨?
유월	느 땀시 줄초상 치를 뻔헌 집안이여. 안 나가믄 고거이 사람이겠냐? 인두겁을 쓴 짐승이겠냐?
이강	가믄 으디로 갈라고?
유월	(짜증) 흐미 귀찮어 죽겠네이! 나가 가믄 으딜 가겠냐! 고부제!
이강	왜 화를 내고 그래싸. (옷 개는)

유월	(척척 옷을 개면)
이강	먼저 가 기쇼.
유월	(아닌 척 귀를 기울이는)
이강	최경선 대장만 돌아오믄 나도 내려갈라니께.
유월	(아쉬운... 뾰로통해서) 올라가든 내래가든 니 맘대로 혀. 니가 은제는 엄니 말 듣고 살었다냐?
이강	(씨익 웃으며 곁에 다가 앉으며) 에이 섭허게 으째 이런당가? (유월이 옆구리 콕 찌르며) 삐쳤으? (안으려 하며) 에이, 엄니...
유월	(밀치며) 아, 징그러! 쩌리 가!... 써글 늠이 육갑허고 자빠졌네.
이강	(쩝) 너무허누믄... 아들이 엄니 좀 안어드리겄다는디 머시여, 육갑?
유월	니가 육갑만 했냐? 지랄도 쌍으로 했제.
이강	먼 지랄?
유월	객주님 으떡헐겨?
이강	...
유월	사람 가심 있는 디로 헤집어놓고 고춧가루꺼정 뿌래부렀잖여... 너 그믄 나중이 벌 받어. (보따리 묶으려 끄트머리로 손 뻗으며) 비켜.
이강	...

42.　동 자인의 집무실 안 (낮)

덕기와 자인이 대화 중이다.

덕기	행님은 걱정 마이소. 지가 잘 구슬라가꼬 주저앉힐 낍니더.
자인	고집이 고래심줄입니다.
덕기	안 되모 확 마 쪼매가 기둥에 매달아뿌께예. 저 몸으로 오텔 가신다꼬...
자인	(걱정스런) 아무래도 의원한테 보여야겄습니다. 기침이 예사롭지 않아요.

이강이 들어온다. 자인, 보는...

| 덕기 | 봐라. 니 아직 여 올 분위기 아이다. |

이강	송객주 좀 모셔가겠소... 따라 나와.
자인	난 따라갈 생각이 전혀 없는데.
이강	관허고 백성허고 화약도 맺는 판인디 우덜도 털 건 털고 가야제.
자인	금시초문이구나. 우리가 무엇을 털어야 하는 거지?
이강	덕기성도 있는디 민망허게 고거슬 여그서 뱉어내야 쓰겄능가?
자인	??
덕기	(뜨악한)
자인	(애써 태연히) 왜 그렇게 보세요? 그런 일 없습니다.
이강	(피식) 참말로 읎어?
자인	(뜨끔하는)

플래시백〉9회 47씬의,
자인, 이강을 끌어안는다.

현재〉
자인	그래 읎, (하다가 목이 메어 삑사리) 어. (얼른) 없어!!!
이강	(씨익 웃는) 장소는 여각인디...
자인	(확 달아오르는)
덕기	장소?
이강	마당 옆이 헛간...
덕기	(헉!) 헛간!
이강	거그서 쪼까 더 드가설랑, (하는데)
자인	(책상 팍 치며 일어나는) 에이 써글~ 나가 은제!!! (허!) 오매 잡것이 생사람 잡아분다이~ 야, 백이강.
이강	머?
자인	따라 나오라고. (소매 걷어 부치며 나가는) 오늘이 느 제삿날이여.
이강	시상 똑똑헌 척은 혼자 다 험서 요런 건 금방 넘어온다니께... (나가며) 알다 가도 모를 위인이여.
덕기	(헛웃음)

43. (9회 18씬의) 그네가 있는 연못가 (낮)

자인, 그네에 앉은... 이강, 그 옆에 나란히 앉아 있다. 어색한 침묵이 흐르고 자인은 발을 땅에 디딘 채 그네를 앞뒤로 움직이는...

이강	(험!) 그간... 엄니 돌봐줘서 고맙구먼.
자인	고맙긴... 유월 아짐 가시고 나면 많이 허전할 거야.
이강	... 송객주.
자인	어.
이강	나가 징허게 모진 늠이여... 알제?
자인	어, 알아.
이강	그런 늠이... 이녁헌티 모진 짓 한 번만 더 혀도 되겠능가?
자인	하도 당해서 이젠 새삼스럽지도 않아. 뭔데?
이강	이녁 말이여... 내 사람 허소.
자인	(그네를 멈추는)
이강	나도 이녁 사람 헐팅게... 내 사람 허라고.
자인	(보는... 먹먹한)
이강	(보는) 허겠능가?
자인	... 미안해.
이강	(실망의 빛이 어리는)
자인	우린... 여기까지야.
이강	으째서?
자인	서로 가는 길이 다르니까...
이강	서로 합심혀서 같이 가믄 되제. 길이 별거여?
자인	(먹먹한) 아버지 일 겪으면서 확실히 깨달았어... 내가 최선이라 믿은 것이 너에겐 최악이었듯이... 그래서 아버질 가둘 수밖에 없었듯이... 니가 꿈꾸는 세상과 내가 원하는 세상은... 참 멀리도 떨어져 있더라구.
이강	이녁이 원허는 시상은 으떤 딘디?
자인	쌀이 돈을 만드는 게 아니라 돈이 쌀을 만드는 데... 농부 대신 장사꾼이 근본이 되는... 그런 데.
이강	(안타까운) 염병... 두 시상이 멀긴 겁나게 멀구먼.

자인   (눈물 그렁한) 미안해, 백이강.

이강   (쓸쓸한… 이내 벌떡 일어나 흔쾌한 어투로) 미안허긴 뭘… 마지막으로 부탁 하나 혀도 되겄능가?

자인   말해… 뭐든.

이강   … 그네를 밀어주고 잡구먼. (미소)

자인   (미소를 머금는)

〈점프의 느낌으로〉
하늘로 솟구치는 자인… 힘껏 밀어주는 이강.
먹먹한 자인의 표정 위로…

플래시백〉1회 30씬의,

이강   **조신허게 있다 가는 거시 좋을 거시여.**

현재〉
힘껏 미는 이강의 모습에서.

플래시백〉1회 30씬의,

자인   **(일본어) 너야말로 얌전히 있지 않으면 큰코다치게 될 것이다. 이 호랑말코에 거 지발싸개 같은 개자식아.**

현재〉
솟구치는 자인의 모습 위로…

플래시백〉4회 46씬의,

이강   **(희미한 미소) 두 번 다시 내 눈에 띄지 말랬잖여.**

현재〉
슬픈 감정을 억누르는 이강의 모습에서.

플래시백〉4회 76씬의,

자인	준 지 며칠이나 됐다구 손가락이 삐져나오게 만들어?

현재〉
먹먹한 자인의 모습에서.

플래시백〉7회 7씬의, 눈가리개가 내려가면서 나타나는 이강의 모습.

플래시백〉7회 23씬의, 밤을 새워 묵묵히 지켜주는 이강의 모습.

이강	**플래시백**〉9회 16씬의, 으며... 한판 해 볼텨?

현재〉
이강의 모습에서.

플래시백〉8회 68씬의, 애써 밝은 미소를 지어 보이는 자인.

플래시백〉9회 16씬의, 도임방을 하염없이 바라보는 자인.

자인	**플래시백**〉9회 47씬의, 고마워... (점프) 내 앞에서 이렇게... 숨 쉬고 있어줘서.

현재〉
눈가가 촉촉이 젖어가는 자인과 이강의 모습에서.

44.	전주여각 마당 안 (낮)

덕기와 보따리를 든 유월, 서 있다. 자인, 창백한 얼굴로 들어온다.

덕기	(다가서는) 우예 됐십니꺼? 거시기는예?

자인	(말없이 지나쳐 들어가는)
덕기	와 저라노?
유월	(걱정스러운)

45. 동 자인의 집무실 내실 안 (낮)

자인, 들어와 앉는다. 감정을 억누르다 흑! 울음이 터지는...

46. 동 앞 집무실 (낮)

덕기, 한숨 내쉬는... 유월, 안쓰럽게 보다가 큰절을 올린다.

47. 다시 집무실 내실 (낮)

자인, 소리 죽여 우는...

48. 그네가 있는 연못가 (낮)

그네에 걸터앉은 이강... 쓸쓸한... 해가 저무는... F.O.

49. 전라감영 / 동헌 안 (밤)

창의군들이 기둥에 '대도소' 현판을 붙이고 있다. 일각에 보따리를 든 유월, 전봉준과 서 있다.

전봉준	낮에 잠깐 마실 다녀온다더니 여태 감감무소식이우.

유월	(걱정스러운) 그려라?
전봉준	걱정 마시우. 어디서 농땡이나 부리는 게지... (하다가 어딘가 보며) 저기 누가 오는데?

유월, 돌아보는... 어둠 속에서 걸어오는 사내... 이현이다.

유월	(헉!) 되렌님!!! (보따리 내던지고 다가서는) 되렌님!!!
이현	(뜻밖이라는 듯 보다가 미소 지으며) 작은어머니, 무사하셨군요.
유월	(믿기지 않는) 오매, 시상에... 되렌님이 여근 어뜨케...
이현	천천히 말씀드리겠습니다. 형님은요? (둘러보다가 전봉준을 보는)
전봉준	... 오랜만이구만, 백도령.
이현	(인사하고) 이제는 백이방이라 불러주십시오.
전봉준	이방?
이현	그렇습니다. 고부 향병대와 귀향하던 차에 잠시 들렀습니다.
전봉준	(보는)
이현	(의미심장하게 바라보는)

50. 동 내삼문 앞 마당 안 (밤)

이강, 묵묵히 걸어온다. 유월이 급히 다가선다.

유월	이눔아! 으디 갔다 인자 오는겨?
이강	... 먼 일 있어?
유월	이현 되렌님이 왔구먼!
이강	!
유월	싸게 드가 보드라고. 장군님 만나고 있으니께.
이강	(의아한)

51. 동 관찰사의 집무실 안 (밤)

이강, 들어와 인사한다. 전봉준과 앉아 있던 이현이 미소를 지어 보인다. 문가
에 창의군 두 명이 서 있다.

전봉준 앉게.

이강 (앉으며 탐탁찮은 어조로) 느 시방 머드는겨?

이현 장군과 정세를 논하던 중입니다. 부탁드릴 것도 있구요.

전봉준 그러니까 자네 말은... 일본군이 순순히 철수하진 않을 것이다?

이현 일본은 지금 넘치는 힘을 주체하지 못하는 청년과 같습니다. 좁은 섬을 벗어
나 대륙에 발을 디뎠으니 쉽게 돌아가려 하진 않을 것입니다.

전봉준 내 그것을 우려하여 화약을 맺은 것이네. 외국군대가 주둔할 명분을 주지
않기 위해서 말일세.

이현 일본은 어떻게든 새로운 명분을 만들려고 할 것입니다. 조선이 해야 할 일은
바로 그 빌미를 주지 않는 것입니다.

전봉준 (보다가) 내게 부탁할 게 있다구?

이현 집강소를 설치하여 폐정개혁을 할 것이라 들었습니다.

전봉준 그렇네.

이현 ... 장군.

전봉준 편히 말해보게.

이현 소인, 동학을 믿는 도인은 아니나... 개혁에 힘을 보태고 싶습니다.

이강 !

전봉준, 이현을 주시하는... 이강, 병한... 이현의 결연한 표정 위로...

이현 (E) 기다리세요, 아씨.... 곧 아씨께 가겠습니다.

이현, 결기가 어린다.

52. 감영 일각 (밤)

이강, 이현을 바라본다.

이강	느 시방 먼 생각으로 이러는겨?
이현	형님이 말씀하신 대로 해보려구요.
이강	머시여?
이현	사람들은 이제 도채비가 죽은 줄 알겠지요. 허나 도채빈 여전히... 제 안에 살아 있습니다... (이강 보며) 도채비와 싸워 이기라 하셨지요?... 그럴 것입니다. (이강의 손을 잡으며) 형님이 거시기와 싸워 이겼듯이.
이강	(대견한 미소, 맞잡으며) 이현아!
이현	(미소) 형님.

먹먹한 형제의 모습에서.

53.   황진사댁 마당 안 (낮)

명심, 별채에서 나와 보면 지팡이를 짚은 석주, 홍가의 배웅을 받으며 대문을 나선다.

명심	(홍가에게 다가가는) 나 좀 보세.
홍가	(넙죽) 예, 아씨.
명심	오라버니께서 어딜 가시는 것인가?
홍가	동비딜 토벌허러 갔던 향병대가 돌아왔다는디요?
명심	!

54.   민가 (낮)

쓰개치마를 쓴 명심과 홍가가 걸어온다. 주변 민가 마당에선 정화수를 떠놓고 기도하는 사람들이 보인다.

명심	저들이 지금 무엇을 하는 것인가?
홍가	동학쟁이 시상 아녀라... 너도나도 동학에 입도헌다고 시방 난리도 아니랑게요.

명심, 걸음을 서두른다. 홍가, 따른다.

55. 관아 앞 (낮)

향병대가 관아로 들어간다. 홍가와 나란히 선 명심, 애가 타는...

명심	이현 도련님이 보이지 않네. 무슨 변고가 생긴 것이 아니겠는가?
홍가	글씨... 고런 야근 못 들었는디라.

억쇠, 아전들과 관아에서 나온다.

억쇠	싸게 영접헐 준비덜 혀. 싸게!
아전	야!

명심, 억쇠에게 다가선다.

명심	이보게. 어찌하여 백이방이 보이지 않는 것인가?
억쇠	고부으 폐정개혁을 관장헐 집강을 모시고 온다는디라.
명심	!

56. 백가네 안채 / 백가의 방 안 (낮)

백가, 서둘러 의관을 갖추는... 채씨, 재촉하는...

채씨	아덜이 개고상허고 왔는디 집구석서 마중헐라 그요? 싸게 싸게 좀 허쇼.

백가	아, 허고 있잖여.
채씨	(보다 못해 다가서는) 이리 오쇼. 사람이 으째 머슬 하나 지대로 허는 것이 없대?
백가	(쓰읍 하는데)
남서방	(E) 어러신!!!
백가·채씨	?

57. 동 거실 안 (낮)

백가와 채씨, '머시여!' 하고 들이닥친다. 흠칫 하는... 이현이 유월과 나란히 서 있다. 남서방, 어안이 벙벙한...

채씨	느!
백가	유월아...
유월	(덤덤히 인사) 그간 무탈허셨능게라?
채씨	니가 으째 이현이허고 같이 있는겨?
유월	같이 왔응게요.
채씨	이게 으따 눈깔을 치캐뜨고 확 그냥... 느 시방 지정신이냐?
이현	말씀을 삼가세요, 어머니. 이제는 종이 아니라 집강소에서 집강을 보좌할 집사어른이십니다.
일동	!!!!!
남서방	집강소?
채씨	집사... 어른?
백가	(벙한)
유월	(꼿꼿한)
채씨	(허!)
백가	그믄... 집강은 누가 허는겨?
채씨	설마... 거시기는 아니겠제?
이현	(미소)

58.　관아 / 수령 집무실 안 (낮)

박원명과 석주, 앉아 있다.

석주　향청의 우리 양반들은 폐정개혁 십이 개 조목 중 단 하나도 수용할 수 없습니다!

박원명　그래도 내 체면을 봐서 몇 개 정도는 양보를 하세요. 김학진 대감과 전봉준이 전주에서 일일이 점검을 한다지 않습니까?

석주　(분한) 그 얼마나 얼토당토않은 짓입니까! 관이 역적과 더불어 서정을 함께 하다니요!

박원명　어허... 거 말씀 좀 가려 하세요. 지금은 전봉준이 그자가 관찰사보다 위라니까요.

석주　집강소도 말이 안 되는 것입니다! 한 고을에 관아가 두 개 있는 꼴이 아닙니까?

억쇠　(E) 사또! 집강어른 당도했는디요!

석주　(찌푸리는)

박원명　알았네! (일어나며) 그래도 나가서 인사는 하십시다.

석주　(마지못해 일어서는)

59.　동 동헌 안 (낮)

박원명과 석주, 나온다. 대청 아래에 이현과 억쇠 등 아전들이 서 있다.
억쇠의 표정이 뜨악하다.

박원명　집강께서 오셨다구... (하다가) 오, 이방!

석주　...

이현　(인사) 사또, 그간 강녕하셨사옵니까?

박원명　그래, 일단 집강부터 만나본 연후에 차차 얘기하세. (억쇠에게) 집강은 어디 계시는가?

억쇠	긍게 고, 고거시...
박원명	어허! 어디 계시냐고 묻지 않는가!
이현	사또...
박원명	(보는)
이현	(두루마리를 두 손으로 올리며) 소인이... 고부군의 집강이옵니다.
박원명	!!!
석주	(일그러지는) ... 뭐라?

이현, 시선을 돌려 석주를 빤히 본다. 미소를 머금는...

60. 전주 성문 안 (낮)

열린 성문으로 말을 탄 김학진이 아전과 감영군을 이끌고 들어온다. 아전들
과 당손 등 군교들이 따른다. 길가에 백성들이 엎드려 있는...

당손	물렀거라~ 관찰사 대감 행차시다~!!! 물렀거라, 관, (하다가 어딘가 보고 멈
	칫하는)

일각에 엎드린 백성들 사이로 꼿꼿이 홀로 걸어가는 사내... 최경선이다.

| 이강 | (E) 대장! |

61. 감영 / 대도소 앞 (낮)

이강, 최경선과 격하게 포옹한다. 해승, 동록개, 버들, 흐뭇하게 바라보는...

최경선	백대장, 고상 많았네!
이강	면목 없구먼이라... 번개 접장이요, (하는데)
최경선	알어. 발써 다 들었어.

이강	그믄... 김접장 탈영헌 것도 아시겠네요.
최경선	말이라고? 도채비 잡은 것도 아는디? (웃는)
이강	...
최경선	잘혔으. 참말로 잘혔으. (어깨 두드리는)

62. 동 일실 (전주전신국) 안 (낮)

작은 방. 책상 위에 놓인 전신기기 수신기에서 전신음이 울리기 시작한다. 꾸벅꾸벅 졸던 관리1, 세필붓을 다급히 집어드는...

63. 동 객사 일각 (낮)

관리1, 김학진에게 전보용지를 건넨다. 이를 본 김학진의 표정이 굳어진다. 언문으로 '일본군 혼성여단 선발대 한양 진입. 오월십일'이라 쓰인!

김학진	이런 발칙한!

64. 동 대도소 (전 관찰사의 집무실) 안 (낮)

창가에서 앞 씬의 전보를 보던 전봉준, 뒷짐을 지고 생각에 잠긴다.

이현	(E) 좁은 섬을 벗어나 대륙에 발을 디뎠으니 쉽게 돌아가려 하진 않을 것입니다.

전봉준, 고심하는데 이강이 들어온다.

이강	장군... 드릴 말씀이 있는디라.
전봉준	뭐냐?

이강　최경선 대장도 오고 혔응게... 지는 고부로 내려가겄습니다.

전봉준　... 고부.

이강　엄니도 쪼까 걱정이 되고요, 가서 동상 일도 돕고 그랬으믄 헙니다.

전봉준　(유심히 보는)

이강　(불만이다 싶은, 멋쩍게 웃으며) 지가 여그서 더 헐 일도 없잖여라... 애시당초 대장헐 깜냥도 아녔고요.

전봉준　... 일본군이 한양에 진주했어.

이강　!

65.　　인서트 - 한양 / 경복궁 앞 (낮)

일본군이 위풍당당하게 궁궐을 향해 행진한다.

66.　　다시 대도소 안 (낮)

이강　(심각한)

전봉준　백대장.

이강　야?

전봉준　별동대와 함께... 한양으로 가게.

이강　!... 한양이라고라?

결연한 전봉준... 얼떨떨한 이강의 표정에서 엔딩!

13회

1.　　　(12회 64씬의) 감영 / 대도소 안 (낮)

전봉준　　... 일본군이 한양에 진주했어.
이강　　　!

2.　　　(12회 65씬의) 인서트 - 한양 / 경복궁 앞 (낮)

일본군이 위풍당당하게 궁궐을 향해 행진한다.

3.　　　(12회 엔딩씬에서 이어지는) 다시 대도소 안 (낮)

이강　　　(심각한)
전봉준　　백대장.
이강　　　야?
전봉준　　별동대와 함께... 한양으로 가게.
이강　　　!... 한양이라고라?
전봉준　　...

이강	(얼떨떨해 하다가) ... 가서 왜놈들 동태를 정탐허믄 되는 것입니까?
전봉준	서찰도 하나 전해주고.
이강	누구... 헌티요?
전봉준	흥선대원군... 이하응.
이강	!

4. 동 객사 일실 안 (낮)

최경선과 나란히 선 송희옥, 조금 긴장한 표정의 이강에게 서찰을 건넨다.

송희옥	운현궁[1]에 당도허믄 박동진이를 찾드라고. 대원위대감 심복인디... (긴하게) 동학도인이여.
이강	(받아 품에 넣는)
최경선	조심혀. 한양은 아직도 동학허다 들키믄 목이 달아나는 동네구먼.
이강	걱정 마쇼.

버들이 들어온다.

버들	대장.
이강	(보면)
버들	동록개 접장이 쪼까 보자는디?
이강	?

5. 동 객사 앞 일각 (낮)

해승, 버들 지켜보는 가운데 이강이 동록개와 마주 보고 있다.

1 　운현궁: 흥선대원군의 사저.

이강	고향요?
동록개	(미안한 기색으로) 이. 새끼덜이 눈에 밟혀가꼬...
이강	(보는)
해승	(다가서는) 그러지 말구 같이 갑시다. 한양 좋다니까!
동록개	(난처한) 백정늠이 전주 구경 혔으믄 됐제 한양꺼정 머더러...
버들	같이 가장게요. 접장 없이 우덜끼리 먼 재미로 다녀오겠소?
동록개	(긁적이며) 여펜네가 소갈병²을 앓는구먼.
일동	(보는)
동록개	부끄럼이 겁나 많은 사람인디 인자 똥오줌은 서방이 받어줘야제.
일동	(짠해지는)
동록개	부탁이 있는디 한양서 새끼덜 이름 좀 지어다 줄랑가?
이강	조카덜 이름을요?
동록개	인자 좋은 시상 왔응게 백정 자식도 이름 정돈 있어야제. 아부지처럼 동네 개새끼로 불리믄 쓰겄어?
이강	(먹먹한)
동록개	(괴춤에서 주섬주섬 쪽지와 엽전자루 꺼내며) 뭐든 한양이 최고라니게 이름도 고짝 놈들이 잘 짓겄제. 여그 난 날허고 생시 적어놨응게. (하는데)
이강	(동록개를 끌어안는)
동록개	...
이강	부르기 좋고... 명줄도 징허게 긴 늠으루다가 지어다 드릴팅게... 고향 가 기둘리고 기쇼.
동록개	(눈물 맺히는) 오기만 혀. 나가 실헌 늠으로 한 마리 잡어가꼬 부위별로 대접 헐라니께...
이강	(핏 웃는) 오매, 메칠 굶고 가야겄네이... (세게 끌어안고) 건강허쇼이...

버들, 코끝이 찡해지고 해승, 서운함을 감추듯 미소...

---

2   소갈병: 당뇨병.

6. 전주성 앞 (낮)

열린 성문으로 이강, 해승, 버들, 짐을 실은 말을 끌고 천천히 나온다.

해승 백대장, 한양은 처음이지?

이강 전라도 배깥은 다 첨이지라이.

버들 (걱정스러운) 거가 눈 감으믄 코 베가는 디라든디...

이강 걱정 말어. 나가 임금님 코라도 잘라가꼬 붙여 줄텅게.

버들 (피식) 기왕이믄 민씨 고 여자 코로 붙여주믄 쓰겄구먼.

이강 (핏 웃는) 오매, 한술 더 뜨누먼.

7. 성곽 위 (낮)

감영군들이 경계를 서는... 창의군을 대동한 전봉준, 최경선, 송희옥[3]. 저만치 멀어져가는 이강 일행을 내려다본다.

송희옥 대원위 대감이 장군의 뜻을 받아들이겄습니까?

전봉준 ...

최경선 여차허믄 쟈들 목심도 장담 못헙니다.

전봉준 장담할 수 있었다면 저들을 보내지도 않았겠지.

일동 (숙연해지는)

8. 다시 전주성 앞 + 성곽 위 교차 (낮)

말에 올라탄 이강 일행, 전주성을 바라본다.

---

3   이번 회차부터 '전라 도집강 송희옥' 인물자막 필요할 듯합니다.

이강	마지막일지도 모릉게 눈에 잘 담어둡시다.
해승·버들	(묵묵히 보는)
이강	각오덜 됐제!
해승	물론!
버들	말이라고!
이강	(박차를 가하며) 가게!

이강 일행, 경쾌하게 말을 달려간다.
묵묵히 지켜보는 전봉준과 결의에 찬 이강의 모습에서.

9.   산길 (낮)

봇짐을 맨 동록개, 판소리를 흥얼대며 털레털레 걸어온다.

탈영1	(E) 꼼짝 말어!

동록개 보면, 갑자기 숲에서 몰려나와 동록개 앞에 죽창을 겨누는 의문의 사내들... 남루한 행색의 탈영병들이다.

동록개	(뜨악한) 머시여?
탈영2	살고 잡음 가진 거 다 내놔!
동록개	(피식) 맘 잡고 소만 잡음서 살라갰드먼... 잡것들이 도와주덜 않는구먼! (칼을 빼드는)
탈영병들	(흠칫)
동록개	어여 와.
탈영1	(어딘가를 향해) 두, 두목? 쪼까 나와봐야 쓰겄는디?

동록개, 보면... 김가가 껄렁하게 나오면서 소리친다.

김가	아, 진짜 짜증나서 같이 못 해 먹겠네! 왜 또, 왜?!! (하다가 동록개 보는)
동록개	(헉!)
김가	(헉!)
동록개	기, 김접장!!!
김가	(창피한)

10.   그 길 근처 일각 (낮)

탈영병들, 궁금한 듯 멀찍이서 바라보는... 김가와 동록개, 걸터앉아 이야기하는...

김가	(멋쩍은) 창의군 하다가 탈영한 놈들인데 하도 딱해서 잠시 데리고 있는 중이우.
동록개	고렇다고 산적질을 혀? 딴 늠도 아니고 별동대 출신이!!!
김가	(우쒸) 별동대는 밥도 안 먹고 사나! (한숨 푹) 목구멍이 포도청이라잖수.
동록개	(답답한) 아 긍게 누가 탈영을 허랴! 쪼금만 참었으믄 나처럼 물침표⁴ 받어가 꼬 금으환향혔을 거 아녀!
김가	(쏩쏠한 듯 피식) 성질머리가 그리 생겨먹은 걸 낸들 어쩌겠수?
동록개	으이구... (일어나며) 따라와!
김가	?
동록개	아, 어여!

11.   수풀 일각 (낮)

삽을 내던지는 동록개, 파낸 구덩이에서 무라다총을 꺼내든다. 김가, 의아한 듯 보는...

---

4   물침표: 동학농민혁명 당시 관군이 농민군의 안전 귀가를 보장한 증서.

김가   ... 웬 총이유?

동록개   (흙 털며) 백대장이 재수 없다고 파묻어븐 거신디... (던지는) 받어.

김가   (얼결에 받고 동록개를 보면)

동록개   도채비늠이 쓰던 총이여.

김가   !

동록개   그늠 팔어꼬 부하들 노나주고 자네도 고향 내려가.

김가   (매섭게) 도채비 그놈 어떻게 됐수?

동록개   백대장이 잡어 죽였구먼.

김가   (분한) 개새끼... 내 손으로 죽였어야 했는데...

12.   백가네 대문 앞 (낮)

이현과 유월, 대문 위에 '집강소'라 적힌 종이를 붙인다. 간부들과 의군[5], 백성
들, 환호성을 지르는... 이현, 덤덤히 지켜보는... '집강소' 종이 위로...

채씨   (E) 아무래도 집이 터가 나쁜 모양이여.

13.   동 안채 / 이현의 방 안 (낮)

채씨, 백가, 이현, 앉아 있다.

채씨   민란 띠는 동비덜이 장두청으로 써블드마 인자는 머? 집강소?

이현   (미소) 명당입니다. 전라도에서 가장 먼저 폐정을 개혁한 의미 있는 장소가
        될 테니까요.

백가   (묵묵히 차를 마시는)

---

5   의군: 집강소를 호위하는 군사.

채씨	개혁이고 개똥이고 엄닌 고딴 건 모르겠고, 지금이라도 집강 때래칠 수 없었 냐? 동학쟁이도 아님서 머 땀시 총대를 멜라 그려?
이현	어머니, 집강소는 도인들만 하는 게 아닙니다.
백가	(탐탁찮은) 넘들은 그리 생각 안 햐.
이현	(보는)
백가	말혀 봐... 도대체 느 먼 생각으로 이러는겨?
이현	...

14. 황진사댁 / 석주의 방 안 (낮)

석주, 찻잔을 내려놓고 보면 맞은편에 이현이 가부좌를 틀고 앉아 있다.

이현	집강소의 개혁에 협조해 주십시오.
석주	(조소) 야밤에 동비들이나 쐈죽이던 놈이 집강이 되어 돌아올 줄이야...
이현	(은근하게) 그 일은 함구하시는 게 좋을 것입니다. 증좌를 대지 못하면 집강 을 무고한 죄로 큰 고초를 겪으실 것입니다.
석주	죽기밖에 더하겠느냐?
이현	죽느니만 못한 경우도 있습니다.
석주	(킬킬대고) 역시 백가의 아들답구나. 하긴... 그 피가 어디 가겠느냐?
이현	난생 처음... 패배감이란 걸 전봉준에게서 느꼈습니다. 무지한 백성들을 선 동하는 미치광인 줄 알았는데 거짓말처럼 세상을 바꾸어 가더군요. 문명인 으로서... 백성의 피로 쟁취한 폐정개혁에 미력이나마 힘을 보태려 하니... 협 조해 주십시오.
석주	좀 더 솔직해지는 것이 어떠냐? 개혁은 핑계, 목적은 나에 대한 복수가 아니 더냐?
이현	진사나리께 보여드리겠습니다. 신분과 관습에 얽매이던 낡은 시대가 어떻게 사라지는지... 만민평등의 시대가 어떻게 밝아오는지.
석주	그런 세상은 가능하지도... 가능해서도 아니 되는 것이다. 새 시대라는 이름 으로 포장된 난세일 뿐이니까.
이현	전주화약을 이루어낸 관민상화[6]의 시대정신이라면 가능할 것입니다.

석주	난세일수록 공허한 미사여구가 넘쳐나는 법... 가거라.
이현	(덤덤히 일어나 인사도 않고 나가는데)
석주	니 진정 향청의 협조를 바란다면...
이현	(멈칫)
석주	명심이부터 지워라.
이현	(나가는)
석주	...

15.   동 앞 마당 안 (낮)

이현, 내려선다. 의군들 옆에 서 있던 홍가와 눈이 마주친다. 이현, 거슬리는 듯 보면 홍가, 흠칫해서 넙죽 엎드린다.

홍가	차, 착허게 살고 있습니다... 이쁘게 봐 주셔라...

이현, 시선을 거두고 돌아서는데 별채 쪽문가에 명심이 서 있다. 이현, 감정을 억누르며 바라보는... 차마 다가서지 못하는 명심, 눈물만 글썽인다. 이현, 작심한 듯 다가선다. 명심과 사람들, 놀란 듯 보면...

이현	... 어찌 이리 수척해지셨습니까?

뭐라 말을 잇지 못하는 명심. 눈물이 또르르 흘러내린다. 이현, 가만히 명심의 눈물을 닦아준다. 지켜보던 홍가와 사람들, 헉!

명심	(놀라는) 도련님...

이현, 자리를 뜬다. 멍하니 바라보는 명심.

---

6   관민상화: 관과 백성이 서로 화합하여 다스림.

16.   전주여각 외경 (밤)

자인   (E) 아부지!

17.   동 마당 안 (밤)

의관을 갖추고 대청을 내려서는 봉길을 자인이 막아선다. 덕기, 난감한.

자인   으째 이래 고집을 부려쌋소?
봉길   비켜. (잔기침하는)
자인   그 몸으로 한양을 가겠다고? 한양이 으디 전주 앞마당이대?
덕기   행님, 인자 장마철에 한여름입니더. 잘못하모 객사한다꼬예.
자인   그려, 몸조리 쪼까 더 허고 날 선선해지믄 고때 가드라고. 이?
봉길   고때꺼정 전라도 보부상덜언 손꾸락만 빨란겨?
자인   아부지!
봉길   아, 비키라는 말 안 들려!
덕기   (울컥) 아따, 영감재이 참말로 마!

덕기, 봉길을 덥석 안아 안채로 끌고 간다. 봉길, '놔!' '덕기 너 디진다이!' 하며 버둥대고 덕기, '시끄럽소, 고마!' 하며 들어가는... 자인, 후~ 한숨 내쉬며 대청에 털썩 걸터앉는데 누군가 쭈뼛 들어선다. 자인, 보면 헝겊에 싸인 무라다총을 든 김가다.

자인   ... 김접장이 아니십니까?
김가   (긁적이며 미소) 오랜만이우, 송객주.
자인   (의아한)

18.　　동 자인의 집무실 안 (밤)

자인, 차를 마신다. 총을 탁자 모서리에 세워둔 채 허겁지겁 밥을 먹는 김가.

자인　　천천히 드세요. 체하겠습니다.
김가　　(헤 웃으며) 이 정도론 끄덕없시다. 그나저나 백대장하곤 어찌 됐수?
자인　　... 네?
김가　　난리도 끝났는데 둘이 혹시 혼인 같은 건 안 하나 해서...
자인　　... 찾아온 용건이나 말씀하세요.
김가　　(큼, 총을 탁자 위로 올리며) 이거 양총인데... 송객주가 좀 사주셨으면 해서...
자인　　(헝겊을 풀며) 무라다총이군요... (하다가 흠칫 놀라는)
덕기　　(E) 일전에 백도령이 주문했던 깁니다.

플래시백〉 4회 68씬의,
자인, 덮개를 열면 무라다총이다.

현재〉
자인　　(미심쩍은) 어디서 난 물건입니까?
김가　　주웠수.
자인　　(보는)
김가　　(진솔하게) 장물 같은 거 아니니까 좀 도와주슈. 탈영한 동무들, 고향 가는
　　　　노잣돈이나 챙겨주려고 이러는 게유.
자인　　(도로 밀어주며) 정 그러시면 주인을 만나 직접 얘기해 보세요.
김가　　주인이 살아 있으면 총이 저 혼자 돌아다니겠수?
자인　　제가 이 총의 주인을 좀 압니다.
김가　　(보는)
자인　　들리는 소문에 밀쩡히 살아서 고부에서 집강을 하고 있다더군요.
김가　　(굳는) 집강? (너털웃음) 에이, 말도 안 되는 소리 말우.
자인　　탈영병이라고 박대를 당하진 않을 테니 염려 마세요. 이 총을 각별히 아끼는
　　　　데다가... 백이강의 동생이기도 하니까요.
김가　　누구... 동생이라구요?

자인	별동대 백대장 말입니다.

	플래시백〉11씬의,
동록개	**백대장이 잡어 죽였구먼.**

	현재〉
김가	(감이 오는... 중얼대듯) 이것 봐라?
자인	네?
김가	(얼른 둘러대는) 아, 아무것도 아뉴... 세상이 참 좁다 싶어서 말이우.
자인	하긴... 그렇군요. (차 마시는)
김가	(노기가 어리는)

19.   백가네 외경 (낮)

20.   동 안채 거실 안 (낮)

이현과 백가, 마주 앉아 있다.

백가	사람들 다 보는 디서 명심이헌티 주접을 떨었담서... 인자 으쩔라고?
이현	(대수롭지 않은 투로) 황석주를 굴복시킨 연후에 다시 청혼을 할 것입니다.
백가	(찜찜한) 느 시방 명심이가 좋아서 이러는겨... 아니믄 오기여?
이현	글쎄요... (미소 지어보이는)
백가	(불길한 느낌으로 바라보는데)
채씨	(E) 머시라고!!!
일동	!

21.   동 안채 마당 안 (낮)

유월, 화가 잔뜩 난 채씨 앞에 버티고 서 있다.

채씨   다시 찌끄리 봐. 머시라고?
유월   (기죽지 않고) 우리 아덜 이름, 이강이제 거시기 아니라고라.
채씨   요런 발꾸락에 땟국만도 모던 년이 조동아리 놀리는 거 봐라이! 야 이년아! 나가 고 이름 찌그리덜 말라고 혔냐, 안 혔냐!

백가와 이현이 안채에서 나온다.

유월   이강이럴 이강이라 그는디 머시 잘못됐다요?
채씨   잘못돼도 한참 잘못됐제! 얼자늠이 돌림자 드간 이름이 가당키나 혀!
유월   이강이가 으째서 얼잔디요?
채씨   오매, 요년이 동학물 처먹드만 정신줄꺼정 놔브렀나베. 종년 아들이 얼자제 그믄 적자여!
유월   (흥!) 폐정개혁 중이 노비문서 태워블기로 헌 것도 모르시는갑네요이.
채씨   !... 머시여?
유월   지 인자 종년 아니구먼이라!
채씨   (말문 막히는, 욱! 해서) 너 오늘 디져봐라이.

흥분해서 둘러보는 채씨, 일각에 널브러진 작대기를 찾아 드는데 이현이 낚아채 버려버린다.

이현   그만하세요. 집사님께 이러시면 안 됩니다.
채씨   (울컥) 이눔아! 너야말로 이라믄 안 되는겨!!!

남서방이 '어르신!!!!' 하며 다급히 뛰어든다. 일동, 보면.

남서방   (안색이 노래져서) 어르신! 와, 와, 왔는디라!
백가   (짜증) 누가 왔는디 호들갑이여?
남서방   놀래지 마셔라이?
채씨   (체념조로) 종년이 상전되야서 오는 판국에 우덜이 머슬 더 놀래겄어? 사삭

대덜 말고 조단조단 야그나 혀.

남서방   전봉준이 왔습니다요!

백가   !

채씨   (아찔한 듯 뒷목 잡으며) 오매, 풍이 와분다이.

유월과 이현, 행랑채 쪽을 보는...

22.   **동 행랑채 (집강소) 마당 안 (낮)**

전봉준, 이현의 손을 마주 잡는다. 최경선과 유월, 의군과 간부들 서 있다.

전봉준   고을을 순행하며 집강소 설치를 독려하는 중일세. 여기 고부가 가장 진척이
빠르더군.

이현   아비의 죄를 씻기 위해서라도 최선을 다할 것입니다.

전봉준   (믿음직스럽게 보다가) 부친께선 안채에 계신가?

이현   ?

23.   **동 안채 / 복도 (낮)**

거실 앞에서 지켜보던 남서방이 헉! 해서 잽싸게 안으로 들어간다. 전봉준과
이현이 중정으로 들어선다.

이현   불편하지 않으시겠습니까?

전봉준   (피식) 악연이긴 하였으나 이제는 집강의 부친... 인사 정돈 드려야지.

그때 거실 안에서 십삼자 주문소리가 들리면서 채씨와 부적을 치켜든 백가,
복도로 나온다. 일동, 뜨악해서 멈추는... 전봉준을 본 백가와 채씨, 더욱더 열
렬하게 주문을 외워대고... 내친 김에 무릎까지 꿇고 두 손을 치켜들고 주문
을 외는... 전봉준, 최경선, 이현, 어이없는 듯 보는...

24. 동 거실 안 (낮)

백가, 전봉준 앞에 공손히 앉아 있다. 이현, 채씨, 지켜보는.

전봉준 과거는 잊겠소. 허니 백집강의 개혁에 힘을 보태주시오.

백가 (아첨하듯) 아유, 아덜이 큰일 혀보겄다는디 수수방관허믄 애비도 아니지라이. 물심양면으루다가 팍팍 밀어주겄습니다.

전봉준 물심양면?

백가 만약을 대비혀서 꿍쳐둔 쌀섬이 쪼까 있는디 기쁜 마음으루다가 집강소에 기부를 허겄습니다.

이현 더불어... 아버님 침소의 침대 밑에 있는 차명의 토지문서들도 헌납하시겄답니다.

백·채 !!!

전봉준 (싱긋 웃으며) 고맙소... 참으로 훌륭하시오.

백가 (분을 삭이며 애써 미소로) 아유, 훌륭은요... 애비가 본을 보여야지라이.

이현, 미소를 짓는데 최경선이 긴장한 표정으로 들어온다.

최경선 장군, 요상헌 늠덜이 고부에 들어왔는디라.

전봉준 이상한 놈들이라니?

최경선 장군을 뵈러 왔다는디... 왜늠덜입니다.

일동 !

25. 고부관아 / 동헌 안 (낮)

일본전통의상을 입은 스즈키를 필두로 다케다 등 양복쟁이, 왜승, 사무라이들이 우르르 들어온다. 나졸에게 칼을 맡기는 사무라이들... 일각에서 그 모습 지켜보는 박원명과 억쇠.

박원명 (불만스러운) 전봉준은 집강소 놔두고 왜 하필 관아에서 만나려는 게야?

억쇠 성시런 집강소에 왜놈들이 드나드는 게 싫으신 모양이지라.

박원명 관아는 되구? 관아는 잡스런 데란 말이냐?

억쇠 (배시시 웃으며) 잡스럽진 않어두 깝깝시런 데는 맞잖여.

박원명 (어이없는)

26.　동 수령 집무실 안 (낮)

문이 열리고 전봉준, 최경선, 이현, 박원명이 들어온다. 앉아 있던 스즈키, 일어나 낭인[7]들과 함께 깍듯이 인사한다.

전봉준 (앉으며) 앉으시오.

이현 (일본어) 앉으세요.

스즈키 (앉는)

박원명 (큼) 장군... 뭐 필요하신 거래두...

전봉준 동헌에 아무도 들이지 마시오.

박원명 (고분고분) 분부대로 거행하겠습니다. (나가는)

전봉준, 스즈키를 응시한다.

스즈키 (E, 일본어) 장군을 뵙게 되어 영광입니다. 저희는 동학당을 돕고자 조선에 온 천우협의 협객들입니다.

이현 (동시통역 느낌으로) 장군을 뵙게 되어 영광입니다. 저희는 동학당을 돕고자 조선에 온 천우협의 협객들입니다.

전봉준 (중얼대듯) 천우협...

7　낭인: 떠돌아다니며 각종 정치활동을 하는 무리.

낭인들 틈에서 양복차림의 한 사내가 이현을 뚫어져라 주시한다. 속내를 알수 없는 표정의 다케다 요스케다.

전봉준	그래, 무엇을 어떻게 돕겠다는 거요?
이현	(일본어) 무엇을 어떻게 돕겠다는 겁니까?
스즈키	(일본어) 군사기술과 신식무기를 제공하겠습니다.
이현	군사기술과 신식무기를 지원하겠다는군요.
최경선	잡것들이 시방 먼 수작이여?
전봉준	(제지하고) 우리를 도우려는 이유가 뭐요?
이현	(일본어) 이유가 뭡니까?
스즈키	(일본어) 조선의 주권을 지키고 개혁을 돕기 위해섭니다.
이현	조선의 주권을 지키고 개혁을 돕기 위해서랍니다.
전봉준	(거슬리는 듯 보는)
스즈키	(일본어) 동학당과 우리 천우협이 합심하여 조선에 주둔한 청국 군대를 쫓아내고 민씨 정권을 타도하십시다.
이현	(조금 놀란 어조로) 천우협과 힘을 합쳐 청나라 군대와 민씨 정권을... 타도하잡니다.

전봉준, 스즈키를 본다. 스즈키, 동의를 구하듯 깍듯이 고갯짓을 하는... 전봉준의 입에서 흐흐흐, 실소가 터져 나온다. 스즈키, !

전봉준	(킬킬대며) 어지간하면 들어주려 하였더니... 낯이 뜨거워서 아니 되겠구만.

낭인들을 둘러보던 이현, 자기를 주시하는 다케다와 눈이 마주친다. 이현의표정이 굳어지는... 다케다, 침착하게 응시하는...

전봉준	(웃음을 멈추고) 백집강, 이 한 마디만 전하시게...
이현	(일본어) 한 마디만 하시겠습니다.
일인들	(주목하는)
전봉준	엿이나 처먹어.
이현	!

전봉준, 나간다. 최경선, 따라 나가는...

스즈키   (일본어) 장군께서 뭐라 하신 건가?
이현   (일본어, 미소) 거절하셨습니다. 동방예의지국의 전통에 따라 아주 정중하게.

스즈키, 끄덕이는... 이현, 다케다에게 다가선다. 믿기지 않는 듯한 표정으로 뚫어져라 보는.

다케다   (일본어, 선량한 미소) 이현 군.
일동   ?
이현   (일본어, 밝게) 다케다 선배!

27.   동 작청 안 (낮)

다케다와 이현, 마주 앉아 있다. 주눅이 든 억쇠, 찻잔을 놓고 슬그머니 나간다. 다케다, 신기한 듯 작청을 둘러보는...

다케다   (일본어) 여기가 집강소라는 곳인가?
이현   (일본어, 차를 따르며) 아닙니다. 작청이라고 아전들이 일하는 곳입니다.
다케다   (보다가 약간 어색한 억양의 조선어로) 정말 깜짝 놀랐어.
이현   (보는)
다케다   보통과를 수석으로 졸업한 자네가 이런 일을 하고 있을 줄은...
이현   조선말이 많이 느셨군요.
다케다   이현 군이 잘 가르쳐준 덕분이지. (미소) 하지만 아직도 멀었어.
이현   저도 깜짝 놀란 건 마찬가집니다. 고등과 수석 졸업생이 낭인패들이나 따라다니다니요.
다케다   전라도가 위험하다고 해서 동행한 것뿐이야. (짐짓 으쓱대며, 일본어) 이래봬두 이 다케다... 제법 잘나가는 사업가라구.
이현   (일본어, 맞장구치듯) 아, 그러십니까?

다케다, 찻잔을 들면 이현도 따라 든다. 일본풍으로 차를 마시는 두 사람.

28.　고부 어귀 (낮)

스즈키 등 천우협 일동, 저만치 서 있다. 다케다를 배웅하는 이현.

다케다　눈치가 보여서 이만 가봐야겠어.

이현　그러세요.

다케다　한양에 오면 꼭 들리게. 동경에서처럼 밤새 마셔보자구.

이현　(미소) 예, 안녕히 가십쇼.

다케다, 스즈키 일행을 향해 걸어간다. 바라보던 이현도 발길을 돌린다.

스즈키　(일본어, 낭인들에게) 자, 가세.

품에서 무언가를 꺼내면서 걸어오는 다케다, 다짜고짜 스즈키의 머리통을
가격한다! 쓰러졌던 스즈키, 저항은커녕 다급히 무릎을 꿇는다. 부동자세를
취하는 낭인들. 피 묻은 권총이 다케다의 손에 쥐어져 있다.

다케다　(일본어, 냉혹하게) 사전 조사를 이따위로 하다니... 하마터면 내 신분이 탄로
날 뻔했잖아.

스즈키　(일본어) 죄송합니다! 용서해주십시오!

노려보던 다케다, 이내 머리와 옷매무새를 단정히 하며 냉정을 되찾는다.

이현　(E) 뭔가 좀 이상합니다.

29.　백가네 행랑채 (집강소) 이강의 방 안 (낮)

전봉준, 이현을 본다.

이현　다케다 선배는 명치유신 이전, 가난한 천민 집안에서 태어났습니다. 해서 양반 출신이 아닌 저를 유난히 아껴주었지요.

전봉준　헌데?

이현　권력자가 되어 귀족들 위에 군림하는 게 소원이던 사람인데... 장사꾼이 되어 나타났다는 게 왠지 미심쩍어서요.

전봉준　어쩌면... 장사꾼으로 위장한 관리일 수도 있겠구만.

이현　만약에 그렇다면... 아까 천우협이 장군께 했던 말은... 일본 정부의 생각이란 얘기가 됩니다.

전봉준　(심각해지는)

스즈키　(E, 일본어) 청국 군대를 쫓아내고 민씨 정권을 타도하십시다.

이현　왠지... 조짐이 좋지 않습니다.

전봉준　(심각한) 백대장이 어서 대원위 대감을 만나야 하는데...

30.　성환 역참 앞 (낮)

'成歡(성환)'이라 새겨진 돌비석. 경계를 서는 역졸들.

31.　근처 숲 (낮)

이강이 달려와 숨어 있는 해승과 버들 앞에 쪼그리고 앉는다.

이강　으째 찜찜헌디 다른 길로 돌아가끄나?

해승　그럼 백 리는 족히 돌아가야 돼. 여기선 한양까지 곧장이구.

버들　이럴 띠를 대비혀서 변복헐 거슬 준비혀 왔구먼.

이강　(반가운) 그려?

버들　이!

32. 역참으로 가는 길 (낮)

어우동처럼 전모를 쓴 버들과 염주까지 걸치고 스님으로 변복한 해승, 머슴 차림의 이강은 뚱한 표정으로 짐을 잔뜩 지고 걸어온다.

이강 (멈추는) 요따우로 변장을 허라갠 늠이 누구대?
버들 최경선 대장인디.
이강 (투덜대는) 하여튼 칼만 쓸 줄 알었제 머리는 장식이랑게...
해승 왜, 맘에 안 들어?
이강 말이라고? 기생허고 스님이 아구가 맞능게라?
해승 (쩝)
버들 솔직히 나도 쪼까 껄쩍지근헌디 으떡허믄 아구가 맞을랑가?
이강 있어 봐. (생각하는)

33. 역참 앞 (낮)

다시 변복한 이강 일행이 역참 앞에 나타난다. 해승은 앞씬과 동일하고 양반으로 변복한 이강이 유유히 부채질을 하며 걷는... 꾀죄죄한 여종으로 변복한 버들이 짐을 잔뜩 지고 있다.

이강 오매, 인자 아구가 착 들어맞는구마이~.
해승 (씨익 웃는)
버들 (낑낑대며) 짐은 좀 노나 지믄 안 되긋냐?
이강 어허! 종이 모더는 소리가 읎어. 빠짝 들어.
버들 (우쒸) 양심도 읎냐?
이강 양반이 양심이 으딨어? 싸게 가야... (하다가 멈칫)

역참 반대편에서 청나라 군사 몇 명이 아녀자들을 끌고 온다.

이강   저게 머여?

해승   성환에 청나라 군영이 있어. 군속으로 징발된 모양이야.

버들   (무언가 보고) 오매!

행렬 속의 아낙1, 청군을 밀치고 역졸을 향해 도망친다.

아낙1 (역졸을 부여잡고) 구해줘유! 모내기허다 끌려왔슈!

그러나 역졸들은 모른 척 외면한다. 청나라 군사가 다가와 아낙1을 칼집으로
내려친다. 비명을 지르며 쓰러지는 아낙1. 이강의 표정이 대번에 굳어진다.

버들   (안타까운) 저런 잡것들!

해승   대장, 처치하세.

이강   (분을 참으며) 그냥 갑시다.

해승   몇 놈 안 되잖아. 충분히, (하는데)

이강   (화난 듯 말을 끊으며, 나직이) 염병, 나가 말했잖소!

해승   !

이강   (으르렁대듯) 가자고요... 그냥.

이강, 앞장서 걸어간다. 해승, 버들 따른다. 청군장교, 아낙1을 끌고 이강의 앞
을 지나쳐 간다. 그때 아낙1, 청군장교의 팔을 깨물며 저항한다. 청나라 군사
가 달려와 아낙1을 찌른다. 이강, 헉! 하는... 털썩 무릎을 꿇는 아낙1. 청군장
교가 중국어로 욕을 뱉으며 권총을 꺼내 아낙1을 겨눈다. 이강, 망연자실해
서 역참을 돌아본다. 시선을 돌려 외면하는 역졸들. 순간, 탕! 하는 소리에
돌아보는 이강. 아낙1이 힘없이 고꾸라진다. 이강, 해승, 버들, 참담한... 저들끼
리 낄낄대는 청군들... 청군장교가 이강을 노려본다. 이강, 간신히 분을 참고
지나쳐간다. 굳은 표정의 해승과 버들이 따른다. 피가 번져 나오는 아낙1의
시체... 이를 악무는 이강의 모습에서.

34. 산 숲속 공터 (밤)

모닥불이 타오르는... 이강, 버들, 해승, 시무룩하게 앉아 있다.

버들 (분한) 백주대낮에 으쩨 그럴 수가 있당가? 역졸덜은 으쩨 보고만 있고?

해승 나라가 약하니까 백성이 고달픈 거지. 설움 안 당하려면 강해지는 수밖에 없어.

버들 (한숨)

이강 으따 분위기 깝깝시러 못 앉아 있었구먼. 요럴 때 동록개 접장이 있어야 허는디.

해승 백대장이 재미난 얘기 좀 해 봐.

이강 (핏 웃는) 나헌티 고딴 게 있을 리가 없잖여라. 피 튀기는 얘기믄 몰러도.

해승 (씨익 웃으며) 있잖아... 송객주.

이강 (씁쓸해지는)

버들 (보는)

해승 전에 송객주 만나러 갔었잖아. 말해봐, 어떻게 됐어?

이강 ...

자인 (E) 우린... 여기까지야.

플래시백〉12회 43씬의,

자인 **내가 최선이라 믿은 것이 너에겐 최악이었듯이... (중략) ... 니가 꿈꾸는 세상과 내가 원하는 세상은... 참 멀리도 떨어져 있더라구.**

현재〉

이강 멀리 보내줬구먼이라.

해승 멀리?... 어디로?

이강, 침묵하는... 버들, 짠하게 바라보는... 모닥불 빛이 일렁이는 이강의 얼굴에서.

35. 전주여각 마당 안 (밤)

자인, 대청에 홀로 앉아 상념에 잠겨 있다.

이강 (E) 미안허긴 뭘...

플래시백〉 12회 43씬의,
이강 **마지막으로 부탁 하나 혀도 되겠능가?**
자인 **말해... 뭐든.**
이강 **... 그네를 밀어주고 잡구먼. (미소)**

현재〉
설핏 미소를 짓다가 마는 자인, 눈가가 촉촉해진다. 길게 한숨 내쉬는데... 누군가 곁에 앉는다. 자인, 보면 덕기다.

덕기 그래 힘들어 할끼면서 딱지를 와 났십니꺼?
자인 괜찮을 줄 알았나 보죠.
덕기 (짓궂게) 솔직히 말해 보이소. 딱지 논 게 아이고 맞았지예?
자인 ...
덕기 (머쓱) 써글 우짜고 할 줄 알았드만... 진짜로 힘든갑네.
자인 ...
덕기 청승떨지 말고 송자인이답게 행동하이소.
자인 어떻게 행동하는 게 저다운 건데요?
덕기 씩씩한 거 빼모 시체다 아입니꺼?
자인 (무언가 생각하는)
덕기 난주 후회하지 말고 도로 가가 딱지 논 거 회수한다카이소. 전봉주이 고부 오데 돌고 있다카이 거시기 글마도 고 오데 있을 낍니더.
자인 (생각하다가 작심한 듯 일어서는)
덕기 벌써 갈라꼬예?
자인 (생기 도는 눈으로 덕기를 보며) 최행수도 짐을 싸세요.
덕기 (의아한) 지는 와예?

자인	한양에 갈 것입니다.
덕기	!

36. 동 자인의 침소 안 (밤)

봉길, 마뜩찮은 표정으로 자인을 바라본다.

봉길	(뚱한) 한양엔 머더러?
자인	(쥐고 있던 두루마리 내밀며) 여그... 아부지 직인 한나만 찍어주쇼.
봉길	임방도 없어진 판국에 도접장 직인은 찍어 머덜라고?
자인	한양에다 전라도 임시 임방 맨들어야 된담서?
봉길	(보는)
자인	아부지 대신 나가 민영준 대감허고 담판을 헐라니께 싸게 고 위임장에 도장 이나 찍드라고.
봉길	... 보부상 겉은 거슨 인자 곧 없어질 거람서 갑자기 으째 이러는겨?
자인	(답답한) 아, 누가 없어진다겠능가? 시상이 바뀌니께 보부상들도 인자는 바 뀌어야 한다 그 말이었제.
봉길	니가 뭔 수로 바꿀라고?
자인	음마? 나가 전주화약도 성사시킨 몸이여. (씩씩하게) 한양 가서 견문도 쪼까 넓히고 새 밥줄도 찾아볼라네. 으차피 전주선 쌀장사로 거상된긴 글러브렀 응게.
봉길	(보는)
자인	(의아한... 제 얼굴 매만지며) 으째 그려? 머시 묻었능가?
봉길	(대견한) 녀석... 인자 다 커브렀네.
자인	(큼) 아, 크기야 진즉에 컸제. 다 아는디 아부지만 모르고 있었당게.
봉길	(미소)
자인	(미소)

37. 백가네 대문 앞 (낮)

보따리를 이고 진 당손과 이화.

이화	(당손 잡아끌며) 아 언능 드가자니께요.
당손	(난처한) 군교 때려친 거 알면 장인어른 노발대발하실 텐데...
이화	(당손을 대문 앞으로 떠밀며) 참말로! 사운디 설마 죽이기야 허겠소!
당손	(마지못해 뒷짐 지고) 이리 오너, (하다가 대문 보고 헉!) 여보!
이화	아 또 으째 이래쌋이? 이려서 오늘 안에 문지방 넘겠능가? (하다가 대문의 종이 보고 헉!) 집... 강소?
당손	동비들이 집을 뺏은 모양인데?
이화	(울먹) 그라믄 우리 식구덜언?
당손	(잡아끌며) 일단 여길 뜨자구. 잘못하면 우리까지 다쳐. (하는데)
이화	(뿌리치는) 뇌 보쇼!

이화, 문을 밀고 들어간다.

38.   동 행랑채 (집강소) 마당 안 (낮)

홍분해서 들이닥치는 이화, 눈앞에 펼쳐진 광경에 얼어붙는다. 양반과 부자들의 무리 앞에 간부들이 의군을 대동하고 서 있다.

이화	머, 머시여?

뒤따라 들어온 당손도 멈칫한다.

당손	저기 처남 아냐?

이화, 보면 안채 쪽에서 무언가를 손에 쥔 이현이 유월과 걸어 나와 무리 앞에 선다. 좌중의 시선이 이현에게 모아진다.

이현	집강 백이현입니다.
이화·당손	!!!
이현	조정과 호남창의군이 합의한 폐정개혁에 의거하여 노비문서를 소각할 것이니 조속히 집강소로 제출해 주시기 바랍니다.
양반1	이 아전놈이 지금 무슨 헛소릴 지껄이는 게야!
이현	(미소) 말씀하신 대로 고부관아의 이방도 겸하고 있으니 정직하게 제출하세요. 요령 부려봤자 금세 탄로가 날 것입니다.
양반2	누구 마음대루! 노비는 조상 대대로 물려받은 가문의 재산이니라!

양반들, '옳소!' 외치며 성토하는... 이현, 묵묵히 조용해지기를 기다린다. 성토가 잦아들면,

이현	(차갑게) 지금... 노비가 재산이라 하셨습니까?
양반2	오냐! 노비가 재산이지 그럼 사람이더냐!
이현	(손에 쥔 문서 들어 보이며) 이건 저희 백가네의 재산, 노비문섭니다.

이현, 유월에게 다가가 노비문서를 건넨다. 유월, 보면.

이현	집사님 손으로 직접 태우세요.
유월	!... 지가요?
이현	(미소) 예.

좌중의 시선이 머뭇대는 유월에게 향한다. 마침내 문서를 받아든 유월, 화덕 위에 던진다. 당황하는 양반들... 불꽃 속에서 타들어가는 문서... 유월, 만감이 교차하는... 이현, 보면 유월의 눈에서 뜨거운 한줄기 눈물이 흘러내린다. 이현, 의군의 칼을 낚아채서 양반2 앞에 바짝 다가선다. 양반2, 흠칫!

이현	(차갑게) 보셨습니까? 참으로 해괴한 일이지요? 재산이 눈물을 흘리고 있으니 말입니다.
양반2	(우물쭈물하는) 아, 그야...
이현	(살기를 띠며 이죽거리듯) 재산이 아니니까... 사람이니까!

양반2, 서슬에 주춤 물러서다 엉덩방아를 찧는다. 이현의 기에 압도되어버린 양반들. 이현, 매섭게 양반들을 노려본다.

이현　협조하지 않는 자는 누구든... 횡포한 부자와 불량한 양반으로 간주하여 엄벌할 것이니... 지저분하게 토 달지 말고... 더는 집강에게 반말 짓거리도 말고... 순순히 따르세요.

벙쪄서 보던 양반들, 도망치듯 하나둘씩 대문을 빠져 나간다. 간부들과 의군들, 감격해하는... 유월, 의연하게 눈물을 삼키는... 벙한 표정의 이화와 당손... 묵묵히 서 있는 이현의 결연한 모습에서.

39.　황진사댁 / 석주의 방 안 (낮)

석주, 명심과 앉아 있다.

석주　당분간 장흥 외가에 가 있거라.
명심　오라버니...
석주　앞으로 여긴 어떤 일이 벌어질지 모른다.
명심　백집강과 화합하여 지내면 되지 않습니까?
석주　이현이가 궁극적으로 원하는 것은 명심이 너다.
명심　!
석주　지금의 이현이는... 니가 알던 예전의 이현이가 아니다. 피에 굶주린 악귀가 되어버렸어.
명심　악귀... 라니요?
석주　(대구 대신 한숨 내쉬는)
홍가　(E) 진사나리.
석주　들어오게.

홍가, 눈치를 보며 들어와 문가에 쪼그려 앉는다.

석주	무슨 일인가?
홍가	녹두장군이 왔는디라.
명심	!
석주	...

40.   동 마당 앞 (낮)

전봉준, 최경선을 대동하고 서 있다. 홍가가 아뢴다.

홍가	돌아가라고 허시는디라.
최경선	(마뜩찮은) 들어가 다시 여쭤.
전봉준	됐네... 다음에 또 옴세. (하는데)
명심	(E) 녹두 오라버니.

전봉준, 돌아보면 명심, 애써 미소를 지어 보인다. 전봉준, 미소 짓는.

41.   동 명심의 방 안 (낮)

수심 어린 표정의 명심, 전봉준을 안내해 들어온다.

전봉준	(서글서글하게) 아이구~ 우리 명심이 그새 더 이뻐졌구나! (앉는)
명심	(옅은 한숨)
전봉준	(짐짓 삐진 척) 몇 달 만에 보는 오래비 앞에서 한숨은... 구들장 내려앉겠다, 이놈아.
명심	(핏 웃다 마는)
전봉준	... 백집강 때문이더냐?
명심	(놀란 듯이 보는)
전봉준	알고 있다. 정혼부터 파혼까지... 앞으로 어찌할 생각이냐?

명심	(막막한) 어찌해야 할지... 도무지 모르겠습니다.
전봉준	(지그시 보다가) 백집강을 아직도 연모하는 것이냐?
명심	... 예. 허나 이제는... 두렵습니다.
전봉준	뭐가?
명심	저로 인하여 오라버니두, 도련님도 이전과는 다른 사람이 된 듯하여... 그것이 두렵고... 무섭습니다.
전봉준	... 명심아.
명심	예?
전봉준	피한다고 해서 두려움이 가시는 거였다면 애초에 두려움이란 존재하지도 않았다... 맞서라... 두려움을 이기는 유일한 방법은 두려움과 맞서는 것이다.
명심	(보는)
전봉준	(따뜻한 미소)

42. 백가네 행랑채 (집강소) 마당 안 (낮)

간부들을 대동한 이현 앞에서 의군들이 노비문서를 소각한다.

이현	방을 붙여 알리세요. 이제부터 고부에선 사람을 공짜로 부리거나 강제로 노역을 시켜서는 아니 된다구... 반드시 집강소가 정한 품삯을 지불하라고요.

간부들, 예! 하고 흩어진다. 대문가에서 흐뭇하게 지켜보던 유월, 들어오는 사람을 보고 깜짝 놀란다. 기가 잔뜩 죽은 홍가다.

유월	(홍가의 흉터를 보고) 어르신, 이게 으째 된 일이다요?
홍가	아, 암것도 아녀라... (이현을 향해 쪼르르 가는) 집강어른!
이현	(차갑게 보는)
홍가	(긴장하는)

43. 사대 일각 (낮)

명심, 마주 선 이현을 바라본다. 무언가 결심한 듯 조금 격앙된 표정의 명심.

이현 저를 보자 하셨습니까?

명심 (망설이다 작심한 듯 반말로) 그렇네.

이현 (조금 놀란 듯 보다가 이내 부드러운 미소) 무슨 일이 있는 것입니까?

명심 (무언가를 건네는) 받게.

이현 (의아한 듯 받아서 보면 5회의 탄피... 굳은 표정으로 보면)

명심 (애써 태연히) 우리 사이에 있었던 일들은 다 털어 버릴 것이니... 자네도 이젠 그리하게.

이현 (지그시 보는)

명심 (감정을 억누르며) 건승하시게.

돌아서는 명심. 그런 명심의 손목을 잡아 돌려세우는 이현.

명심 (당황) 무엄하다. 이 손 놓지 못하겠느냐?

이현 이 손을 놓으면... 백이현은 없습니다.

명심 (보는)

이현 제 속에 악귀가 있습니다. 복수심이 잉태하고 의병들의 피를 먹고 자란 놈입니다.

명심 (안타까운)

이현 (눈가가 점점 촉촉해지며) 놈은 스승을 전장으로 끌고 가 죽이려 하였구... 동비들을 무참히 살육하였구... 지금도 저를 유혹하고 있습니다... 복수하라고... 죽여버리라구... 그것이... 하늘처럼 여겼던 스승에게 배신당한 백이현의 길이라구.

명심 (눈물이 흐르는)

이현 (눈물이 흐르는) 허나 아씨가 있어... 길을 잃지 않았습니다. 그렇게 가까스로... 여기까지는 왔습니다.

명심 (울음이 터지는)

이현 두 번 다시 악귀의 노예가 되어 헤매고 싶지 않습니다... 저는... 백이현으로 돌아가고 싶습니다.

연민과 안타까움을 견디지 못하는 명심, 소리 내어 울면서 이현을 끌어안는
다.

명심 기다리겠습니다... 언제 어디서건... 도련님이 오시는 길이라면 거기에 서 있겠
습니다... 서둘지 마시어요... 한 발 한 발 천천히 오시어요... 이 명심이는... 그
렇게 기다릴 터이니... 힘들어 말구... 웃으면서 오시어요.

이현, 명심을 와락 끌어안는다. 장엄하게 타오르는 석양 아래 두 사람의 뜨거
운 포옹이 길고 길게 이어진다.
카메라 팬하면 일각, 나무 그늘 정도에서 이현과 명심의 포옹을 지켜보는 사
내가 있다. 껄렁하게 무라다총을 들고 있는 김가다!

김가 (빈정대듯) 이거 그림 참 묘하네? 양반집 규수하고... 도채비?

침 퉤 뱉고 노려보는 김가의 적개심 가득한 모습에서.

44.   전주여각 앞 (밤)

봇짐을 멘 덕기, 말 두 필의 고삐를 잡고 온다.

45.   동 마당 안 (밤)

덕기, 들어오면 자인 앞에 의문의 사내가 등지고 서 있다.

덕기 말들이 다 비리비리해가꼬예, 완산꺼지 가가 겨우 구해 왔습니더. (하다가 보
면)

갓을 벗고 돌아서서 인사하는 사내, 나카무라다.

덕기	... 나카무라상?
나카무라	(일본어) 오랜만입니다.
덕기	(의아한 듯 자인을 보는)
자인	(뭔가 곰곰이 생각하는)

46. 동 자인의 집무실 안 (밤)

자인, 덕기에게 명함을 건넨다.

자인	이 사람이 전라도쪽 일을 봐 줄 동업자를 찾고 있다는군요.
덕기	(냉큼 명함을 받아서 보는)

〈主任 武田陽介 大日商會 漢城府 南部 明禮坊 南山洞契〉 (자막 불필요)

자인	한양에서 장사를 한다 하니 올라간 김에 만나봐야겠어요.
덕기	대일상회... (알쏭달쏭한) 이름 이건 우예 읽어야 되노?
자인	다케다...
덕기	(보는)
자인	다케다 요스케.

47. 한양 / 남산 왜성대 (낮)

오르막길을 다케다를 태운 마차가 올라간다. 길가에 대포와 중무장한 일본 군들이 진을 치고 있다. 긴장감이 흐르는... 다케다, 군인들을 굽어보는...

〈자막〉 남산 왜성대

48. 왜성대 일본공사관 앞 (낮)

마차에서 내린 다케다, 호위병의 경례를 받으며 건물로 들어간다.

49. 동 다케다의 집무실 안 (낮)

다케다, 들어와 책상 앞에 선다. 오오토리 공사가 허둥지둥 들어온다.

오오토리 (일본어) 다케다, 전봉준이가 뭐라던가?
다케다 (일본어, 대수롭지 않게) 엿을 먹으라더군요.
오오토리 (일본어, 이해 못한) 뭐?
다케다 (일본어, 미소) 조선인들이 상대를 조롱하며 거절할 때 쓰는 말입니다.
오오토리 (일본어, 아쉬운) 빌어먹을... 동학당을 들러리로 내세우려 했더니만...
다케다 (일본어) 조금 거칠고, 노골적이기는 해도... 이제 방도는 하나뿐입니다.
오오토리 (보는)
다케다 (일본어) 명분을 만들어... 우리 군대가 직접 나서는 것.

오오토리, 심각해진다. 다케다의 눈빛이 번득인다.

50. 경복궁 광화문 앞 (낮)

대궐의 위용에 넋이 나간 듯 입을 떡 벌리고 바라보는 이강과 버들. 곁의 해승은 조금 창피한 듯 서 있다.

이강 한양이 다르긴 다르구먼.
버들 길도 겁나게 넓어브러야.
해승 거 적당히 하고 좀 가지?
이강 그래야지라이... 으째 쪼까 기가 죽을라그는디. (하는데)

자전거를 탄 양반이 경종을 연신 울리면서 이강 일행 앞을 지나간다.

이강 (뜨헉!) 버들 접장, 방금 봤제?

버들 이! 쇠로 맨든 당나귀여!

해승 (짜증 팍)

이강 막 소리를 지름서 염병허는 것도 봤제?

버들 이라믄 코 베간다는 야그도 참말 아녀?

이강 (흠칫 코를 손바닥으로 덮는)

버들 (따라 하는)

해승 놀고들 있네. 아, 안 갈 거야!!!

이강 가, 가야지라이... 근디 운현궁이 으디 쪽이다요?

해승 (한숨) 따라와. (가는)

이강·버들 (따라가는)

51.   운현궁이 보이는 골목 (낮)

병사들이 삼엄하게 지키고 있는... 일각에서 긴장한 눈초리로 지켜보는 이강 일행.

버들 경계가 겁나게 삼엄헌디요?

해승 중전과 민씨 일파가 장악한 군부의 병사들이야. 경계보다는 대원군을 감시하는 게 진짜 목적이지.

버들 그라믄 으째 드간대? 골치 쪼까 아프겄는디?

이강 땡중이 있는디 먼 걱정이여?

해승 ?

52.   운현궁 앞 (낮)

스님으로 변복한 해승, 목탁을 두드리며 염불을 왼다. 병사들, 별다른 경계심을 드러내지 않는... 청지기가 쌀됫박을 들고 나와 쌀자루에 담아준다.

해승 녹두장군이 보내서 왔수.

멈칫 긴장하는 청지기, 재빨리 병사들의 눈치를 살핀다.

해승 박동진을 만나게 해주슈.

해승, 큰 소리로 염불을 왼다. 일각에서 지켜보는 이강과 버들.

53. 근처 길 (낮)

박동진이 주변을 살피며 속보로 걸어온다. 휙! 휘파람 소리에 돌아보면 모퉁이에 이강, 버들, 해승이 서 있다. 박동진, 따라오라는 듯 눈짓하고 걸어간다.

이강 가게요.

이강 일행, 따라간다. (이하 몽타주의 느낌으로)

54. 저잣거리 이곳저곳 (낮)

박동진, 인파들 틈을 요리조리 빠져 나가는... 이강 일행, 간신히 따라가다가 놓쳤다 싶은데... 일각에 서 있는 박동진을 발견한다. 박동진, 다시 모퉁이로 들어가는... 이강 일행, 따른다.

55. 숲속 (낮)

박동진, 걸어간다. 거리를 두고 이강 일행이 따라간다.

56.   나루터 (낮)

이강 일행, 길을 빠져 나오면 호젓한 나루터가 펼쳐진다. 박동진이 나룻배 옆
에 서 있다. 나룻배 위에는 삿갓을 쓴 사공이 노를 잡고 있다. 이강 일행, 다
가선다.

박동진   내가 박동진이오.

이강   전봉준 장군이 보내서 왔구먼이라.

박동진   (미심쩍은) 검결[8]을 외워보시오.

이강   (줄줄 외는) 시호시호 이내시호 부재래지 시호로다. 만세일지 장부로서 오만
년지 시호로다. 용천검 드는 칼을 아니 쓰고 무엇허리...

박동진   그만.

이강   (멈추는)

박동진   ... 타시오.

이강   ...

57.   강 위 / 나룻배 안 (낮)

이강과 박동진을 태운 나룻배가 강 위로 나아간다. 사공, 천천히 노를 저어
간다. 이강과 마주 앉은 박동진, 경계심을 늦추지 않는다.

이강   (어색함을 풀듯 너털웃음 지으며) 어따 한양서는 사람 만나는 것도 참말로
요상시럽소이.

박동진   이해해주시오. 보는 눈이 워낙에 많아서.

이강   이해헙니다. 대감께서 메누리 등쌀에 시달리는 거슨 남도 사람들도 알 만큼

---

8   검결: 동학의 창시자 최제우가 지은 가사.

아니께요.

박동진 보자 한 용건이나 말해보시오.

이강 (사공 흘끔 보고) 대감께 서찰을 전허러 왔구먼이라.

박동진 이리 주시오.

이강 고거슨 곤란헌디요. 직접 전허고 답을 듣고 오란 명을 받었응게요.

박동진 (역시나 싶은... 권총을 꺼내 겨누는)

이강 !

박동진 대감을 뵈서 뭐 하려구? 전봉준과 내통했다는 누명을 씌우려구?

이강 시방 무신 말을 허는 거다요?

박동진 누가 보냈어? 중전? 민영준?

이강 !

58. 다시 나루터 (낮)

버들 먼 일 없었지라이.

해승 글쎄...

순간, 무사들이 나타난다. 해승, 석장칼을 뽑고 버들, 서둘러 짐에서 총을 꺼내려 하는데... 무사들 중 일부가 총을 겨눈다. 멈칫하는 해승과 버들...

해승 빌어먹을... (칼을 버리고 두 손을 드는)

버들 (분한... 두 손을 드는)

59. 다시 나룻배 안 (낮)

이강 너야말로 누구여? 박동진이 아니제!

박동진 서찰이나 내놔.

이강 못 준다는디 으째 그러냐? (몸에 은근히 힘을 주면서) 사람 말이 말 겉지,
(하는데)

박동진	(노리쇠를 당기는)
이강	(멈칫)
박동진	셋을 세겠다. 하나.
이강	(당혹스러운) 염병...
박동진	둘...
이강	(토하듯) 장군... 면목 없소.
박동진	셋.

이강, 눈을 질끈 감는... 조용한... 이강, 눈을 번쩍 뜨면...

박동진	(여전히 총을 겨누고 이강을 응시한 채) 대감... 믿어도 되겠습니다.
이강	!

사공, 노를 놓고 돌아선다. 삿갓을 벗으면 눈빛이 형형한 노인이다.
이강, 벙해서 보면...

이하응	해몽⁹이 심부름꾼 하난 제대로 골랐구만.
이강	어르신이... 대원위 대감?
박동진	무엄하오! 예를 갖추시오!
이강	(저도 모르게 무릎을 꿇는)
이하응	이렇게까진 하고 싶지 않았네만... 자네 말처럼 며느리 등쌀이 하도 심해서 말일세. (미소)

벙찐 이강... 카리스마 넘치는 이하응의 표정에서 엔딩.

---

9   해몽: 전봉준의 호.

14회

1.   정자 (낮)

무사들, 사주경계 중인... 해승과 버들, 정자를 바라보며 서 있는... 정자에선
이강이 서찰을 읽는 이하응 앞에 부복해 있다. 박동진, 배석해 있다. 서찰을
다 읽은 이하응, 버럭 화를 낸다.

이하응   그러게 왜 쓸데없는 짓을 하여서는!

슬며시 고개 들어 바라보는 이강, 이하응과 눈이 마주치자 시선을 내리깐다.

이하응   봉기를 하였으면 한양까지 죽을 각오로 진격을 하던가! 조선에 외국군대만
         불러들이지 않았느냔 말이야!
박동진   (한숨)
이강   (불만스레) 송구헙니다만... 고거이 녹두장군 잘못이겠습니까?
이하응   (보는)
이강   못 살겠다고 죽창 들고 나선 백성을 달래지는 못할망정... 지들 권세나 지킬라
         고 떼늠덜 불러들인 그늠들이 죽일 늠 아닝게라?
박동진   이자가? 어느 안전이라고 감히!
이강   어차피 목심 걸고 왔는디 헐 말은 해야지라이.

박동진   어허!

이하응   그만.

박동진   (참는)

이하응   (조금 누그러진 어조로) 허면 의병들은 전부 해산을 한 것이냐?

이강   농사꾼들은 거의 다 농사지러 고향 갔고요, 남은 사람덜언 집강소 지키고 있지라이.

이하응   (마뜩찮은) 순진한 인사들 같으니... (일어나는)

이강   (따라 일어나며) 장군헌티 답을 으찌 전허믄 되겠습니까?

이하응   (보다가) 자네, 싸움 좀 할 줄 아는가?

이강   정통보담은 개싸움 쪽에 일가견이 있는디라.

이하응   잘됐구만. 가세. (가는)

이강, 의아한 듯 박동진을 보는... 박동진, 따라가라는 눈짓... 이강, 얼결에 따라가는...

2.   **저자 (낮)**

이강, 이하응을 따라 걸어온다. 주변의 사람들이 길을 비키며 엎드린다. '국태공[1]이시다!', '대원위 대감~!', '저희를 굽어 살펴주시옵소서~!' 등 외치면서 존경과 간구의 몸짓을 보내는... 이강, 이하응의 인기에 내심 놀라는... 한 가게 앞에 멈추는 이하응, 둘둘 말려 세워져 있는 거적을 바라본다. 이강, 의아한.

3.   **경복궁 광화문 앞 (낮)**

거적을 옆구리에 낀 이강과 이하응, 성문을 지키는 이두황의 병사들에게 가

---

1   국태공: 흥선대원군.

로막혀 있다. 이규태는 일각에서 묵묵히 지켜보는... 긴장감이 흐르는... 홍계훈이 병사들을 밀치고 나타난다. 이강, 애써 태연히 보는.

홍계훈 대감께서 대궐엔 어인 일이옵니까?
이하응 주상을 알현하러 왔느니라.
이강 !
홍계훈 (난감한) 대감. 또 어찌 이러시옵니까?
이하응 (노려보는) 길을 열어라.
홍계훈 송구하오나 그만 사가로 돌아가시옵소서.
이하응 ... 깔아.

뒤늦게 알아차린 이강, 부랴부랴 거적을 깔면 그 위에 가부좌를 틀고 앉는 이하응. 째려보는 홍계훈. 긴장하는 이강.

4. 동 건청궁 관문각 외경 (낮)

관문각 현판 위로...

〈자막〉 경복궁 내 관문각

내관 (E) 주상전하 납시오~!

5. 동 관문각 안 (낮)

고종과 중전 민씨, 승지 이건영, 위엄 있게 들어온다. 기다리고 있던 오오토리와 다케다, 깍듯이 허리를 숙인다. 고종과 중전, 자리에 앉는다. (이하 통역은 점프하는 느낌으로)

고종 (편치 않은 기색으로) 그래, 오늘은 무슨 일인가?

오오토리	(일본어, 공손히) 아국[2]의 이토 히로부미 총리대신이 전하께 권고한 5개조의 개혁안에 대한 답을 들으러 왔사옵니다.
중전	(발끈) 개혁은 전적으로 주상전하의 권능임을 모르시오!
오오토리	(미소)
고종	(부드럽게) 총리대신에게 전하라. 귀국의 성의는 고마우나 조선의 내정에는 관여치 말라고.
오오토리	(일본어) 하오나 전하, (하는데)
중전	더불어... 도성에 무단으로 들어온 군대도 즉각 철수해야 할 것이오.
오오토리	(머뭇대는)
다케다	(조선어로, 깍듯이) 조선의 정세가 안정되면 당연히 그리할 것입니다.
중전	동비들의 난은 이미 수습되었네. 정세를 불안케 하는 것은 오로지 그대 나라의 군대뿐.
다케다	중전마마, 청나라의 군대는 놔두고... 어찌 아국의 군대만을 탓하시옵니까?
중전	(노기 어리는) 뭐라?
고종	(수습하듯) 아산에 상륙했던 청나라의 군사들도 곧 조선에서 철수키로 하였다.
다케다	!
고종	그리 알고 물러가라.

오오토리와 다케다, 인사하고 나간다. 중전, 분을 삭이고 고종, 고심하는데 내관이 슬며시 들어와 고종에게 귀엣말을 건넨다. 고종, !

고종	... 아버님께서?
중전	(보는)

6.   다시 광화문 앞 (낮)

---

2   아국: 우리나라.

백성들이 걸음을 멈추고 모여든다. 이하응, 미동도 않고 앉아 있는... 웅성대는 백성들.

홍계훈 (안 되겠다 싶은) 대감, 송구하옵니다. (병사들에게) 곱게 사가로 뫼셔라.

병사들, 무기를 내려놓고 다가선다.

이하응 막아.

뜨악해하던 이강, 될 대로 되라는 심정으로 병사들을 막아선다. 대번에 병사들의 주먹이 날아들고 격투가 벌어진다. 이하응, 미동도 않는... 숫자에서 밀리는 이강, 흠씬 두들겨 맞으면서도 마침내 병사들을 쓰러뜨리는... 보다 못한 이두황이 '이놈이!' 하며 칼을 빼려 한다.

이규태 (이두황의 손목을 잡고) 자중하시게! 백성들이 보고 있네.
이두황 (칫! 노려보면)
이강 (피식 웃는데)
이건영 (E) 대감!

이두황과 이강, 멈칫해서 보면 이건영이 허겁지겁 뛰어나온다.
그제야 고개를 돌려 이건영을 바라보는 이하응.

이건영 (안쓰러운) 대감...
이하응 (태연히) 오랜만이구만.
이건영 (부축하듯 일으키며) 어서 안으로 드시옵소서.
이하응 (일어나는)
홍계훈 (못마땅한)
이강 (얼떨떨해서 숨만 몰아쉬는)

7.　　　대궐 경회루 일각 (낮)

이강, 뒷짐을 진 이하응 뒤에 서 있다. 삭신이 쑤시는 듯 어깨를 주무르다 저
도 모르게 아! 신음을 뱉는 이강.

이하응	미련한 사람 같으니... 뭘 그리 악착같이 막아?
이강	야?
이하응	내가 개처럼 끌려가야 보다 못한 백성들이 막아설 거 아닌가?
이강	(억울한) 아, 그믄 막으라 그러지 말고 그냥 얻어터지라고 허시지요?
이하응	누가 그리 잘 싸울 줄 알았나?
이강	(어이없는 듯 보는데)
고종	(E) 아버님.

이하응, 돌아본다. 고종과 중전이 이건영과 시종들을 대동하고 나타난다. 이
강, 눈앞에 나타난 임금과 왕비를 멍하니 바라본다.

| 이하응 | (나직이) 엎드려. |
| 이강 | (정신 차리고 납작 엎드리는) |

중전, 고종의 팔을 잡아 멈춰 세운다. 기다리라는 뜻이다. 그러나 이하응은
선 채로 고종을 응시한다. 결국 고종이 먼저 걸음을 뗀다. 이강, 고개를 슬며
시 들어 다가오는 고종의 용안을 본다. 상서로움에 잔뜩 주눅이 들어버리는
이강. 다가서는 고종.

이하응	용안에 수심이 가득하십니다, 그려.
고종	(씁쓸한) 좋은 일이 있습니까? (서먹하게) 그간... 무탈하셨습니까?
이하응	(중전을 미소로 보며 의미심장하게) 중전마마께옵서 각별히 보살펴주신 덕분에... 아주 무탈합니다.
중전	(화답하듯 가시 돋친 미소로) 아직 여러모로 부족함이 많습니다. 더 각별히 보살펴드리지요.
이하응	(미소, 고종에게) 소신, 독대를 청했습니다만...
고종	독대는 억측만 낳을 뿐입니다... 무슨 일이십니까?

이하응 (흠… 서찰을 들어 보이며) 동비 수괴의 심부름을 왔습니다.

고종·중전 !

이강 …

전봉준 (E) 주상전하께 삼가 아뢰옵니다!

8. 편전 안 (낮)

고종, 심각한 표정으로 전봉준의 서찰을 읽고 있다. 고종 앞에서 마주 보고 서 있는 중전과 이하응, 가시 돋친 시선을 주고받는다. 승지와 시종들의 모습은 보이지 않는다.

전봉준 (E) 저희는 탐관오리를 제거하고 폐정을 일신하여 주상전하와 사직을 보위하기 위해 떨쳐 일어난 의병들이옵니다. 허나 조정의 간신배들은 청나라의 군사를 끌어들이고 이로 인해 일본군까지 이 땅을 침노하였으니 이 어찌 통탄치 않겠사옵니까?

9. 남산 왜성대 (낮)

중무장한 일본군들의 위용 위로…

전봉준 (E) 외적이 순순히 물러갈 거란 기대는 접으셔야 하옵니다. 전하와 만백성이 일치단결하였음을 보여줄 때만이 외적을 몰아낼 수 있사옵니다!

10. 전라감영 / 대도소 동헌 (낮)

홀로 고뇌에 잠겨 있는 전봉준의 모습 위로…

전봉준 (E) 간절히 바라옵건대 전하! 전주화약에서 합의된 폐정개혁을 조선 전역으로 확대하옵시구, 개혁의 새 시대를 열어 주시옵소서!

11.   다시 편전 안 (낮)

고종, 혼란스러운 표정으로 서찰을 중전에게 건넨다. 받아서 펼쳐본 중전의 안색이 급변한다.

이하응   (고종에게) 전봉준은 과거 소신의 사랑채에 식객으로 있던 자이온데 정세를 읽는 안목이 탁월하였사옵니다. 가벼이 여기실 말이 아니옵니다.

고종   (고심하는)

중전   (서찰을 구겨 던지고 고종에게) 논할 가치도 없는 망발이옵니다.

이하응   (걸어가 서찰을 줍고, 고종에게) 민심을 끌어안고 이를 바탕으로 일본을 압박하는 효과 또한 있사오니 일석이조의 계책이옵니다.

중전   (거슬리는) 국태공께선 대체 무슨 연유로 전하의 성심을 이리 어지럽히는 것입니까?

이하응   달리 난국을 타개할 묘책이 있습니까?

중전   난국이 아닌데 묘책이 필요합니까?

이하응   일본군이 떼로 몰려와 있는데도 난국이 아니라 보십니까?

중전   어디 한두 번 당해 본 일입니까? 이권을 뜯어내려고 강짜를 부리는 것입니다.

이하응   (발끈) 전투부대가 도성을 범한 것은 임진왜란 이후 삼백 년 만의 일입니다! 차제에 더 큰 사태가 터지지 않는다고 누가 장담할 수 있습니까!

중전   (피식) 더 큰 사태라니요?

이하응   범궐³ 말입니다!

고종   !

중전   (버티듯) 청나라가 있고, 열강국의 외교관들이 주시하고 있는 터에 범궐이 가당키나 한 얘깁니까!

---

3   범궐: 대궐을 침범함.

이하응	(피식... 하대조로) 이렇게 태평할 수가... 범궐이 터지면 제일 위험한 사람이 누구일지... (의미심장하게) 정녕 모르시오?
중전	(피식) 그리 잘 아시는 것을 보니 평소 범궐에 관심이 많으셨나 봅니다.
이하응	!... 뭐요?
고종	대체 왜들 이러십니까? 두 분 다 고정하세요.
이하응·중전	(분을 참는)
고종	(씁쓸한 웃음 뱉으며) 어찌 이리 변함들이 없으십니까? 지겹지도 않으십니까?
이하응·중전	(서로를 노려보는)

12. 동 편전 앞 (낮)

이건영과 나란히 서서 이하응을 기다리는 이강. 주변을 바삐 오가는 관료들과 나인들을 신기한 듯 바라본다.

이강	쩌그 나리... 뭐 하나 여쭤봐도 되겠습니까?
이건영	(덤덤히) 말하거라.
이강	쩌런 관리나리들 말입니다... 과거에 붙으믄 저리 되는 것이지라?
이건영	오냐.
이강	(머쓱) 아, 예...

지나가던 관리 몇이 이건영을 보고 다가와 허리를 숙인다. 이강, 물끄러미 보는... 관리들, 허리를 펴면 생기 가득한 표정의 이현이 맨 앞에 서 있다. 이강의 표정에 미소가 번진다.

이현	승정원 동부승지 백이현이라 하옵니다. 도승지 영감을 뵈러 왔사옵니다.

상상만으로도 이내 먹먹해지는 이강. 이현의 환상은 곧 사라지고 관리들이 걸어간다. 이강, 물끄러미 바라보면 저만치 멀어지는 관리들 속에서 이현이 밝은 표정으로 정담을 나누는 모습이 보인다. 이강, 안타까움에 옅은 한숨을

내쉬는데...

이건영   (어딘가 보고) 대감!

이강, 정신을 차리고 보면 서찰을 찢어발기며 편전을 나오는 이하응.
이건영과 이강을 곧장 지나쳐간다.

이강   (따라붙으며 조심스레) 으째... 됐습니까?

이하응   (이강에게 찢은 서찰조각을 건네며) 나랏일이 주막에 탁주처럼 외친다고 금
세 차려지는 것이 아니다. 거처를 마련해줄 터이니 기다리거라. (가는)

이강   (서찰 움켜쥐고 따라가는)

13.   다시 편전 안 (낮)

고심하는 고종 앞에 중전이 나선다.

중전   결단코 불가하옵니다.

고종   전봉준의 읍소가 일리가 있지 않소?

중전   홍계훈이 가져온 폐정개혁안을 보셨지 않사옵니까? 하나같이 조선의 근간
을 뒤엎는 참담한 요설들이옵니다!

고종   전부는 아니더라도 어느 정돈 들어줘야 민심이 가라앉을 것이오.

중전   동비들의 기만 살려주는 꼴이 될 것이옵니다! 다시 국태공의 세상이 될 수도
있음이옵니다!

고종   중전... 과인은 동비나 아버님보다 일본이 더 두렵소.

중전   !

고종   허락도 없이 군대를 들여보내고, 이제는 내정 간섭까지 하고 있소. 집안싸움
은... 집안에 든 도둑부터 내보낸 연후에 하는 게 순서가 아니겠소?

중전   전하!

고종   그만... 그만하십시다.

중전   (답답한 듯 내쉬는)

고종	(이마를 짚는)

14. 고부 / 백가네 외경 (낮)

백가	(E) 아직 안 나간겨?

15. 동 안채 거실 안 (낮)

식탁 앞. 식사하는 백가 앞에 전전긍긍 앉아 있는 당손. 마뜩찮은 채씨의 옆구리를 쿡 찌르는 이화.

채씨	(마지못해) 아, 인자 고만 용서혀 줍시다. 김서방이 오죽혔으믄 제대를 혔겄소?
이화	그라제. 덩치만 곰이제 심성이 을매나 여리다고... 밤마동 죽은 동비덜이 꿈에 나타나가꼬 으찌나 지랄을 혀대는지 아침이믄 사람이 반쪽 되분당게.
백가	용서는 진즉에 혔으. 근디 나는 밥값 모더는 놈은 식구로 치덜 안 헝게 싸게 나가라고.
당손	(큼) 장인어른. 점빵 하나만 내주시면 이 사위가 크게 한번 일으켜 보겠습니다.
백가	(냅다 숟가락을 내던지는) 염병!
일동	(헉!)
백가	(분이 치미는) 집강소에 싹 털려부러가꼬 낼모레믄 길바닥에 나앉을 판인디 머시여, 점빵!!!

이현이 엽전 꾸러미를 들고 들어선다. 식구들, 조금 긴장하는.
식탁으로 다가간 이현, 엽전 꾸러미를 당손 앞에 올려놓는다.

백가	(보는)
당손	이게 뭐냐?

이현	사치스런 옷가지 몇 벌 내다 팔았습니다. 이것으로 식구들과 뭐든 해 보세요.
백가	(피식) 고깟 늠 가꼬 머슴 허라고?
이현	일요.
백가	(거슬리는 듯 보는)
이현	이젠 백가네 식구들도 일이라는 걸 해서 먹고사는 겁니다... 남들처럼.
당손	(아쉬운 듯 찌푸리는)
백가	이현아.
이현	(보는)
백가	갑신년에 개화당 시상도 삼일천하로 끝나부렀으. 동비덜 시상이 을매나 갈 거라고 이리 설치는겨?
이현	동비들의 세상이 얼마나 갈지는 관심 없어요. 제 관심은 오직 집강소를 통한 폐정개혁이 가능하냐는 것뿐입니다.
백가	적당히 혀라이... 나중에 시상 바뀌믄 빼도 박도 모더는 수가 있응게.
이현	(미소)

16.   황진사댁 별채 마당 안 (낮)

(점프 느낌으로) 툇마루의 명심, 밝은 표정으로 찬합에 음식을 담고...오미자 차를 주전자에 따르고... 전병을 부치는... 행복감이 넘치는...

17.   사대 (낮)

과녁이 멀리 세워져 있고... 창의군 조총병 셋, 총기를 닦고 있다.

18.   인근 언덕 (낮)

사대가 내려다보이는 곳에 이현과 명심, 앉아 있다. 밝은 표정의 명심, 찬합을 열어 보이면 전병 등 소박하지만 정갈한 음식이 담겨 있는...

이현   (놀라) 이걸 다 아씨께서 만드신 것입니까?

명심   (미소, 젓가락으로 전병 정도 집어 내밀며) 그럼 도련님 드실 음식을 행랑에
맡기겠습니까?

이현   (난처한 듯 머뭇대면)

명심   (쓰읍) 어서요. 아.

이현   (겸연쩍게 받아먹으면)

명심   (차를 따르며) 마셔보시어요. 여름엔 오미자차가 최고라 하였습니다.

이현   (얼떨떨한 표정으로 차를 마시는)

명심   맛이... 어떻습니까?

이현   (우물대며) 아, 예... 정말 맛있군요.

명심   (서운한 듯 입 삐죽) 엎드려 절을 받는 게 낫겠습니다.

이현   (당황) 아닙니다. 정말 맛있어요.

명심   (떠보듯) 정말, 얼마나 맛있는데요?

이현   (씨익 웃으며) 둘이 먹다가 하나가 죽어도 모른다는 게 이런 맛임을... 오늘에
야 알았습니다.

명심   (기쁜... 신나서 꺄홋!)

이현   (미소로 보다가) 그나저나 장흥 외가에는 아니 가실 작정이십니까?

명심   (대수롭지 않다는 듯) 도련님과 오라버니가 여기 계신데 어딜 갑니까?

이현   꾸중을 들으실 겝니다.

명심   (짐짓 당차게) 소녀 이젠... 그런 거 무섭지 않습니다.

이현   (보는)

명심   녹두 오라버니가 그러셨습니다. 두려움을 이기는 길은 두려움에 맞서는 것
뿐이라구요... 그래 볼 것입니다.

이현, 흐뭇한 미소로 바라보는데 어디선가 탕! 총소리가 들린다.
명심과 이현, 흠칫하는...

19.   인서트 - 사대 (낮)

도열한 조총병들이 차례로 사격 중이다. 두 번째 사수, 탕!!!

20.   다시 언덕 (낮)

명심   (놀란 가슴을 쓸어내리며) 깜짝 놀랐습니다. (하다가 이현을 보면)
이현   (안색이 창백해진 채 답답해하는)
명심   도련님?

이현의 귓전에 콩 볶는 듯한 총성이 들려온다. 부릅뜨는 이현의 눈매 위로.

파수병1   (E, 멀리서 들려오는 느낌으로) 도채비다!

플래시백〉9회 66씬의,
이현 근처에 총알이 박힌다. 이현, 몸을 낮춰 이동한다.

현재〉
이현   (답답한 듯 가슴을 부여잡는)
명심   놀라지 마시어요! 그냥 연습하는 것입니다!

21.   다시 사대 (낮)

세 번째 사수, 탕!!!

22.   다시 언덕 (낮)

총성이 천둥처럼 들리는 이현!

플래시백〉9회 68씬의,

윽! 이현, 옆구리를 잡고 웅크린다.

현재〉

이현   (눈을 홉뜨며, 어억!)

명심   (이현의 등을 두드리며 다급히) 숨을 쉬어보시어요! 어서요!

이현   (버둥대다 한순간 헉! 하고 숨을 토하는)

명심   도련님!

이현   (헉헉대며) 이젠 괜찮습니다... 걱정 마세요, 아씨.

명심   (눈물 그렁해지는)

이현   (내가 왜 이러지 싶은) 정말... 괜찮아요...

23.   황진사댁 앞 (밤)

'鄕廳(향청)' 현판이 붙은... 나졸이 파수를 서는... 수심 가득한 명심, 걸어와 들어간다.

24.   동 명심의 방 안 (밤)

들어온 명심, 흠칫 놀란다. 석주가 서안 앞에 앉아 있다. 긴장하는 명심.

석주   어디를 다녀오는 것이냐?

명심   (머뭇대다 이내 작심한 듯) 도련님을 만나고 왔습니다.

석주   (참다가... 결국 서안을 손바닥으로 내려치는)

명심   (두려움을 애써 참는)

석주   행랑에 짐을 싸라 일렀다. 당장 외가로 가거라.

명심   ...

석주   어찌 대답을 않는 게야?

명심   소녀... 따르지 않을 것입니다.

석주	(놀란 듯 보는)
명심	다시는 도련님과 떨어지지 않을 것입니다.
석주	명심아!
명심	오라버니가 시키는 대로 살아가지도 않을 것입니다!!
석주	!
명심	이젠 제 마음이 시키는 대로... 그리 살 것입니다. (나가는)
석주	(허탈한)

25. 동 앞 마당 안 (밤)

뛰쳐나온 명심, 기둥을 짚고 쿵쾅대는 가슴을 진정시킨다. 서서히 뿌듯함이
솟아나는... 결심하듯 옅은 미소를 짓는...

26. 백가네 마당 안 (밤)

이현, 터벅터벅 걸어온다.

**플래시백〉10회 7씬의,
허공에서 몸을 틀어 나무 위를 조준하는 번개. 사격하는 이현!**

현재〉
이현, 담벼락에 손을 짚고 기대어 선다. 죄책감이 밀려오는...

27. 동 행랑채 (집강소) 마당 안 (밤)

이현, 들어선다. 일각에 남루한 행색의 낯선 사내들이 게걸스레 밥을 먹고 있
다. 13회의 탈영병들이다. 이현, 의아한 듯 보는데 유월이 밝은 표정으로 다
가선다.

유월	되렌님.
이현	저 사람들 누굽니까?
유월	전에 전주서 탈영을 했던 으병들인디... 이강이 동무 따라 왔구면이라.
이현	형님 친구분요? (하는데)
김가	(E) 안녕하슈~!

이현, 보면 김가가 능글맞은 웃음을 띠며 서 있다.

김가	(다가서며) 백대장 보러 왔더니만 어딜 그렇게 싸돌아다니는지, 원... (면전에 서서 빤히 보는)
이현	(보는)
김가	(싱긋) 반갑수. 별동대하던 김접장이우.
이현	아, 예... 고부 집강, 백이현입니다. (허리 숙이는)
김가	(일순 살기가 번득이는... 이현이 허리를 펴면 이내 미소) 백대장하곤 생사고락을 같이 한 사인데 신세 좀 집시다.
이현	...
유월	집강소에 일손도 부족헌디 그리허시지라이.
이현	허면 의군⁴을 맡아주십시오.
김가	(너스레) 아이구~ 이렇게 고마울 데가... 정말 고맙수. (의미심장하게 보며) 집강어른.
이현	(어색한 미소)

28. 한양 / 육조거리 일각 (낮)

교정청 설치를 알리는 방 앞에 바짝 붙어 들여다보는 이강, 해승, 버들.

---

4   의군: 집강소를 호위하는 병사.

해승	(읽는) 개혁을 추진하기 위해 교정청을 설치하고 영의정 심순택, 중추부판사 김홍집 등을 총재관에 제수한다...
버들	(감격) 오매, 참말로 인자 살 만헌 시상이 올라는갑소이!
해승	김칫국 마시긴 아직 일러. 알맹인 하나도 나온 게 없으니까.
이강	두고 보믄 알겄지라이... 가게요.

이강 일행, 사라진다. 뒤이어 나타나 이강 일행에 있던 자리에 서는 덕기와 자인, 방문을 빤히 들여다본다.

덕기	뭐꼬?
자인	교정청?

29. 일본공사관 / 다케다의 집무실 안 (낮)

다케다, 전신기 앞에서 타전 중인 여비서에게 전신의 내용을 불러준다.

다케다	(일본어) 수신 대본영 막료장 각하... 조선 조정은 교정청을 설치하여 독자적인 개혁을 추진키로 함. 일본의 내정개혁안은 거부되었음... (결연한) 후속조치 바람.

전신기가 바삐 작동하는... 비장해지는 다케다.

30. 육조거리 병조 외경 (낮)

〈자막〉 병조 (지금의 국방부)

민영준	(E) 송봉길의 여식이라구?

31.　동 판서 집무실 안 (낮)

날카로운 인상의 민영준 앞에 자인 앉아 있다. 덕기, 뒤에 서 있다.

자인　(위임장을 공손히 내밀며) 예. 도접장을 대리하여 한양에 임시 도임방을 만들어보고자 왔사옵니다.

말이 끝나기 무섭게 덕기, 상자를 가져다 바친다. 뚜껑을 열어 보이면 금괴가 가득한... 민영준의 눈이 번득인다.

자인　(의미심장한 어조로) 병판 대감께서 상리국[5]에 언질만 하여주셔도 일이 순조로울 듯하여...

문이 벌컥 열리고 홍계훈이 들어온다.

홍계훈　대감!!!
민영준　(흠칫 놀라 상자 뚜껑을 닫고 짜증) 아, 놀랬잖아~.
홍계훈　송구합니다. 화급을 다투는 일인지라... (하다가 자인과 덕기를 보고 뜨악해지는)
자인·덕기　(큼, 어색한 미소로 목례)
민영준　화급을 다투다니, 무슨 일인가?
홍계훈　아, (귓속말을 건네는)
민영준　(군는) 뭐라?
자인·덕기　?
민영준　(상자를 들고 나가며) 내일 다시 오게. (나가는)
자인　대감!

민영준, 홍계훈과 나가버리는... 자인, 의아한.

5　상리국: 보부상의 일을 관장하는 관청.

이건영   (E, 낭독하는) 일본 정부는 조선 조정에 다음과 같이 촉구하니 조속히 회답
        하라.

32.   대궐 편전 안 (낮)

침통한 고종 앞에 당황한 표정의 중신들... 김홍집, 민영준의 모습이 보인다.
이건영이 일본이 보낸 외교문서를 낭독하고 있다.

이건영   첫째, 한양과 부산포를 연결하는 전선을 일본 정부의 재량으로 가설케 할
        것. 둘째, 제물포 조약에 따라 일본군대의 막사를 설치하여 줄 것. 셋째, 조선
        에 주둔해 있는 청나라군대를 즉각 철수시킬 것. 넷째, 조선의 독립을 침해
        하는 청나라와의 모든 조약을 파기할 것. (낭독을 마치는)
중신들   (당혹해하는)
고종   (중얼대듯) 최후통첩이나 다름없구만... 일본이 대체 어찌 이러는 것인가?
김홍집   신 중추부판사 김홍집, 아뢰겠나이다! 이는 일본의 내정개혁 요구를 거부하
        고 교정청을 설치한 것에 대한 보복이라 사료되는 바, 조선 조정이 일본 정부
        에 유감을 표명하고, 협상에 나서는 것이 일촉즉발의 정세를 누그러뜨릴 계
        책이라 사료되옵니다!
민영준   그것이야말로 저들이 바라는 것이옵니다! 조선과 청나라 사이를 이간질하려
        는 수작에 넘어가서는 아니 될 것이옵니다!
김홍집   저들에게 빌미를 주지 말자는 것이옵니다! 자칫하다간 걷잡을 수 없는 사태
        가 터질 수 있사옵니다!
고종   걷잡을 수 없는 사태라면... 무엇을 말하는 것인가?
김홍집   ... 범궐이옵니다!
일동   !!!
민영준   (발끈) 어전에서 그 무슨 망언이란 말이오! 전하께옵선 너무 심려치 마시옵
        소서! 청국이사부[6]에 이 사실을 알려 아산에 있는 청나라 군사들을 도성으
        로 이동케 하시옵고, 소신이 병사들과 더불어 도성과 대궐의 방비를 굳건히
        한다면 저들은 결코 도발치 못할 것이옵니다!

고종	... 병판의 뜻대로 시행하라.
김홍집	(탄식)
민영준	성은이 망극하옵니다!
고종	(힘든)

33. 경복궁 광화문 앞 / 육조거리 (낮)

경군들이 성문 앞에 방책과 회선포 등을 설치한다. 광화문 누각 위에서는 홍계훈이 지켜보는 가운데 대포가 설치되고 성벽 가득 궁병이 늘어선다. 일각에서 지켜보는 이강 일행.

버들	으째들 저러는거? 똑 전쟁이라도 날 거 겉은디?
이강	(찜찜한 듯 바라보는)
해승	왜놈들한테 딴 마음 품지 말라는 거겠지. 왜성대로 가서 정탐을 해보세.
이강	고전에 작명소나 찾아보게요. (가는)
버들	아, 동록개 접장 아그덜 이름 지어줘야제?

이강 일행, 사라진다.

34. 작명소 안 (낮)

까칠한 인상의 까메오, 13회 5씬의 쪽지를 보며 사주풀이를 한다.
그 앞에 이강, 해승, 버들, 앉아 있다.

| 까메오 | 아버지 성이 뭐야? |
| 이강 | ... 없는디요? |

---

6   청국이사부: 청국영사관.

까메오	(보는) 성이 없다고? 성이 왜 없어?
이강	(너털웃음) 아, 백정이 성이 으디가 있다요?
까메오	(김 샌) 백정?
이강	기왕에 이름 짓는 김에 성도 하나 멋진 걸로 맨들어주쇼.
까메오	거 재수 없게시리... (쪽지 던지며) 가쇼!
이강	!
버들	아, 공짜로 지어돌라는 것도 아닌디 으째 이래쌌소?
까메오	세상이 아무리 거꾸로 서도 그렇지 백정 주제에 이름? 내가 작명을 때려치고 말지!
해승	쪽지...
까메오	(보는)
해승	도로 집으시오. (슥 보면)
까메오	(기에 눌려 움찔하는... 슬며시 쪽지를 집어드는) 그럼... 성은 뭘로 하시겠수?
이강	이가로 헙시다.
까메오	(찜찜한) 이래도 되나... 본관은?
이강	전주.
까메오	(헉!) 와, 와, 왕족인데?

이강, 버들, 해승, 동시에 쓰읍 부라린다. 까메오, 울상 짓는.

35.   저자 / 작명소 앞 (낮)

작명지를 뿌듯하게 보는 이강. 이성계와 이방원의 이름이 적혀 있다.

버들	(걱정스러운) 괜찮겠냐?
이강	안 괜찮을 게 머여? 사람이 하늘인디... 하늘 겉은 조카덜 이름이 이 정돈 돼야제!
해승	(피식 웃는)

장신구 노점을 발견한 버들이 쪼르르 다가간다. 미소를 머금고 이것저것 고

르는 버들, 영락없이 천진난만한 소녀다. 구슬팔찌가 마음에 든 듯 만지작대는 버들... 흐뭇한 미소로 보는 해승.

이강   (다가가며) 아따, 어울리도 않는 거슬 머슬 그래 봐싸?

버들   (빈정이 상한) 머시여?

이강   (나직이) 버들 접장은 지금이 질로 멋지다 이 말이제. 총 잡고 팡! (싱긋) 안 그려?

버들   (서운한) 그려... 그라제... 겁나 고맙구면. (팔찌 탁 놓고 가버리는)

이강   ?... 나가 먼 실수혔소?

해승   (불만스레 보고는 휙 가버리는)

이강   음마? 으째 근대?

36.   주막 안 (낮)

이강, 해승, 버들, 밥 먹는다. 버들, 삐졌는지 말이 없다. 제일 먼저 그릇을 비운 이강이 트림을 걱! 하더니 대뜸 구슬팔찌를 버들 앞에 놓는다.

버들   머냐?

이강   (멋쩍은) 아까는 농담이 지나쳤구면. 나가 원래 요 입이 방정이잖애.

버들   (피식 웃는)

이강   (일어나 가는) 천천히덜 드쇼.

버들   (팔찌를 집어 보는)

해승   솔직하게 말해보지 그래.

버들   머슬요?

해승   백대장 좋아하잖아.

버들   (펄쩍 뛰는) 먼 소릴 헌다요, 시방... 아, 아넌디.

해승   (다 안다는 듯 미소)

버들   (쭈뼛)

해승   가서 말해... 창피해 할 것 없어.

버들   (씁쓸한 듯 한숨 내쉬고) 대장 눈에 지가 보여야 말을 허지라. 자나깨나 송객

주 생각뿐인디... (씩씩하게) 나 혼자 쳐다보는 걸로 만족헐라요. (먹는)

해승 (안쓰럽게 보는)

37.   주막 앞 (낮)

걸터앉은 이강, 쓸쓸한 표정으로 생각에 잠긴...

인서트〉댕기를 맨 자인의 컷.

이강 (먹먹해지는) 그라고 봉게... 이녁헌틴 그 흔헌 댕기 하나 사주덜 모댔구먼... 미안허네...

긴 한숨을 내쉬는 이강의 모습에서.

38.   경복궁 영추문 앞 (낮)

이두황이 지켜보는 가운데 경군들이 분주히 방어선을 구축하는... 어디선가 이규태가 이끄는 경군 한 무리가 영추문으로 달려간다. 급히 길가로 비켜서는 자인과 덕기.

자인 저 사람, 이규태 영관 아닙니까?
덕기 아무래도 먼 일 터질 거 같은데...
자인 (무언가를 꺼내며) 이규태 영관을 만나서 이유를 한번 알아보세요. 저는 잠깐 어디 좀 다녀오겠습니다.
덕기 오데를예?

자인, 다케다의 명함을 보여준다.

자인 (E, 일본어) 송자인이라 합니다.

39.　남산 왜성대 / 대일상회 안 (낮)

규모에 비해 내부는 썰렁한... 자인, 다케다와 마주 앉아 있다.

자인　　(일본어) 나카무라상 얘기가... 저와 동업을 원하신다구요?

다케다　(일본어) 전라도의 쌀을 대량으로 공급받고 싶습니다.

자인　　(일본어, 내심 실망스러운) 전라도는 지금 왜인들과의 거래가 금지되어 있음을 모르십니까?

다케다　방법을 만들어드린다면...

자인　　(조선말에 조금 놀라 보는)

다케다　(의미심장하게) 하시겠습니까?

자인　　(피식) 무슨 방법을 어떻게 말입니까?

다케다　조선 정부의 대신들을 많이 압니다. 그들을 이용하면 거래처를 속일 수 있습니다.

자인　　(썰렁한 실내를 둘러보며) 손님은 별로 없는 듯하구... 쌀은 얼마나 필요하신지요?

다케다　매달 이십만 석.

자인　　!

다케다　값은 시세보다 일 할을 더 얹어 드리지요.

자인　　(보다가 어이없다는 듯 피식) 어디 전쟁을 하러 가는 것도 아니구... 초면에 농이 지나치시군요.

다케다　농담이나 할 만큼 한가한 사람이 아닙니다. (눈빛 번득이는)

자인　　(주시하는... E) 이 사람... 장사꾼이 아니야.

다케다　원하시면 지금 당장 계약을 할 수도 있습니다. 어떠십니까?

자인　　(갈등하는)

40.　근처 거리 (낮)

중무장한 일본군들, 경계를 서고 휴식을 취하는... 이강, 버들, 해승, 동태를 살피며 걷는다.

이강　　죄다 버들 접장 겉이 연발총이구먼.

버들　　회선포허고 대포 좀 보드라고.

이강　　써글... 기죽이누먼.

41.　다시 대일상회 안 (낮)

지켜보는 다케다. 그 앞에서 고민하는 자인의 모습 위로.

플래시백〉1회 64씬의,

전봉준　백성에겐 쌀을!

현재〉

고심하는 자인...

이강　　(E) 조신허게 있다 가는 거시 좋을 거시여.

플래시백〉1회 30씬의,

이강　　**여그 사람덜이 왜놈헌티 쌀 팔아묵는 장사치덜언 밸로 반기덜 안 헝게.**

현재〉

자인　　(일어나는) 죄송합니다. 다른 분을 알아보세요.

다케다　(약간 당황해서 일어나는) 거래 조건이 마음에 들지 않습니까?

자인　　아뇨. 조건은 너무 훌륭합니다.

다케다　훌륭한데 왜 거절을 하십니까?

자인　　... 그냥요.

다케다　(뜻을 모르는) 그냥?... 그냥이 뭡니까?

자인　　(미소) 조선에만 있는 겁니다. 거래보다 좀 더 특별한 것이지요.

자인, 인사하고 나가는... 다케다, 아리송한.

42.   대일상회 앞 (낮)

이강 일행, 일본군을 살피며 걸어온다.

해승   하나같이 잘 훈련된 정예병들이야.
이강   잡것들. (하면서 대일상회 쪽 보면)

막 상회를 나선 자인, 이강을 등진 채 걸어간다. 이강, 멈추는...

버들   으째 그냐?

저만치 모퉁이로 사라지는 자인.

이강   (긴가민가하다가, 꿍얼대는) 염병... 인자 헛게 다 보이네. (가는)

대일상회 앞을 지나치는데... 나와 있던 다케다가 묻는다.

다케다 (차갑게) 뭐 하는 분들입니까?
일동   (긴장해서 보는)
다케다 (날카롭게) 조선인들이 일본인 거류지에 무슨 일이냔 말입니다.
이강   (당황) 시방 뭐, 뭐래는겨... (갑자기 모자란 사람으로 표변하며 버들에게) 임
        자! 여그 일본인 모양인디!
버들   ?
이강   분명히 한양일 왔는디 으째 일본꺼정 왔으ㄲ나? (제 뺨 때리며) 요거이 꿈이
        여, 생시여?
버들   (알아차리고 덩달아 제 뺨 때리고) 생시구면!
다케다 ?

이강	(진지하게) 임자, 기운 내드라고! 쪼까만 더 가믄 인자 청나라여!
버들	오매, 횡재했네이!
해승	(헤실대며) 시골 무지랭이들이 당췌 지리를 몰라서... 송구합니다.
다케다	(한심한) 저 길로 쭉 내려가시오.
해승	(인사하며) 고맙습니다. (이강과 버들을 데려가는데)
다케다	잠깐!
일동	(흠칫 멈추는)
다케다	(다가서는) 궁금한 조선말이 하나 있는데... 그냥이 뭐요?
해승	그냥이라굽쇼?
다케다	그렇소. 거래보다 좀 더 특별한 거라 하던데...
버들·해승	?
이강	!

플래시백〉4회 58씬의,

자인	**세상엔 주고받는 거래 말고도 그냥이란 게 있다며? 나도 그냥 이러고 싶어서.**

현재〉
이강, 냅다 뛰어간다. 다케다, 버들, 해승, 의아한 듯 보는.

43. 옆 골목 (낮)

이강, 모퉁이를 돈다. 그러나 자인의 모습은 보이지 않는다. 내쳐 뛰어간다.

44. 다른 거리 (낮)

자인, 추억에 잠겨 걸어온다.

이강	(E) 뻥긋하면 그늠으 거래, 거래...

플래시백〉2회 32씬의,

이강 이녁은 매사에 주고받고밖에 읎어?

자인 그럼 뭐가 또 있는데?

이강 그냥.

자인 뭐?

이강 마음 가는 대로 그냥... 그런 게 있으.

현재〉

아련한 미소를 머금는 자인... 미련을 털듯 앞을 바라보다가 그 자리에 멈춰
선다. 저만치 격앙된 표정의 이강이 서 있다.

이강 송객주...

자인 (뭉클해서 보는)

이강 (믿기지 않는 듯 한숨 내쉬는)

자인 (미소) 신기하네... 가는 길이 서로 다른데 이렇게 다시 만나구.

이강 으째... 고 길은 잘 가고 있는겨?

자인 그럭저럭... 백이강 넌?

이강 이... 나도 고만고만혀.

자인 (보는)

이강 (먹먹하게 보다가) 으디 가던 참이여? 도성 분위기가 살벌헝게 나가 데레다
     줄라네.

자인 괜찮아. 대궐 가서 최행수 만나면 돼.

이강 아, 그렇구면.

자인 백이강.

이강 (보는)

자인 힘내.

이강 그려. 이녁도 기운 내드라고. (미소)

자인, 걸음을 뗀다. 감정을 억누르며 간신히 이강을 지나쳐 가는 자인.
그런 자인을 차마 잡지 못하는 이강... 헤어지는 두 사람의 모습에서.

45.   전라감영 앞 (낮)

전봉준과 김학진, 나란히 서 있다.

김학진   한양에서 전신으로 급보를 보내왔소이다. 일본이 청나라와의 관계를 끊으라 겁박하고 있다 하오.

전봉준   강도가 슬슬 본색을 드러내는 게로군... 교정청에서 폐정개혁은 어찌 논의되고 있답니까?

김학진   (한숨) 아직...

전봉준   (탄식) 하루가 급하거늘... 빌어먹을 작자들 같으니라구!

46.   동 대도소 앞 (낮)

전봉준, 송희옥, 손화중, 최경선 등 간부들, 숙의 중이다.

송희옥   전라도 대부분의 군현에서 집강소 설치를 완료했습니다.

전봉준   대도소에서 일률적인 운영지침을 만들어 하달하게.

송희옥   예. 그리고 양반들허고 폭력사태가 발생헌 곳이 더러 있습니다.

전봉준   폭력에 간여한 자는 이유를 불문하고 엄벌에 처해야지.

손화중   (걱정 어린) 일부 과격한 인사들이 양반집 규수들을 늑혼[7]의 대상으로 삼는다는 소문이 돌고 있습니다.

전봉준   (거슬린) 늑혼?

손화중   양반집 대문에 납폐[8]라는 명목으로 수건 따위를 걸어놓고 혼인을 강박하거나 망신을 준다는군요.

전봉준   (노기 어린) 전 집강소에 늑혼을 비롯한 폐단들을 조사하라 영을 내리게. 내

---

7   늑혼: 강제결혼.
8   납폐: 혼인 전에 신부집에 패물을 보내는 의식.

결코 용서치 않을 것이야.

송희옥 예. 장군.

최경선 근디, 나주 목사 민종렬이가 문젭니다. 아직까지도 군사를 해산치 않고 집강소 설치도 못 허게 하고 있습니다.

전봉준 관찰사한테 다시 한 번 설득을 해보라 해야지... (손화중에게) 개남이는 이제 군사를 해산하였는가?

손화중 (난감한) 도무지 말이 통하지 않습니다.

전봉준 ...

47.   남원관아 동헌 (낮)

수령과 양반들이 포박당해 무릎 꿇려져 있다. 창의군들을 대동한 김개남이 칼을 쥐고 기세등등 걸어 나와 수령 앞에 선다.

수령 (질겁) 어찌 이러시는 게요? 본관은 고을을 다스리는 사또요!

김개남 알어. 백성을 징허게 수탈헌 탐관오리라는 것도 알고!

김개남, 수령을 벤다. 양반들, 기겁을 하는.

김개남 다덜 잘 들어. 관민상화 고딴 거 나넌 안 믿어... 깔끔허니 가자고. 내가 있는 곳은 양반 상놈 없고... 부자 빈자도 없어.

벌벌 떠는 양반들... 적개심 가득한 김개남의 모습에서.

48.   백가네 행랑채 (집강소) 마당 안 (낮)

농민 한 명이 포박당한 채 의군에 둘러싸여 무릎 꿇려져 있다. 이현, 유월이 나란히 농민 앞에 서 있다. 김가, 일각에서 껄렁하게 구경하고 있다.

농민	(반성하는 기색으로) 지도 그럴라 근 거슨 아닌디 낯짝을 대면허니께 예전에
	당헌 거시 생각 나부러가꼬...
유월	고렇다고 지게 작대기로 양반 대그빡을 갈겨블믄 쓰겠소? 죽기라도 혔으믄
	으쩔라고라?
농민	그러게 말여라... 죽을죄를 지었구먼이라.
이현	이자를 관아에 보내 장 오십 대를 치고 옥에 가두라 하세요.
농민	!
유월	(놀라) 장 오십 대요?
이현	얽히고설킨 원한이 담쟁이 넝쿨 같은 곳이 고부입니다. 사사로운 복수를 엄
	단하지 않으면 개혁의 성공을 장담할 수 없습니다.
김가	(피식) 도채비놈이 제법이네.

억쇠가 헐레벌떡 뛰어 들어온다.

억쇠	집강어른!
이현	(보는)
억쇠	향청 양반들이 관아에 몰려왔구먼이라!
이현	!

49.   고부관아 동헌 안 (낮)

석주를 좌장으로 양반들이 거적 위에 오와 열을 맞추어 앉아 있다. 억쇠가
문을 열면 이현과 김가, 들어선다. 박원명이 이현에게 다가선다.

박원명	백이방, (하다가 큼) 백집강, 잘 오셨소!
이현	(둘러보며) 양반들의 요구가 무엇입니까?
박원명	양반 머리통을 갈긴 그 농부놈 말이오. 그놈을 참형에 처할 때까지 곡기를
	끊겠다는구려.
김가	잘됐네, 뭐! 다 굶어 뒈지라 그래!
이현	김접장은 가만 계세요... (석주를 바라보는)

50.　동 수령 집무실 안 (낮)

이현과 석주, 냉랭하게 대좌하고 있다.

이현　곤장 백 대로 절충하시지요. 죽진 않아도 죽음 문턱까진 가는 처벌입니다.

석주　너희와 절충 따위나 하려고 모인 것이 아니다. 참형이다.

이현　과도한 처벌은 그 또한 죄가 되는 것입니다.

석주　백주대낮에 상민[9]이 양반을 짐승 패듯 하였다. 합당한 처벌이다.

이현　사람이 사람을 때린 것입니다. 참형은 과합니다.

석주　양반과 상민이 같으냐?

이현　사람과 사람이 다릅니까?

석주　너는... 내가 너와 같은 사람으로 보이느냐?

이현　(미소) 그렇습니다만.

석주　(미소) 이래서 천박한 아전의 아들 따위... 제자로 들이면 아니 되는 것이었거늘...

이현　(굳는)

석주　내 단 한 번도 너를... 같은 부류의 인간이라 여긴 적 없느니라.

이현　(노기를 참으며) 이제 곧 그리되실 것입니다. 오백 년 묵은 반상[10]의 법도... 곧 사라질 테니까요.

석주　니 말대로라면 조선이란 나라도 곧 없어지겠구나.

이현　천만에요. 조선은 일본에 필적하는 강국이 되어 있을 것입니다.

석주　(피식) 착각하지 마라. 조선은 양반이 만들고, 양반이 다스려 온 양반의 나라... (일어나 준엄하게) 반상의 법도가 곧... 조선이다.

이현　(보는)

석주　(나가는)

9　상민: 양반이 아닌 보통 백성.

10　반상: 양반과 상민.

51.　관아 앞 (낮)

이현, 굳은 표정으로 걸어 나온다. 명심과 홍가가 서 있다.

명심　도련님!

이현, 심각한 표정으로 목례만 올리고 사라진다. 명심, 옅은 한숨 내쉬는데...

김가　(E) 그림 좋시다~!

명심과 홍가, 보면 김가가 껄렁하게 걸어온다.

김가　선남선녀라드니 딱 그 짝이우.
명심　(경계) 누구냐?
김가　(피식) 이래서 세상 바뀌려면 멀었다니까... 언제 봤다고 반말이시우?
명심　(꾹 참고 홱 가버리는)

따라가던 홍가의 뒷덜미를 낚아채는 김가. 홍가, 기겁해서 보면.

김가　저 규수... 뉘집 여식이야?
홍가　고, 고딴 건 으째 여쭤보시는디라?
김가　(쓰읍)
홍가　향청으 좌수로 기시는 황진사댁 여제신디라.
김가　황진사?... 안에서 지랄하는 그놈?
홍가　야.
김가　(씨익 웃는) 그렇단 말이지?

52.　백가네 외경 (밤)

백가 (E) 사람덜이 니 맘걑지 않제?

53. 동 이현의 방 안 (밤)

이현과 백가, 앉아 있다.

백가 개혁이 고로코롬 쉬운 거였으믄 시상에 망헐 나라가 으됬겄냐? 진즉에 다 극락 되부렀제.

이현 ...

백가 적당히 황진사 입장도 살려줘감서 살살 혀. 돌고 도는 시상서 살어남을라믄 동아줄 한나만 잡어가꼰 안 되야. 여기저기 줄이다 싶은 거슨 죄다 움켜쥐고 있어야제.

이현 (피식) 아버진 참... 한결 같으시네요.

백가 (쏩쓸한) 이강이 늠은 별동대장꺼정 해붓응게 시상 바뀌믄 나랏님도 구제 못 혀... (허심탄회하게) 이현이 너는 그라믄 안 되잖여...

이현 (보는)

백가 느넌 우리 백가네 희망이고 이 백만득이를 정승 아부지로 만들어줘야 되는 늠이잖여.

이현 (보는)

백가 (간절한)

이현 어릴 적부터 늘 아버지께 그런 처세술을 듣고 자랐지요. 그리고 아버지 말씀은 늘 옳았습니다.

백가 (피식) 시방, 애비 칭찬허는겨?

이현 사실은 사실이니까요... 허나 소자... 제 자식들에겐 그런 비열한 처세를 가르치지 않아도 되는 세상을 원합니다.

백가 (굳는)

이현 그런 세상이 아니라면... 굳이 살아남고 싶지 않습니다.

이현, 일어나 나가는... 백가, 불안한...

54.   동 안채 마당 안 (밤)

이현, 안채를 나와서 선다. 밤하늘을 바라보는...

55.   황진사댁 앞 (밤)

나졸들이 경계를 서는... 대문 앞에 선 홍가에게 고약 정도를 내미는 유월...
홍가, 뭐냐는 듯 보면.

유월   고약 한번 맨들어봤는디 아침저녁으루다가 잘 발라보쇼이. 흉터가 더 심해
        지진 않을 것이구먼이라...
홍가   (놀란 듯 보는)
유월   집강어른께서 사또헌티 관노들 면천도 부탁하신다니께 곧 좋은 소식 있을
        거구먼요... (고약을 홍가 손에 쥐어주는)
홍가   (고약을 물끄러미 보는... 울컥하는)
유월   (짠한 한숨 내쉬는데)
나졸   (어딘가 보고) 누구여!!

        유월, 홍가 보면 김가가 탈영병들을 거느리고 살기등등해서 걸어온다.
        유월, ?

56.   백가네 행랑채 마당 안 (밤)

이현과 남서방, 마당을 쓸고 있다.

남서방   되렌님. 이런 일은 쇤네헌티 맽기시구 들어가 공부 허시지라.
이현   이게 진짜 공붑니다.

남서방	야?
이현	평생 빗자루질 한 번 안 하면서 참 깨끗이도 살았구나... 참 많은 죄를 지었구나... (미소)

남서방, 먹먹하게 보는데 사색이 된 유월, 다급히 들어온다.

유월	집강어른! 명심아씨,
이현	(웃음기 가시고 보는)
유월	명심아씨헌티...
이현	(불길한)

57. 황진사댁 앞 (밤)

탈영병들 앞에 나졸들과 홍가, 무릎 꿇려져 있다. 구경꾼들 몇 명 서 있는... 대문에 수건을 걸고 돌아서는 김가.

김가	(사주단자 봉투 흔들어 보이는) 자아~ 이 댁 규수는 사흘 뒤에 이 사주단자를 보낸 신랑하고 혼례를 치를 거유! 그러니까 구경들 많이 오시우!
구경꾼들	(술렁이는)
홍가	(대문으로 뛰어 들어가는)
김가	(흥! 침 퉤! 뱉는)

58. 동 명심의 방 안 (밤)

서안 앞에 앉은 명심... 홍가가 뛰어들며 외친다.

홍가	아씨~! 늑혼입니다요!
명심	(보는) 무슨 소리냐?
홍가	동비덜이 아씨께 늑혼을 걸어부렀다고라!

명심   (명한)

59.   백가네 대문 앞 (밤)

이현, 의군들을 대동하고 걸어 나온다. 유월과 남서방이 뒤따른다. 노기 어린 이현의 모습에서.

60.   한양 – 운현궁 외경 (밤)

경비 병력이 사라진...

이하응   (E) 전봉준에게 내 말을 전하게.

61.   동 이하응의 사랑방 안 (밤)

이하응 앞에 이강, 앉아 있다.

이하응   사세가 급박하니 언제든 거병하여 한양으로 올라올 태세를 갖추라구.
이강   고로코롬 사태가 위험헌 것입니까?
이하응   운현궁을 감시하던 병사들까지 대궐 방어에 투입된 것을 보면 모르겠는가?
이강   ... 한 자도 빠짐없이 전허겠습니다.
이하응   어서 가게.

이강, 일어나 반절하고 나간다. 이하응, 심각한...

62.   경복궁 / 광화문 앞 (밤)

삼엄한 경계를 서는 경군들... 홍계훈, 이두황의 긴장한 모습.

63.   동 관문각 안 (밤)

고종과 중전 앞에 오오토리와 다케다가 서 있다. 역관이 배석한.

오오토리 (일본어) 이제는 아국의 통첩에 대한 회답을 주셔야 하옵니다.
중전 (나직이) 전하, 성심을 굳건히 하시옵소서. 물러서시면 아니 되옵니다.
고종 (갈등하는)
다케다 (고종을 주시하는)
고종 과인은... 받아들일 수 없소.

심각해지는 오오토리... 눈빛을 번득이는 다케다.

64.   경복궁 광화문 앞 (밤)

굳은 표정의 오오토리와 다케다를 태운 마차가 빠져 나온다.

다케다 (일본어) 대본영에 보고하여 후속지시를 받겠습니다.
오오토리 (일본어) 그리하게.

마차가 이강 일행을 지나쳐간다.

버들 잡것들...
이강 (대궐을 물끄러미 바라보는)
자인 (E) 괜찮아. 대궐 가서 최행수 만나면 돼.
해승 가세. (버들과 가는)
이강 (미소, 중얼대듯) 좋은 구경 많이 허고 가소.

이강, 걸어가는...

65.   경복궁 영추문 일각 (밤)

이규태와 덕기, 놀란 표정으로 자인을 바라본다.

이규태 그게 무슨 말인가? 왜성대의 장사치가 수상하다니?

자인 대일상회라는 곳인데 장사치로 위장한 간자인 듯싶습니다.

이규태 어째서?

자인 쌀은 추수철을 전후하여 한번에 사들이는 것이 상례입니다. 헌데 그자는 매달 이십만 석의 쌀을 시세보다 비싼 값에 사겠다 하였습니다.

덕기 꼬박꼬박 이십만 석을 시세보다 비싸게 말입니꺼?

자인 비밀리에 군량미를 확보하려는 것은 아닐런지요?

덕기 !

이규태 (놀라는) 군량미라구?

덕기 (맞다 싶은) 일마들 이거, 하루이틀 있다 갈라는 게 아이다. 아예 전쟁을 벌일라카는기다!

이규태 !

66.   일본공사관 / 다케다의 집무실 안 (밤)

전신기 앞의 여비서에게 전신문을 불러주는 다케다.

다케다 (일본) 발신, 조선 주재 일본공사 오오토리 게이스케. 수신, 일본 혼성 9여단장 오시마 요시마사 소장... 일본국 대본영에서 하달된 명령을 전해드리겠음... 지금 즉시... 경복궁을 공격하여 국왕을 체포할 것!

67.   남산 왜성대 (밤)

어둠 속으로 착검한 일본군들이 이동을 시작한다. 대포 등 무기를 앞세우고 질서정연하게 나아가는...

68.   대로 (밤)

이강 일행, 터벅터벅 걸어온다. 해승이 일행을 멈춰 세운다.

해승   저거... 저게 뭐야?

이강, 보면 대로 끝 어둠 저편에서 욱일승천기와 더불어 모습을 드러내는 일본군의 위용! 이강 일행, 경악하는... 천천히 진군해오는 일본군의 모습에서.

69.   광화문 누각 안 (밤)

홍계훈, 자인과 덕기를 돌아본다. 이규태가 곁에 서 있다.

홍계훈   니 지금 군량미라 하였느냐?
자인   그렇사옵니다.
홍계훈   ... 이영관은 병판이 계신 곳을 알아봐.
이규태   예, 영감!

순간,

누군가   (E) 적이다!!!!!
일동   (헉! 해서 돌아보는)

70.   광화문 앞 거리 + 다시 누각 위 (밤)

일본군이 천천히 전진해온다. 거리로 달려 나온 이강 일행, 경복궁으로 진격해가는 일본군을 망연자실하게 바라본다.
충격에 빠진 이강과 누각 위의 자인... 그리고 광화문을 향해 욱일승천기를 펄럭이며 진군해가는 일본군의 뒷모습에서 엔딩!

15회

1.   (14회 엔딩씬의) 광화문 앞 거리 + 다시 누각 위 (밤)

일본군이 천천히 전진해온다. 거리로 달려 나온 이강 일행, 경복궁으로 진격
해가는 일본군을 망연자실하게 바라본다.
충격에 빠진 이강과 누각 위의 자인... 그리고 광화문을 향해 욱일승천기를
펄럭이며 진군해가는 일본군의 뒷모습에서.

2.   관문각 안 (밤)

수심이 깊은 고종과 중전 앞에 민영준이 있다.

민영준   장위영을 비롯한 정예 병사들이 대궐을 철통같이 방어하고 있사오니 너무
        심려치 마시옵소서!
중전   병판만 믿겠습니다.

순간, 쿵! 멀리서 천둥소리 같은 포격음이 들린다. 일동, 흠칫!
거의 동시에 이건영, 사색이 되어 '전하~' 외치며 뛰어 들어온다.

이건영　전하! 일본군이 광화문을 공격하고 있사옵니다!

민영준·중전　!

고종　... 뭐라?

3.　　**광화문 앞 + 육조거리 (밤)**

육조거리 후방에 우뚝 선 다케다, 전방을 관망한다. 육조거리를 점령한 일본군의 화력이 광화문 앞 방책과 누각, 주변의 성벽을 집중 공격한다. 성곽 곳곳에 작렬포탄이 터지고, 회선포와 보병들의 총알이 광화문으로 빗발쳐간다. 일본군의 공격에 움츠러드는 경군들... 당황하는 기색이 역력한데, 홍계훈이 용감하게 전방으로 걸어 나가 칼을 뽑는다.

홍계훈　주상전하와 중전마마를 보위하자!!!! 전군~ 공격!!!!!

이규태　공격하라!!!

회선포 등 경군의 화기가 일제히 불을 뿜는다.

4.　　**영추문 근방 궐내각사 뜰 (밤)**

여기저기 병사들이 바삐 이동하고 관리와 나인들이 겁에 질려 도망친다. 덕기, 자인의 손을 잡고 뛰어 들어온다.

자인　어디로 가려구요!

덕기　빠져나갈 데를 찾아 봐야지예!

반대쪽 문에서 팔에 피를 흘리는 병사가 뛰어 들어온다.

병사　(필사적으로) 영추문에 적이 나타났다!!!

덕기·자인　!

5.   영추문 앞 + 누각 (밤)

작렬포탄이 터지면서 방책과 경군들이 날아간다. 건물과 엄폐물 뒤에 숨은 일본군들의 소총과 회선포가 누각 위를 집중 공격한다. 응사하는 경군들... 누각 위 방책 뒤에서 전전긍긍하는 이두황.

이두황 빌어먹을! 쏴라! 쏘란 말이다!!!

용감하게 맞서 응사하는 경군들! 일본군들이 피격당해 쓰러진다.

6.   영추문이 보이는 골목 (밤)

일본군 예비 병력이 길을 차단한... 몰려나온 백성들이 공포와 슬픔에 잠겨 있는... 그 틈을 비집고 나오는 이강 일행... 저 멀리 비명과 섬광이 뒤섞여 아수라장이 된 영추문의 전투 장면에 할 말을 잃는...

버틀 (눈물 글썽이며) 이거이 시방... 머더는 짓이대?
해승 (분노가 치미는)
이강 (기막힌) 이런... 이런 개새끼들!

7.   황진사댁 앞 거리 (밤)

노기 어린 이현, 남서방과 유월, 의군들을 대동하고 걸어온다.

8.   동 명심의 방 안 (밤)

김가, 문가에 서 있다. 탈영1이 명심을 포박하고 있다.

명심   이런 짓을 하고도 무사할 것 같으냐?

김가   아이구 무서워라~ 하긴 오래비가 향청의 좌수씩이나 하고 있으니...

9.   고부관아 동헌 안 (밤)

석주와 양반들, 거적을 깔고 연좌농성을 하고 있다. 억쇠 곁의 박원명, 석주를 설득한다.

박원명   제발 이제 그만 농성을 푸세요. 양반을 폭행한 자는 내가 백집강과 상의해서 잘 처결을 하겠습니다.

석주   조선은 사대부의 나랍니다. 사대부를 구타한 자는 상의의 대상이 아니라 엄벌의 대상이구요.

박원명   (난감한) 나 이거야 원...

대문이 열리고 홍가, 뛰어든다.

홍가   진사나리, 큰일 났습니다요!

석주   무슨 일인가?

홍가   명심 아씨가 늑혼1을 당했습니다!

일동   !!!!!

석주   (안색이 노래지는)

박원명   (병한) 아니, 늑혼이라니? 대체 누가!

홍가   (망설이다가 작심한 듯) 백집강이 분명합니다!

일동   !!!

억쇠   거짓부렁 마쇼! 사또, 음해구먼이라!

---

1   늑혼: 강제 혼례.

홍가	김접장인가 허는 집강소 으군들이 그래붓는디 누가 시켰겄어라?
억쇠	(말문 막히는)

석주, 나졸의 칼을 빼앗아 박차고 나간다. 격분한 양반들이 따른다.

박원명	황진사! 황진사!

10. 황진사댁 앞 + 마당 안 (밤)

수건이 걸린 대문 앞을 지키고 있던 탈영병들, 인기척에 돌아보면 이현이 유월과 남서방, 의군들을 대동하고 다가온다. 긴장한 탈영병들, 주춤 물러서고 이현, 대문에 걸린 수건을 본다. 남서방이 냉큼 수건을 떼어낸다.

이현	김접장, 어디 있습니까?

안에서 대문이 열린다. 이현, 보면 김가가 싸늘하게 웃고 있다.

김가	쉰네 여기 있는뎁쇼?
이현	(노려보는)
유월	김접장! 시방 이거이 머더는 짓이다요!
김가	(능글맞게) 아, 왜 화를 내고 그러시우. 이 집 황진사란 놈이 집강어른을 하도 우습게 보길래 골탕을 좀 먹이는 중이우.
이현	(의군들에게) 이자를 체포하세요.

순간, 탈영병들이 무기를 겨눈다. 의군들, 흠칫하는... 이현, !

김가	조용히 말로 해결합시다. 들어오슈.
남서방	되렌님!
이현	걱정 마세요. (들어가는)
유월·남서방	(걱정스레 보는)

11.   동 석주의 방 안 (밤)

문 옆에 무라다총이 놓여 있다. 김가, 들어온다. 이현, 따라 들어오면 문을 닫고 바라보는 김가.

이현   형님과의 인연을 생각하여 관용을 베풀 것이니 탈영병들과 당장 고부를 뜨십시오.

김가   그전에... (서안 위의 봉투를 가리키며) 이 집 아씨하고 혼례 치를 신랑의 사주부터 보시고.

이현, 봉투를 집어 사주서를 꺼내 본다. 무인년생 김학수라고 한글로 적힌 사주단자. 이현, 이게 뭐지 싶은...

김가   (쓸쓸한) 겨우 열일곱 살이었는데... 이름보단 별명이 유명했어. 번개라구...

이현   (불길해지는)

김가   오밤중에 수색을 나갔다가 총에 맞았는데... 피를 한 가마니는 족히 흘리고 죽었지.

이현   ... 헌데요?

김가   (빤히 보는) 니가 죽였잖아.

이현   !

김가   (씨익 웃는) 도채비!

이현   (이내 태연히) 도채비라뇨? 대체 무슨 소릴 하는 겁니까?

김가   (무라다총을 집어 들며) 이거 왜 이래? 밤마다 이거 들고 기어 내려와서 의병들 숱하게 죽였잖아.

이현   !... 집강을 무고하면 어찌 되는지 모르십니까?

김가   어차피 이판사판인데 갈 데까지 가보지, 뭐. (싸하게) 사람들 모아놓고 한번 까볼까?

이현   (굳는)

김가   (무라다총으로 이현의 명치를 가격하는)

이현	(윽! 신음을 삼키며 주저앉는)
김가	운 좋은 줄 알아. 백대장 동생만 아니었으면 니 대갈통 벌써 박살 났으니까.

고통을 참는 이현의 모습 위로...

이현	(E) 두 번 다시 악귀의 노예가 되어 헤매고 싶지 않습니다.

플래시백〉13회 43씬의,

이현	**저는... 백이현으로 돌아가고 싶습니다.**

현재〉

이현	(노려보며) 생사람 잡지 마. 나 도채비 아니야.
김가	(피식) 니네 집 부자라며? 십만 냥만 마련해서 가져와. 그럼 조용히 고부 뜬다.
이현	아니라구... 내가 아니라 그러잖아, 이 새끼야! (살기를 뿜는)
김가	(잠깐 섬뜩해진... 이내 열 받는) 근데 이 자식이!

김가, 이현을 총으로 찍는다. 이현, 신음을 삼키며 버틴다.

김가	아니면 소리 질러봐. 도채비 아니면 구해달라고 소리치라구, 이 자식아!

김가, 이현의 얼굴을 제외한 신체 곳곳을 무자비하게 짓밟는다. 이를 악물고 매를 견디는 이현. 가격하는 김가와 당하는 이현의 모습이 다음의 인서트와 뒤섞인다.

인서트〉11회 19씬의, 이두황에게 옆구리를 걷어차이는 이현.
인서트〉12회 19씬의, 경군2의 발길질에 차이는 이현.

현재〉

이현, 이를 악물고 흥분한 김가, 개머리판으로 내려찍으려는 순간, 바깥에서 와! 하는 함성소리가 들려온다.

김가	(대문 쪽 보며) 뭐야!
이현	!

12.   동 대문 앞 (밤)

석주와 양반들이 몰려와 대치하던 탈영병과 의군들 모두를 공격한다. 유월이 말릴 틈도 없이 난전이 벌어진다. 석주, 눈이 뒤집혀 의군을 벤다. 김가가 뛰어나와 싸움에 가세한다. 양반의 공격에 무라다총을 떨어뜨리는 김가, 양반의 칼을 빼앗아 공격해간다.

13.   다시 마당 안 (밤)

남서방, 마당으로 들이닥친다. 이현이 비틀대며 걸어나오다 쓰러진다.

유월	(부여잡으며) 되렌님!
이현	(절박한) 남서방, 저기 총!

남서방, 급히 보면 대문가에 널브러진 무라다총!

14.   거리 (밤)

무라다총을 쥔 이현, 달려간다. 남서방이 허겁지겁 따른다.
분노에 휩싸인 이현의 시야에 거리와 환상이 겹쳐 보인다.

환상〉 10회 4씬의, 도주하는 이현과 주변의 숲

현실〉

거리.

환상〉10회 11씬의, 헉헉대며 숲을 빠져 나오는 이현

현실〉
거리를 달려가는 이현의 살기 어린 표정에서.

15.   백가네 안채 거실 + 복도 (밤)

당손과 이화, 채씨, 엽전 꾸러미를 앞에 놓고 고민 중이다.

당손   이걸로 점빵은 안 되겠지?
채씨   점빵 문짝 부서지는 소리허고 앉었네. 이걸론 집신 맨들 볏단밖에 못 산당
            게.
이화   서방, 짚신 꼴 줄 알제?
당손   아니.
채씨·이화 으이구...

총을 든 이현이 거실을 지나쳐 방으로 향한다.

이화   (인기척에 놀라 뒤늦게 돌아보는) 오매!
채씨   이현이냐?
당손   찬바람 부는 거 보면 모르세요? 맞아요.
채씨·이화 (옅은 한숨)

16.   동 이현의 방 안 (밤)

이현, 들어와 일각에서 상자를 꺼낸다. 뚜껑을 열면 총알이 조금 들어 있는...
이현의 눈에 살기가 번득인다.

17. 황진사댁 앞 (아침)

탈영병들이 누군가를 밧줄에 묶어 나뭇가지에 매단다. 허공으로 끌어올려지는 사내... 초주검이 되어 신음하는 석주다. 일각에 망연자실해서 퍼질러 앉은 유월... 그 앞을 지키고 있는 격앙된 표정의 의군·탈영병들... 김가, 두리번대며 탈영1과 대문을 나선다.

김가 (우쒸) 총에 발이 달렸나? 어딨는 거야?
유월 (멍하니) 김접장... 미쳤소?
김가 나도 일이 이리 될 줄은 몰랐수. 백집강 찾아서 내가 얘기한 거나 빨리 가져오라고 하슈. (하는데)

탕! 하는 총성과 함께 김가, 다리에 총을 맞고 쓰러진다. 일동, 헉! 해서 보면 탄띠를 멘 이현이 장전하며 전진해온다.

유월 되렌님!

주춤하는 의군과 탈영병들.

탈영1 (헉!) 도채비여!

말이 끝나기 무섭게 이현에게 사살되는 탈영1.

김가 (기어가며) 안으로 피해!!!

겁먹은 의군들, '도채비랴', '오매~' 주절대며 무기를 버리고 주저앉는... 탈영병들, 대문으로 뛰어 들어가고 냉혹하게 방아쇠를 당기는 이현! 탕!

18.   동 명심의 방 안 (아침)

포박당한 명심, 총성에 부들부들 떠는...

19.   동 마당 안 (아침)

김가, 기어들어오고 이현, 총알을 약실에 넣으며 뛰어든다. 김가, 악착같이 뒤
란으로 기어가고... 질겁해서 '도채비다!' 외치며 도망치거나 덤벼드는 탈영병
들... 사격하고 돌진하고 육박전을 벌이는 이현의 사투 위로 과거 처절했던 이
현의 전투씬들이 인서트로 교차된다.

20.   다시 명심의 방 안 (아침)

간간이 총성과 비명이 들려오는... 안간힘을 써서 포박을 푸는 명심... 간신히
포박을 풀어내는 순간 아주 가까운 곳에서 선명한 총소리, 탕! 바짝 굳어버
리는 명심... 그리고 정적... 이어 걸어오는 발소리가 천둥처럼 들려온다. 저벅
저벅... 명심, 울음이 새어나오는데 문이 벌컥 열린다. 눈에 광기가 서린 피투
성이의 이현이다. 명심, 헉!

이현   (음습한 어조로) 정말이지 이런 모습은 보여드리고 싶지 않았는데... (피식)
       미안해요.

명심, 처음 보는 이현의 모습에 아무런 말도 하지 못한 채 눈물만 글썽인다.
한사코 명심만을 바라보는 이현의 눈에서 눈물이 흐른다.

명심   (울음이 터지는) 도련님...
이현   (박차고 나가는)
명심   (따라 나가려 서안을 짚으며) 도련님... 도련님!

맥이 풀려 쓰러지는 명심, 서럽게 운다.

21. 동 대문 앞 (아침)

김가, 절룩이며 허둥지둥 도망친다. 유월, 매달린 석주에게 다가가 밧줄을 풀어주려 한다. 이현이 대문을 나와 걸어온다.

유월   (안타까운) 되렌님...

이현, 유월과 석주를 무심히 스쳐 지나간다. 유월, 탄식하며 주저앉는... 냉혹한 이현의 표정 위로 요란한 총성과 비명이 들려온다.

22. 광화문 앞 + 육조거리 (아침)

총탄과 비명, 포성이 난무하는 아수라장. 경군의 필사적인 반격에 사살당하는 일본군들... 회선포대에 포탄이 떨어지면서 일본군들이 죽어나간다. 일각에서 지휘관들과 나란히 서 있던 오오토리, 겁을 먹고 움찔한다. 미동도 않는 다케다... 오오토리의 시야에 심각한 표정으로 지켜보는 서양 외교관, 청나라 관리의 모습들이 보인다.

오오토리   (일본어) 빌어먹을! 외교관들이 나타났어!
다케다   (일본어) 속히 영추문으로 병력을 증파하시오!
지휘관   (일본어) 예!

23. 영추문으로 가는 길 (아침)

일본군 예비 병력이 영추문 쪽으로 달려간다.
이강 일행, 나타나 바라본다.

버들	왜늠덜이 사생결단을 낼라는 모양이구먼!
이강	(난감한 듯 한숨 내쉬고) 으쩌지?
해승	고민 되나?
이강	... 그냥 갈라니게 으째 발이 안 떨어지네요이.
해승	빨리 결정해. 우린 따를 거니까.
버들	그려. 고전에 고부 기신 엄니 생각 꼭 허고이!
이강	(고심하는) 쓰벌... 난감허네이...

24. 광화문 누각 위 (아침)

홍계훈, 이규태와 함께 종횡무진하며 전투 중인 병사들을 독려한다.

홍계훈	기운을 내라! 강화도의 심병들과 청나라 군사들이 올 것이다! 버텨라! 우리가 이긴다!
이규태	(어딘가 보고) 장군!

피투성이가 된 전령병이 헐레벌떡 뛰어온다.

전령병	장군~!!! 영추문이 위험합니다!!!
홍계훈	뭐라!
이규태	소관이 막겠습니다! 예비대는 나를 따르라!!!

이규태, 총과 칼로 무장한 예비대를 데리고 영추문으로 달려간다.

25. 영추문 앞 (낮)

포격에 성문이 박살이 나면서 틈이 생긴다. 누각 위의 이두황, 헉!

일본장교   (일본어) 돌격!!!

착검한 일본군들, 성문을 향해 몰려간다.

이두황   쏴라!

경군들, 필사적으로 응사한다. 일본군들, 추풍낙엽처럼 쓰러진다. 그러나 마침내 일본군 선봉대가 성문을 뚫고 들어간다!

이두황   퇴각! 퇴각하라!

26.   영추문 근처 궐내각사 뜰 (낮)

이두황 등 경군들이 쫓겨 들어와 좌우로 흩어진다. 뒤따라 난입하는 일본군을 향해 총탄세례가 가해진다. 쓰러지는 일본군들! 이규태가 이끄는 원군이다.

이규태   착검!

경군들, 착검한다. 일본군들이 함성과 함께 몰려든다. 이규태를 선두로 경군들이 돌진한다.

이규태   돌격하라!

양측 간의 치열한 백병전이 펼쳐진다.

27.   영추문 앞 (낮)

보초를 서는 일본군들 앞에 백성들이 퍼질러 앉아 '전하~'를 외치며 울부짖고 있다. 한 노인이 달려든다.

노인   네 이놈들! 하늘이 두렵지 않느냐!

보초, 노인을 걷어차고 총검으로 찍으려는데 이강이 나타나 베어버린다. 흠
칫하는 보초들을 순식간에 척살하는 해승과 버들! 백성들, 놀라서 보는...

이강   여그서 디져도 장군이 뭐라 않겠제!
버들   당연허제. 우린 의병이잖애. (결연한 미소)
해승   가세!

이강 일행, 성문 안으로 쳐들어간다.

28.   건청궁 앞 (낮)

경군들, 어디론가 다급히 이동한다. 민영준이 병사들과 달려온다.

민영준   빌어먹을... 전하와 중전마마를 피신시켜야 한다!

민영준, 건청궁으로 들어간다. 덕기, 자인을 이끌고 나타나 경계병에게 말한
다.

덕기   병판 대감 모시는 사람들입니다.
경계병   드시오.
자인   어서 가요. (들어가려다가 보면)
덕기   오데 가지 말고 병판 옆에 딱 붙어 기시소.
자인   최행수는요?
덕기   (의연한 미소 지어보이는)
자인   (헉!)

29.   다른 궐내각사 뜰 안 (낮)

이규태와 이두황의 경군이 떠밀리듯 들어온다. 일본군들이 틈을 주지 않고 압박해 들어온다.

이규태   물러서지 마라! 막아라!

경군들, 반격한다. 백병전이 펼쳐지고 이규태, 일본군의 칼을 피하다 쓰러진다. 이규태, 죽음을 직감하는 순간, 누군가의 칼이 일본군의 가슴을 꿰뚫는다. 이규태, 보면 덕기다.

이규태   종사관님!
덕기   영관이란 자슥이 쪽팔리구로... 일나라, 인마! (덤비는 일본군 베는)

이규태, 일어나 덕기와 함께 적들을 베어나간다. 순간, 타타탕! 일본군 몇 명이 총을 쏘며 들어온다. 덕기와 이규태 주변의 경군들이 쓰러지고 재장전하는 일본군들. 돌진하는 덕기와 이규태... 정조준하는 일본군들... 일본군 뒤로 총을 겨누고 서는 버들... 돌진해오는 해승과 이강... 총성과 함께 바람을 가르는 칼! 순식간에 일본군들 쓰러진다. 이강, 덕기와 이규태 곁에 선다.

덕기   (뜨악) 거시기 니!
이강   송객준 무사허겠지요?
덕기   (피식) 오이야!

뒤편에서 함성이 터져 나온다. 일동, 보면 칼과 몽둥이를 든 관리와 나인들이 몰려온다. 당황하는 일본군들, 퇴각한다.

이규태   공격하라!

아군들, 함성을 지르면서 몰려나간다.

30.   몽타주 (낮)

1) 영추문 앞 - 농기구, 칼 따위로 무장한 백성들이 성문으로 진입한다.
2) 육조거리 - 안절부절 못하는 오오토리... 냉정하게 광화문을 주시하는 다케다.
3) 광화문 앞 + 누각 - 성문 앞까지 몰려든 일본군과 총격전을 벌이는 경군들... 홍계훈, 머리에 피를 흘리면서 화살을 쏘아대는...
4) 대궐 안 곳곳 - 필사적으로 백병전을 벌이는 경군과 일본군... 이강과 버들, 해승, 덕기, 일본군을 처치해나가고... 백성, 관리들, 나인들까지 뒤엉켜 일본군과 처절하게 싸우는... 그러나 끊임없이 밀려드는 일본군들!

31.   동 근정전 안 뜰 (낮)

이규태, 이두황, 덕기, 이강 일행, 경군들, 나인들, 백성들, 쫓겨 들어온다.

이규태   문을 막아라! 정전을 사수한다!

이강 일행, 급히 문을 닫아거는데.

민영준   (E, 다급히) 멈춰라!!!

일동, 보면 일본군의 포로가 된 민영준이 정전 뒤편에서 끌려나온다.

이두황   병판 대감!

그때, 침통한 표정의 고종이 오오토리, 다케다와 함께 걸어 나온다. 뒤편에서 일본군들이 총구를 겨누고 따른다. 일동, 경악하는...

이강	머시여? 임금님 아녀?
민영준	무, 무기를 버려라.
일동	!
다케다	모두 지금 즉시... 궁궐을 떠나시오. 이제부턴 대일본국의 병사들이 전하를 호위할 것이오.
일동	(믿기지 않는 표정으로 고종을 보면)
고종	(힘들게) 모두...
일동	(주시하는)
고종	... 그리하라.

이규태, 마지못해 칼을 떨구면 경군의 무기들이 우수수 바닥에 떨어진다. 대문이 열리고 일본군들이 들어와 에워싼다.

이규태	(울컥) 전하~!!!

이규태를 필두로 덕기, 경군과 관리, 나인들이 울음을 터뜨리며 엎드린다. 이 모든 것이 믿기지 않는 듯 선 채로 바라보는 이강 일행.

버들	이게 무신 경우여? 임금이 시방 항복을 헌겨?
해승	(울컥, 분루를 삼키는)

고종을 노려보던 이강, '씨벌' 뱉으며 돌아선다. 노기 어린 표정으로 빠져 나가는 이강 일행의 모습에서.

32. 몽타주 (낮)

1) 관문각 앞 - 중전을 향해 총검을 겨눈 일본군들... 그 곁에 이건영, 내관, 자인을 비롯한 궁녀들이 무릎 꿇려진...
2) 광화문 누각 위 - 총검을 겨눈 일본군 앞에서 통곡하는 홍계훈... 분을 못 참고 군복을 찢으면서 성 밖으로 나가는 경군들... 그 옆을 굳은 표정으로 걸

어가는 이강 일행.

3) 광화문 앞 - 성 안으로 진입하는 일본군... 백성들 주저앉아 울부짖는... 경군들과 함께 빠져나오는 이강 일행... 차마 발이 떨어지지 않는 듯 멈춰서는 이강, 광화문을 돌아본다. 누각 위에 욱일승천기가 나부끼는 광화문의 처참한 광경 위로.

〈자막〉 1894년 음력 6월 21일 갑오왜란

33. 황진사댁 앞 (낮)

구경꾼들이 지켜보는 가운데 시체를 치우고 현장을 수습하는 나졸들. 구경꾼들 틈에 멀뚱한 표정의 홍가가 보인다. 일각에서 남서방의 부축을 받으며 백가와 당손이 나타난다. 사람들 뒤로 슬그머니 숨는 홍가.

당손   (믿기지 않는) 세상에...
백가   (대문으로 내쳐 들어가는)

34. 동 마당 안 (낮)

나졸들이 시체를 내어가는... 백가 일행, 들어오면 억쇠가 인사한다.

억쇠   어르신!
백가   참말로... 이현이가 이런겨?
억쇠   살어남은 늠덜 야그가 늑혼은 김접장인가 허는 놈이 혔다 그러고요. 집강어른은 고거 막을라다가...
백가   (억쇠 멱살 잡고) 써글! 이현이가 죽인 거냐고!
억쇠   (움찔) 야! 이 안에 있는 시체 전부... 다요.
백가   (기가 막힌)

문가에서 슬그머니 지켜보던 홍가.

홍가　　이현아... 잘했다. (조소를 머금는)
백가　　(억장이 무너지는) 염병...
채씨　　(E) 아녀!

35.　　**백가네 안채 복도 안 (낮)**

백가, 침통하게 앉아 있다. 실성한 사람처럼 밖으로 나가려는 채씨를 말리는
당손과 남서방. 이화도 울먹이며 앉아 있는...

채씨　　이현이가 그럴 리가 읎어!
이화　　엄니, 고정 좀 허쇼!
채씨　　비켜! 이현이 찾어야 되야! 동비들이 작당을 혀서 이현이헌티 덤태기 씌울라
　　　　는겨!
남서방　마님.
채씨　　비켜!!

채씨, 남서방을 밀치고 나간다. 남서방, '마님!' 하며 따라나가는... 잠자코 있
던 백가, 분을 참지 못하고 식탁을 내려치는...

이화　　아부진 참말로 그 말을 믿소! 이현이 그 약헌 늠이 한 늠도 아니고 여러 늠
　　　　을 쏴죽였다고!
당손　　처남이 한 거 맞어.
이화　　(흘겨보는)
당손　　전주성 싸움 때 밤마다 동비들을 쏴 죽이는 명사수가 있었는데... 동비들이
　　　　도채비라 부르면서 아주 그냥 오줌을 질질 쌌다니까.
이화　　(짜증) 뜬금없이 먼 놈으 도채비 타령이여? 고거이 이현이랑 먼 상관이 있다
　　　　고!
당손　　그 도채비가... (어렵사리) 처남이라구.

백가	(보는)
이화	(헉!) 그라믄 인자 동비털 시상에선 못 살겠네이?
당손	당연하지... 전라도 안에선 이제 안 돼.
이화	(울음 터지는) 아이구 우리 이현이 불쌍해서 으쩌끄나이... 이현아...
백가	...

36.   산길 (낮)

총을 멘 채로 봇짐 속의 엽전 꾸러미를 확인하는 이현. 그 앞에 양반과 하인
이 포박당한 채 앉아 있다.

이현	그간 많이 빼앗고 살았을 테니 이 정도로 너무 억울해하지 마세요. (말고삐를 잡는데)
양반	네 이놈!
이현	(멈칫)
양반	감히 양반에게 이런 짓을 하고도 무사할 것 같으냐?
이현	(무섭게 쏘아보는)
양반	(흠칫! 하는)
이현	너야말로 무사하고 싶으면... 뛰어.
양반	?
이현	(총을 푸는)

기겁한 양반이 묶인 채로 도망친다. 하인, 얼결에 도망치는... 무심히 바라보
던 이현, 말에 올라탄다.

37.   백가네 안채 / 이현의 방 안 (낮)

백가, 들어온다. 텅 빈 상자 옆 총알이 두어 발 떨어져 있는... 털썩 앉는 백가,
총알을 집어 든다. 물끄러미 바라보는 모습 위로...

이현   (E) 아버진 참 한결같으시네요.

플래시백〉14회 53씬의,
이현   **허나 소자... 제 자식들에겐 그런 비열한 처세를 가르치지 않아도 되는 세상을 원합니다.**

현재〉
묵묵히 총알을 바라보던 백가, 갑자기 킥킥 웃는다.

백가   차라리 잘된겨... 이현아, 담에 올 띠는 말이여... 도채비로 돌아와라이.

38.   길 (낮)

이현, 말을 타고 맹렬히 달려간다.

39.   전라감영 (낮)

전봉준, 최경선, 송희옥, 손화중 등 지도부, 회의 중이다.

송희옥   대부분으 집강소서 폐정개혁이 순조롭게 진행 중인디 고부에서... (차마 말을 못하는)
전봉준   고부에서 무슨 일이 생긴 것인가?
송희옥   탈영병들하고 양반 사이에 늑혼 문제로 유혈사태가 벌어졌는데 백집강이 끼어들어 여러 명을 죽이고 도주했답니다.
일동   !
전봉준   백집강이 왜?
송희옥   늑혼을 당한 규수가... 황석주의 여동생이랍니다.
전봉준   (화를 참는)

최경선   지가 가서 수습을 허겄습니다.

김학진이 다급히 '전장군!' 외치면서 들어온다. 일동, 일어나 보면 김학진이 울고 있다.

전봉준   관찰사 대감...
김학진   도성의 전신국에서 전보가 왔는데... 일본군들이 범궐을 했다 하오!
일동   !!!!
손화중   해서 지금은 어찌 됐습니까!
김학진   이쪽에서 수차 타전을 하였으나... 더 이상은 응답이 없소이다!
일동   !
최경선   놈들이 장악을 헌 것입니다.
김학진   (무릎을 꿇으며 우는) 전하~!!!
손·송   (당혹스런)
전봉준   이... 이놈들이 정녕!

40.   건청궁 앞 (낮)

궁녀와 내관들, 훌쩍이고 있는... 자인, 일각에 넋을 놓고 앉아 있는... 덕기가 다가선다.

덕기   (쓸쓸한) 병판 민영준 대감이 귀양을 간다캅니다. 민형식, 민응식이... 민씨들 싹 다예.
자인   (허탈한 웃음 짓는) 임시 도임방은 물 건너갔군요.
덕기   살아 있는 게 오뎁니꺼? 인자 전주 내려가입시더.
자인   나는 그동안... 무슨 짓을 했던 걸까요?
덕기   예?
자인   거래랍시고... 객주랍시고... 전라도 쌀을 긁어모아 일본에 팔아먹어왔습니다. (북받치는) 저놈들한테... 저 도적떼만도 못한 놈들한테...
덕기   (쓸쓸한 듯 보는데)

홍계훈   (E) 여기 있었구만.

덕기와 자인, 보면 침통한 표정의 홍계훈이 다가선다.

덕기   영감. (인사하는)
홍계훈   이젠 영감이 아니야. 도성의 군사들 모두 무장해제를 당했거든... (씁쓸한) 나도 곧 대궐을 떠나야 하네.
덕기   (착잡한)
홍계훈   (자인에게) 자네 어제, 대일상회의 장사꾼을 만났다 했었지?
자인   예. 동업을 제안 받았으나 장사치로 위장한 간자인 듯하여 거절하였습니다.
홍계훈   대일상회는 우리도 눈여겨보고 있던 곳일세. 자네가 만난 사람은 그냥 간자가 아니라 간자들을 지휘하는 공사관의 무관이구.
자인   ... 역시 그랬군요.
홍계훈   (지그시 보는)

41.   동 관문각 안 (낮)

자인, 홍계훈을 따라 들어온다.

자인   여기가 어딥니까?
홍계훈   중전마마, 데려왔사옵니다.

자인, 깜짝 놀라 보면 침통한 중전이 걸어 나온다. 자인, 얼른 부복하는.

중전   이 여인이 그 객주인가?
홍계훈   예, 마마.
중전   원하는 게 뭐였다구?
홍계훈   한양에 임시 도임방을 만들어 전라도 보부상 조직의 명맥을 이으려는 것입니다.
중전   ... 고개를 들라.

자인	(어렵게 고개를 들면)
중전	창졸간에 참담한 일을 당하였으나 오백 년 사직이 그리 쉬이 무너지진 않을 것이다. 내 와신상담의 심정으로 재기를 도모코자 하나... 눈과 귀와 팔다리가 되어주던 이들을 모두 잃었으니... 비통하기 짝이 없구나.
자인	망극하옵니다, 중전마마.
중전	니가 나를 도와라.
자인	!
중전	허면 니가 바라는 바 또한 이루게 될 것이다.
자인	아뢰옵기 송구하오나 마마를 어찌 도우면 되는 것이옵니까?
중전	...
홍계훈	다케다의 동업자가 되게.
자인	!
홍계훈	하여 놈들의 동태를 낱낱이 중전마마께 고하면 되는 것이야.
자인	하오나 저 같은 장사치가 어찌 대궐을 마음대로 드나들 수 있겠습니까?
중전	너를... 나의 별입시[2]로 삼을 것이다.
자인	!

42. 운현궁이 보이는 골목 (낮)

일본군들이 운현궁을 포위하고 있다.

이강	역시 잡것들이 몰려와 있구먼.
버들	대원위 대감헌티도 먼 일 생기는 거 아녀?
해승	(걱정스런) 지금 백성들이 기댈 데라곤 대원위 대감뿐인데...
이강	(인기척 느끼고) 숨어!

이강 일행, 모퉁이로 숨어든다. 양복차림의 천우협1과 군인들을 대동한 다케

---

2   별입시: 특별한 절차 없이 수시로 입궐할 수 있는 직책.

다가 지나쳐간다.

버들   쩌늠... 어제 우덜헌티 시비 걸었던 그늠 아녀?
해승   대일상회 앞에서 봤던 놈이군.
이강   으째 눈초리가 보통 아니다 싶더니... 장사치가 아녔구먼.
다케다 (E) 일본공사관에서 온 다케다 요스케라 합니다.

43.   동 사랑채 일실 안 (낮)

격노한 이하응, 무릎 꿇고 앉은 다케다를 노려본다. 천우협1이 칼을 쥔 채 서 있다.

이하응 썩... 물러가지 못하겠느냐!
다케다 고정하십시오. 조선을 속방³으로 여기는 청나라와 그에 부역하는 세력을 몰아내기 위한 불가피한 선택이었습니다.
이하응 닥쳐라! 감히 누구 앞에서 요설을 늘어놓는 것이냐!
다케다 아이 하나를 낳아도 죽음에 필적하는 고통이 따르는데 국가는 오죽하겠습니까? 조선이 문명국으로 거듭나기 위한 산통이라 이해해주십시오.
이하응 거듭나도 우리 힘으로 거듭날 것이다. 너희는 군사나 물리거라.
다케다 난국이 수습되면 자연히 그리될 것입니다.
이하응 철군! 그리고 사죄! 그것이 수습이다.
다케다 일본국의 뜻을 전하겠습니다. 전하를 대신하여 섭정을 맡아주십시오.
이하응 이런 발칙한!

발끈한 이하응, 서안을 옆으로 던지면 천우협1이 신속히 발검하여 겨눈다.

이하응 (기막힌) 이놈들... 이런 죽일 놈들...

---

3   속방: 종속국.

다케다	이토 히로부미 총리대신께서도 더 이상의 희생은 원치 않으십니다. 대감께선 정녕 나라가 더 혼란에 빠지기를 원하십니까?
이하응	(노려보는)
다케다	(미소) 모쪼록... 현명한 결단을 내려주십시오.
이하응	(이를 악무는)

44. 거리 (낮)

이하응을 태운 교자가 일본군의 호위를 받으며 나타난다. 길가에 백성들이 일제히 엎드려 통곡한다. 침통함을 애써 억누르던 이하응, 일각에 서 있는 이강을 보더니 교자를 세운다. 해승과 버들은 엎드려 있다.

이강	(믿기지 않는) 으째 이러실 수가 있습니까?
이하응	(지그시 보는)
이강	백성덜 전부 다 일어나 싸우라개야지라... 같이 싸워주셔야지라...
이하응	(나직이) 인경[4]이 울리면 전에 그 나루터로 오게.
이강	!
이하응	(교자꾼에게) 가자.

이하응을 태운 교자가 이강 일행을 지나쳐간다. 이강, 보는...

해승	(일어나며) 대원위 대감은 다를 줄 알았더니...
버들	이렇게 나라가 망허는 거지라이.
이강	싸게 갑시다.

이강, 해승과 버들을 데리고 골목으로 들어간다. 일각에서 천우협1과 서있는 다케다, 이강 일행을 바라본다.

---

4   인경: 조선 시대 통행금지를 알리거나 해제할 때 치는 종.

플래시백〉 14회 42씬의,

이강　(버들에게) 임자! 여그 일본인 모양인디!

현재〉
다케다, 멀어지는 이강을 바라보는...

45.　경복궁 근정전 앞 (낮)

일본군들이 삼엄하게 지키는 가운데 이하응이 들어선다. 김홍집을 비롯한 대소신료들 앞에 서 있던 오오토리가 정중히 허리를 숙인다.

오오토리　(일본어) 어서 오십시오!

대신들, 눈물을 흘리며 허리를 숙인다. 비통한 표정으로 근정전을 향해 나아가는 이하응의 모습에서.

46.　골목 (낮)

이강 일행, 굳은 표정으로 걸어온다.

버들　그띠 그 나루터서 보자겠다고?
이강　그려...
해승　도대체 무슨 꿍꿍이들인지...
이강　(긴하게) 뒤돌아보지 말고 가쇼이.
해승·버들　!
이강　쥐새끼덜이 붙었구먼.

이강 일행, 태연히 골목을 꺾어든다. 양복 차림의 천우협 무사 두 명이 나타나 추적해 온다.

47. 다른 골목 (낮)

천우협 무사들, 모퉁이를 돌아 들어오다 멈칫한다. 해승과 이강, 버들이 노려보고 서 있다.

버들   왜늠들 맞제?
무사들   (발검하는)
이강   잘됐구먼. 안 그려도 울화통이 터져 디질 판이었는디...
해승   버들 접장은 좀 쉬고 있어.

이강과 해승, 무기를 뽑아든다. 무사들, 일본도를 휘두르며 달려든다. 몇 합을 겨룬 끝에 부상을 입고 도주하는 무사들.

이강   (숨 몰아쉬며) 잡것들...
해승   더 몰려오기 전에 빨리 여길 뜨자구.
이강   버들 접장, 가세. (하면서 보면)

버들이 사라진 텅 빈 골목... 불안한 해승과 이강, 냅다 달려가는...

48. 근처 이곳저곳 (낮)

버들을 찾는 해승과 이강의 모습 교차.

49. 다시 (47씬의) 골목 (낮)

모퉁이에서 달려 나온 이강. 먼저 와 있던 해승이 숨을 몰아쉰다.

해승	(난감한) 없어.
이강	(심각한) 분명히 왜늠들이었지요?
해승	틀림없어.
이강	...

50.   왜성대 / 대일상회 외경 (낮)

51.   동 헛간 안 (낮)

물건은 거의 없는 음습한 분위기의 실내. 의자에 묶인 채 의식을 잃은 버들,
서서히 눈을 뜬다. 책상을 마주하고 앉은 다케다가 보인다.

다케다	(일본어) 이제야 정신을 차렸군. 풀어 줘.

버들 뒤에 서 있던 무사 한 명이 버들의 포박을 푼다. 다케다, 책상 위에 놓인
손수건을 집어 든다.

다케다	미안합니다. 마취제라는 걸 뿌렸는데 좀 과했던 모양입니다.
버들	(고개를 간신히 들어보는)
다케다	(책상 위 소지품을 살피며) 소지품 중에 검결이 적힌 종이가 나왔으니 동학 쟁이가 분명한데... 아까 당신 일행... 국태공과 무슨 대화를 나눈 것입니까?
버들	글씨 나가 가는 귀를 묵어가꼬...
다케다	당신들... 전봉준이 보낸 겁니까?
버들	느덜 싹 때려잡으라고 이순신 장군이 보냈구먼.
다케다	(피식 웃더니 백지와 연필을 밀어놓으며) 국태공과 전봉준에 대해 아는 것 모두를 적으세요.
버들	(피식) 나 글 모르는디?
다케다	(미소) 내일 아침까집니다. 그 다음부턴... 대접이 달라질 겁니다.

버들   (노려보는데)

천우협1이 들어온다.

천우협1   (일본어) 손님이 왔습니다.

다케다   …

52.   동 상회 안 (낮)

다케다 앞에 미소 짓고 서 있는 자인.

다케다   (자리 권하며) 앉으세요.

자인   (다소곳이 앉는)

다케다   그래, 어쩐 일이십니까?

자인   어제 말씀하셨던 제안을 수락하러 왔습니다.

다케다   어젠 거절하셨잖니까?

자인   (미소) 거래란 게 원래 거절과 거절이 오간 뒤에 성사되는 것입니다.

다케다   (미소) 재밌는 분이군요… 마음이 바뀐 이유가 뭡니까?

자인   어젠 다케다상이 누군지 몰랐으니까요.

다케다   (보는)

자인   하도 좋은 조건을 제시하길래 사기꾼인 줄 알았습니다. 헌데 알고 보니 일본 공사관에 계시더군요.

다케다   어떻게 아셨습니까?

자인   공사님 곁에 계신 것을 봤습니다. 오늘 아침에 광화문 앞에 나와 보지 않은 도성의 백성은 없을 테니까요.

다케다   오늘의 사태를 보시고도 저와 같이 할 생각이 드십니까?

자인   물론 기분은 좋지 않습니다. 허나 저는 장사치… 돈의 순리대로 움직일 뿐입니다.

다케다   돈의 순리라…

자인   물은 위에서 아래로 흐르는 것이 순리이지요. 허나 돈은 아래에서 위로 흐르더이다.

다케다 어째서요?

자인 물은 자연의 섭리를 따르지만 돈은 권력의 생리를 따르니까요. 지금 조선 위에 일본이 있으니 제 돈이 어디로 가야 할지는 자명하지 않습니까?

다케다 (보는)

자인 (보는)

다케다 (일본어, 흔쾌히) 좋습니다! (일어나 악수를 청하는)

자인 (일본어, 미소로 악수하며) 잘 부탁드리겠습니다.

악수하며 미소를 주고받는 두 사람.

53.　동 앞 골목 일각 (밤)

어둠 속에서 슬며시 모습을 드러내는 이강과 해승. 불이 켜진 대일상회를 바라본다.

해승 새벽에 덮치자구.

이강 그믄 나넌 나루터 좀 다녀올팅게 잘 보고 기쇼이.

해승 (대일상회 쪽 보고) 저 사람... 송객주 아냐?

이강 (보면)

대일상회 앞으로 다케다와 자인이 화기애애하게 나온다. 놀라는 이강.

54.　동 앞 (밤)

다케다 마차를 불러드리겠습니다.

자인 걷는 게 편합니다. 그나저나... (의미심장하게) 매달 그 많은 쌀을 어디에 쓰시려는 것입니까?

다케다 (미소) 곧 알게 되실 것입니다.

자인	아, 네... (미소) 허면...

자인, 인사하고 사라진다. 미소를 거두고 차갑게 바라보는 다케다.

55.   다른 골목 (밤)

자인, 걸어오다 멈춘다.

다케다	(E) 곧 알게 될 거요.

찜찜한 자인, 서둘러 걸음을 옮기는데 누군가 앞을 가로막는다.
자인, 흠칫 놀라서 보면 이강이다.

자인	백이강.
이강	(모퉁이로 끌고 들어가는) 따라와.

56.   그 골목 모퉁이 (밤)

이강, 자인을 벽에 세운다.

이강	대일상회 그늠허고 머더는겨?
자인	그러는 넌 여태 안 내려가고 여기서 뭐 하는 거야?
이강	내가 먼저 물었으니께 말 혀. 쌀거래를 헐라는겨?
자인	... 그래. 사정이 있어서 그러는 거니까 모른 척해 줘.
이강	사정이고 머시고 당장 때려쳐. 그늠 장사치 아녀.
자인	알아.
이강	... 안다고?
자인	일본공사관 무관... 다케다 요스케.
이강	(실망의 빛이 어리는) 알믄서도 쌀거래를 허겠다고?

자인	말했잖아. 사정이 있다구.
이강	오늘 대궐 작살난 거 봤제?
자인	어.
이강	왜늠덜 염병허는 거 다 봤제?
자인	(힘주어) 어.
이강	(착잡해지는)
자인	(애써 태연한)
이강	이녁 참말로... 이런 사람이었당가?
자인	(힘든... 그러나 마음 다잡고 단호하게) 어.
이강	(벽을 짚었던 손을 천천히 떼어내는)
자인	이제... 가도 되니?
이강	그려, 이거 갖고.

이강, 자인에게 반장갑을 벗어 내민다. 자인, 멈칫 보는.

이강	솔직히 그동안은 나가... 이녁을 지우덜 못했었는디... (쥐어주고 냉정하게) 인자는 지울라고.
자인	백이강...

이강, 미련 없이 걸어간다. 장갑을 쥔 채 안타깝게 바라보는 자인.

57. 거리 (밤)

이강, 이를 악물고 걸어가는...

58. 광화문 앞 (밤)

일본군이 경계를 서고 있는... 일각에 봉투를 들고 서 있는 덕기, 초조한 표정으로 두리번댄다.

덕기 와 이래 안 오노, 참말로?

덕기, 문득 보면 저만치 자인이 침울하게 걸어온다.

덕기 (냉큼 다가가는) 와 이래 늦었십니꺼? 객주님 혼자 보내놓고 얼마나 걱정했
       다꼬예.

자인 ...

덕기 와예, 다케다 글마하고 먼 일 있었십니꺼?

자인 (미련을 털어내듯 애써 개운한 어조로) 아뇨. 일은 잘 성사됐습니다.

덕기 (와, 놀라며 엄지 척) 역시!

자인 대궐을 어찌 들어갈지가 고민입니다. 당분간 일본공사관이 발행한 문표 없이
       는 출입이 아니 된다 하던데...

덕기 (고급스러운 작은 봉투 건네며) 지가 누굽니꺼?

자인 !

덕기 왜놈들이 돈은 더 밝히드라꼬예.

자인 (보다가 엄지 척) 역시!

59. 건청궁 앞 (밤)

상궁과 나인을 따라가는 자인의 긴장된 표정 위로...

자인 (E) 곧 큰일이 터질 듯싶사옵니다.

60. 건청궁 관문각 안 (밤)

중전, 굳은 표정으로 자인을 본다.

중전 큰일이라니?

자인	다케다에게 쌀의 용처를 넌지시 물어봤사온데 곧 알게 될 것이라 하였사옵니다. 쌀의 용처가 군량미가 맞다면 이는 곧... 전쟁이 터진다는 말이 아니겠사옵니까?
중전	(심각한)

61. 대궐 편전 안 (밤)

고종과 이하응, 독대 중이다.

이하응	저들이 노리는 것은 분명... 청나라와의 전쟁이옵니다.
고종	일본이 아무리 강해졌기루 그런 엄청난 일을 저지르겠습니까?
이하응	전하와 도성을 손아귀에 넣었으니 차제에 청나라의 군대까지 몰아내어 조선을 자신들의 속방으로 만들려는 것이 틀림없사옵니다.
고종	(참담한) 설사 그렇다 해두... 과인이 이제 무엇을 할 수 있겠습니까?
이하응	전봉준에게 거병을 하라 명하시옵소서.
고종	(헛웃음) 역적에게 난을 일으키라 명하는 군주도 있습니까?
이하응	전봉준이 과격한 것은 사실이오나 나라에 대한 충심이 깊고 사심이 없는 사람이옵니다.
고종	... 사심이 없다?
이하응	머잖아 범궐의 비보가 온 나라에 퍼지면 백성의 분노가 하늘을 찌를 것이옵니다. 조선 팔도에서 전하와 사직을 지키려는 의병들이 일어날 것이옵니다. 전봉준과 동학의 우국지사들을 선봉에 세우셔야 하옵니다.
고종	(고심하는)
이하응	(절박한) 주저하실 일이 아니옵니다! 오백 년을 이어온 종묘사직이 절명의 위기에 처해 있지 않사옵니까!
고종	... 과인의 뜻을 전봉준에게 어찌 전하면 되는 것입니까?
이하응	전봉준의 수하가 지금 소신을 기다리고 있사옵니다.
고종	!

62.   (13회의) 나루터 일각 (밤)

이강, 나타나 주변을 둘러본다. 긴장한...

63.   광화문 앞 (밤)

이하응을 태운 교자가 경계 중인 일본군들 사이로 빠져나온다. 박동진 등 조선 수행원들의 호위 아래 어둠 속으로 사라져간다.

64.   거리 (밤)

이하응 일행이 지나간다. 뒤이어 천우협1을 비롯한 무사들이 나타난다. 눈짓을 주고받고는 뒤를 밟아간다.

65.   다른 거리 (밤)

나아가는 이하응 일행... 미행하는 천우협들... 낌새를 눈치챈 박동진이 긴히 아뢴다.

박동진   대감... 미행이 붙었사옵니다.
이하응   ... 어서 가자.

이하응의 교자가 속도를 낸다. 천우협이 따른다.

66.   나루터 (밤)

일각에 홀로 선 이강, 긴장을 떨치려는 듯 왼손에 쥔 칼을 붕붕 휘둘러본다.

숨을 내쉬다 문득 오른손의 흉터를 바라보는... 옅은 한숨 내쉬는데... 어디선가 인기척이 느껴진다. 이강, 보면... 삿갓을 쓴 무사들이 달려 나와 이강을 포위한다.

이강	씨벌... (칼을 겨누며) 덤벼!
삿갓	칼 버려.
이강	안 덤벼? 그려. 나가 덤비믄 되겠구먼! (달려드는데)
삿갓	잠깐!
이강	(멈칫하는)

삿갓을 벗는 사내... 이규태다. 이강, 놀라서 보면...

이규태	해치려는 게 아니니 칼을 내려놓게.
이강	(벙한... 칼을 쥔 채 주저하는)
고종	(E) 이자인가?

이강, 흠칫 돌아보면 갓을 쓴 사내가 이건영과 나타난다. 이규태 등 일제히 무릎을 꿇는다. 사내의 얼굴을 본 이강, 경악한다. 고종이다.

이강	(부복하는) 전하...
고종	니가 전봉준의 심복이냐?
이강	그, 그렇습니다.

묵묵히 굽어보는 고종... 얼떨떨한 이강의 표정에서...

67.   고부관아 동헌 안 (밤)

박원명이 지켜보는 가운데 홍가가 억쇠에게 몽둥이질을 당하고 있다. 홍가, 자지러지고 이를 악물고 패던 억쇠, 숨을 고른다.

박원명	니놈이 늑혼을 백집강의 소행으로 몰아가는 바람에 마을이 피바다가 됐느
	니라!
홍가	억울헙니다요... 지는 참말로 그런 줄 알았당게요.
억쇠	사또, 이늠을 죽여브러야 헙니다요!
홍가	(질겁해서) 살려주셔라! 지는 본 대로 고헌 죄밖에 없습니다!
박원명	(보는데)
유월	(E) 사또.

일동, 보면 유월이 의군들과 걸어와 인사한다.

유월	일부러 그런 것도 아닌디... 목숨은 살려주시지라이.
홍가	(놀라서 보는)
박원명	... 이놈을 형옥으로 끌고 가 장 이백 대를 치게.
홍가	(헉!)
억쇠	야! 끌고 와!

나졸들, 홍가를 끌고 억쇠를 따라간다. 홍가, 엉엉 울면서 끌려간다.

| 박원명 | 고이연 놈 같으니라구... 헌데, 백이현의 행방은 알아냈는가? |
| 유월 | (모르는... 옅은 한숨) |

68. 바닷가 백사장 (밤)

백사장을 외로이 걸어오는 이현. 아래의 플래시백과 걷는 모습이 교차된다.

플래시백〉11회 36씬의,
| 이강 | **도채비 말이여... 니가 싸워서 이겨 봐아.** |

현재〉
쓸쓸해지는 이현, 자조의 웃음을 터뜨린다. 주저앉아 한참을 웃던 이현의 표

정이 다시 차가워진다. 그 모습 위로...

이현 (E) 형님... 미안해요.

이현, 일어나 걸음을 떼는데 어디선가 쿵! 둔중한 폭음이 들려온다. 멈춰선 이현, 바다 쪽을 돌아보면 저 멀리 수평선 너머에서 섬광이 번쩍거린다. 이현, 멍하니 바라보는... 수평선 위를 붉게 물들이는 섬광과 아련한 폭음 소리에서...

69. 근처 바닷가 모래톱 (낮)

파도에 무언가가 밀려와 모래톱에 걸린다. 이현, 집어 들면 찢겨진 청나라군의 군기다.

〈자막〉충청도 아산만 – 일본해군, 청군함대 공격

이현, 돌아보면 수평선 위로 시커먼 연기가 자욱하게 피어오르는...

〈자막〉1894년 음력 6월 23일 청일전쟁 발발

카메라를 등진 채 광활하게 펼쳐진 연기의 바다를 바라보는 이현의 뒷모습에서 엔딩.

16회

1.   경복궁 편전 앞 (낮)

나인들이 오가고 일본군이 경계를 서는 모습 위로.

고종   (E, 참담한) 기어이... 전쟁이 터졌단 말입니까?

2.   동 편전 안 (낮)

안색이 하얗게 질린 고종, 독대 중인 이하응을 바라본다.

이하응   일본 전함들이 아산 앞바다에서 청나라 함대를 기습, 대파했다 하옵니다.
고종   이놈들이 이젠 전쟁까지... (자조적으로 피식) 이거 나라가 숫제 망해버린 모
       양입니다.
이하응   (엄하게) 전하! 일국의 지존께서 어찌 그런 참담한 말씀을 하실 수 있사옵니
       까!
고종   (킥킥대는) 그러게 말입니다... 과인이 하도 어이가 없어서 이러나 봅니다.
이하응   곧 청나라가 전열을 가다듬어 반격에 나설 것이옵니다. 더욱이 전봉준의 수
       하들이 밀사 이건영을 데리고 전라도로 가고 있사오니... 낙담하긴 이르옵니

다!

고종   그자들이 이건영을 무사히 데려가야 할 터인데...

이하응   심려 마시옵소서. 이미 한양을 빠져나갔을 것이옵니다.

3.   대궐 안 (낮)

이하응, 신료들과 침통한 표정으로 걸어온다.

이건영   (E) 대감!

이하응 보면 일각에 이건영이 사색이 되어 서 있다.

이하응   이승지! (깜짝 놀라 홀로 이건영에게 다가가는) 자네가 어찌 여길... 전봉준의 수하들과 전주로 내려간 것이 아니었는가?

이건영   (난감한) 그자들이 내일 떠나겠다 하옵니다.

이하응   무슨 말 같지도 않은 소릴... 당장 떠나자 했어야지!

이건명   아뢰옵기 송구하오나... 어명보다 더 중한 일이 있다면서...

이하응   (기막힌) 뭐라?

4.   대일상회 앞 (낮)

이강과 해승, 나타나 대일상회를 바라본다.

해승   (헛간 쪽 가리키며) 저기... 헛간 같은데 밤새 불이 꺼지지 않더군.

이강   ... 저기구먼.

5.   동 헛간 안 (낮)

다케다, 천우협1과 들어온다. 정면을 보면 도르래에 걸린 밧줄에 묶여 있는 버들. 등 뒤로 양팔을 묶이고 허리를 푹 숙인 채 가까스로 바닥을 딛고 서 있다. 다가서는 다케다, 허리를 숙여 버들과 눈높이를 맞춘다. 녹초가 된 버들, 죽일 듯이 노려보는...

다케다   처음부터 다시 묻죠. 국태공과 당신들 일행 사이에 무슨 일이 있었던 것입니까?

버들   (침 퉤! 뱉는)

다케다   (천천히 손수건으로 닦아내고, 일본어) 더 당겨.

천우협1, 밧줄을 조금 더 당긴다. 버들의 양팔과 몸, 다리가 차례차례 허공으로 올라간다. 바닥에서 발이 떨어지자 신음을 토하며 괴로워하는 버들, 견디지 못하고 울컥 토한다.

다케다   (일본어) 놈들이 구하러 올지 모른다. 대비해.

천우협1   (일본어) 예!

6.   왜성대 거리 (낮)

이강과 해승, 바삐 길을 걸어온다.

이강   기다렸다가 밤에 기습헙시다.

해승   그러세. (하는데)

(15회 66씬의) 무사들이 나타난다. 해승이 얼른 칼을 빼든다.

이강   잠깐만요. 으째 낯이 익은디?

이규태   (E) 알긴 아느냐?

이규태, 나타난다. 이강과 해승, 놀라서 보면

이규태	(노기 어린) 이런 어처구니없는 인사들 같으니...
이강	?

7. 산 일각 (낮)

이규태, 이강과 마주 서 있다.

이규태	속히 이승지를 모시고 전주로 내려가게.
이강	(능글맞게) 글씨 동무 구허고 금방 내려간당게요. 정 급허믄 나리가 델꼬 내려가시든가?
이규태	나는 자네들을 진압하려 했던 경군의 장수일세. 내가 밀사를 뫼시고 가면 전봉준이 곧이곧대로 믿겠는가?
이강	그믄 기둘리믄 되고.
이규태	(못 참고) 화급을 다투는 일이란 말일세! 일본이 청나라에 전쟁을 개시했어!
이강	(보는)
이규태	(눈가 벌게지는) 아무리 사리분별이 없는 놈이라 해두 조선의 백성일 터... 주상전하에 대한 최소한의 충심은 있어야 하지 않느냐? 네겐 이 나라가 처한 위기 따윈 안중에도 없는 것이냐?
이강	... 나라가 먼디?
이규태	뭐라?
이강	당신이 생각허는 나라가 머냐고? 임금? 종묘사직? 뭐 그딴 거시여?
이규태	이놈이!
이강	나는 말이여. 나라 구허겄다고 싸우는 백성... 고게 나라여.
이규태	(보는)
이강	우리 동무 버들이... 그늠이 나헌틴 나라만큼 중허다 이 말이여.
이규태	...

8. 왜성대 거리 (낮)

천우협1, 경계 중인 일본군에게 다가가 귀띔한다.

천우협1　(일본어) 거동이 수상한 자가 보이면 즉각 보고해.
일본군　(일본어) 예!

천우협1, 걸음을 떼는데...

이현　(일본어) 실례합니다.

천우협1, 보면 말고삐를 잡은 말끔한 복장의 이현이 다가선다.

이현　(명함을 내밀며, 일본어) 여길 찾고 있는데 어디로 가야 합니까?

천우협1, 보면 다케다의 대일상회 명함이다. 천우협1, 경계하듯 보면 이현, 미소를 지어 보인다.

다케다　(E) 이현 군!

9.　**대일상회 안 (낮)**

다케다, 이현을 반갑게 맞이한다.

다케다　고부군의 집강께서 한양에는 어쩐 일인가?
이현　유람도 하고 선배도 뵐 겸해서 왔습니다.
다케다　집강소가 그리 한가하진 않을 테구... 무슨 일인지 솔직히 털어놔봐.
이현　(미소) 때려쳤습니다. 왠지 저하곤 맞지 않는 듯하여...
다케다　(의미심장하게 보다가 화제를 돌리는) 해서 이제 어찌 하려구?
이현　일본으로 건너가 박영효 대감을 뫼시면서 때를 기다릴 것입니다.
다케다　무슨 때?

이현	박 대감과 귀국하여 조선을 문명국으로 만드는 때 말입니다.
다케다	(피식 웃는)
이현	선배, 조선 정부에서 발행하는 집조¹ 를 구해주세요.
다케다	장사꾼에 불과한 내가 집조를 어떻게?
이현	(미소) 선배도 좀 솔직해지셔야겠습니다.
다케다	(보는)
이현	고부에서 천우협이 전봉준을 만났던 것... 선배의 작품이지 않습니까? 물론 선배 뒤엔 일본 정부가 있을 테구요.
다케다	(보다가 너털웃음 터뜨리는) 이현 군 자네 눈은 못 속이겠군... (일본어) 대단해.
이현	(미소)
다케다	(웃음 멈추고) 내가 지금 가 봐야 할 데가 있는데... 함께 가겠나?
이현	?

10.   광화문 앞 (낮)

다케다와 이현, 걸어온다. 궁궐을 지키는 일본군을 본 이현, 멈춰 선다. 놀라움과 분노가 느껴지는.

다케다	상경하면서 한양 소식은 들었겠지?
이현	듣긴 했습니다만 꼭... 이렇게까지 했어야 했습니까?
다케다	편하게 생각해. 야만을 고집하는 자들에게 문명의 힘을 보여준 것뿐이야.

다케다, 들어간다. 이현, 따라간다. 일본군이 경례를 붙인다.

| 이하응 | (E) 어찌 이럴 수가 있단 말이냐! |

---

1   집조: 오늘날의 여권.

11. 동 편전 앞 (낮)

이하응, 다케다를 죽일 듯이 쏘아본다. 태연한 다케다 곁에 이현이 묵묵히 서 있다.

이하응 조선 땅에서, 조선 국왕의 허락도 없이 전쟁을 일으키다니! 동서고금에 이런 참담한 일이 또 있었더냐!

다케다 아국 외무대신의 발표문을 보지 못하였사옵니까? 청나라와의 전쟁은 조선 의 실질적인 독립과 내정개혁을 염원하는, 우방국 일본의 고육지책이었사옵 니다.

이현 (쓸쓸한)

이하응 오오토리 공사에게 전하거라! 전하께서 중재에 나설 것이니 청나라에 대한 적대행위를 즉각 중단하라고!

다케다 곪을 대로 곪은 상처가 터진 것뿐이옵니다. 차제에 고름을 모두 짜내어야 하 지 않겠사옵니까?

이하응 닥쳐라! 감히 일개 무관 따위가 섭정과 말장난을 하려 드는 것이냐!

다케다 그럴 리가 있겠사옵니까? 소인 그저... 대감께 한 가지 청을 드리러 왔사옵니 다.

이하응 (꾹 참고) 뭐냐?

다케다 조선 권부의 높은 곳에서 동학의 수괴, 전봉준과 사통하려는 시도가 있는 것 같사옵니다.

이하응 !

이현 (이하응의 표정을 주시하는)

다케다 조선의 개혁을 앞둔 지금, 불온한 무리들이 준동하는 일이 있어서는 아니 될 것이옵니다. 모쪼록 대감께옵서 각별히 살펴봐주시옵소서.

이하응 (시치미 떼는) 그런 일이 있어서는 아니 되겠지. 걱정 말고 그만 돌아가게.

다케다 허면 이만 물러가겠사옵니다.

다케다, 인사하고 자리를 뜬다. 이현, 따라가다 멈춰 돌아본다.
이하응, 침통한... 이현, 쓸쓸한 표정으로 사라진다.

12. 팔도도임방 외경 (낮)

'보부상 팔도도임방' 현판 옆으로 작은 '전라도임방' 현판을 붙이는 차인들.
흐뭇하게 지켜보는 자인과 덕기. 곁에 멀뚱하게 서 있는 홍계훈.

덕기 아따 마, 인자 한시름 놨십니다.

자인 (홍계훈에게) 감사합니다. 영감.

홍계훈 다 중전마마의 은덕이네. 자넨 별입시로서의 소임을 한시도 게을리해선 아니
될 것이야.

자인 ... 예.

덕기 (홍계훈에게) 근데 규태가 그라던데 사직을 하셨다꼬예?

홍계훈 (쓸쓸한 듯 피식, 사라지는)

덕기 절마 저거, 풀이 마이 죽었네.

자인 저자도 아는 게지요. 조정에 청군의 차병을 요청하는 바람에 일본군이 이를
빌미로 조선에 들어오지 않았습니까?

덕기 (짠하게 보다가)

자인 자, 일합시다. 최행수는 상리국에 가서 보부상 명부부터 복구해주세요.

덕기 객주님, 지가 규태 글마 술을 좀 받아주기로 해가꼬예. (싱긋) 내일부터 빡시
게 하입시더.

자인 으이구...

13. 주막 안 (낮)

이규태, 덕기와 마주 앉아 통음한다. 잔을 비우고 침통해하는 이규태.

이규태 종사관님, 저는 이제 어찌 해야 하는 것입니까?

덕기 해체된 장위영 대신 새로 군영을 만든다 안카드나. 기다리봐라.

이규태 (쓸쓸한) 그래봤자 왜놈들의 꼭두각시 군대겠지요. (눈물 글썽이며) 제가 그

러려고 무관이 된 게 아니란 말입니다.

덕기   기운 내라. 아직 나라 망한 거 아이다.

이규태 (한숨 내쉬는)

이강   (E) 나라가 먼디?

플래시백〉 7씬의,

이강   **나는 말이여. 나라 구허겄다고 싸우는 백성... 고게 나라여.**

현재〉

이규태 (힘든... 잔을 비우는)

덕기   (안타까운)

14.   일본공사관 외경 (밤)

15.   동 다케다의 집무실 안 (밤)

여비서, 찻잔을 놓고 나간다. 다케다와 이현, 마주 앉아 있다.

다케다 기분이 썩 좋지 않아 보이는군.

이현   저는 조선인이니까요.

다케다 (미소)

이현   군이 저를 대궐로 데려간 이유가 뭡니까?

다케다 대원군도 쩔쩔매는 사람이 눈앞에 있는데... 고작 박영효에게 의탁하려는 자
        네가 보기 딱해서.

이현   무슨 뜻입니까?

다케다 나와 일해보잔 말이네.

이현   (보는)

다케다 조선에 곧 대대적인 개혁이 단행될 거야. 일단 음지에서 나를 돕다가 때가 되
        면 양지로 나아가 뜻을 펼쳐 봐.

이현	음지라 하셨습니까?
다케다	자네도 익히 알고 있는 천우협... 낭인 패거리라 불리기는 하지만 다들 배울 만큼 배우고 무예도 출중한 지사들이지. 아쉬운 건 딱 한 가지... 조선을 몰라도 너무 몰라.
이현	저더러 낭인이 되라구요?
다케다	자넨 이 다케다가 인정한 사람이야. 그들의 우두머리가 되란 말이네.
이현	(단호히) 박영효 대감을 도울 것입니다. 부탁드린 집조만 만들어주세요.
다케다	박영효가 이현 군의 과거까지 지워줄 수 있을까?
이현	(표정이 굳어지는) 과거라니요?
다케다	(전신기로 걸어가며) 며칠 전 전라도 간자들의 보고를 받았어. (전신기 만지며) 고부 집강 백이현... 정혼자에 대한 늑혼에 격분하여 다수의 동비를 살해하고 잠적.
이현	... 처음부터 다 알고 계셨군요.
다케다	그러니까 내 말대로 해. 자네에겐... 내가 최선이야.
이현	(쓸쓸한 미소) 이거 왠지... 적선 받는 기분이 들어서 더더욱 내키질 않는군요.
다케다	내게도 자네가 최선이야.
이현	(피식) 저 말고도 경응의숙을 나온 조선인은 많습니다.
다케다	(다가서서) 자네라면 믿을 수 있으니까.
이현	어째서요?
다케다	나처럼 이현 군도... 귀족이 아니잖아.
이현	(보는)
다케다	어느 나라건 귀족이란 것들은 다 똑같아. (점차 격앙되는) 나약하고, 위선적이고, 한계 또한 명확하지! 메이지유신을 주도한 세력이 하급무사가 아닌 상층부의 귀족이었다면... 오늘날의 일본이 가능했겠나?
이현	(묵묵히 보는데)

노크 소리. 천우협1이 급히 들어온다.

| 천우협1 | (일본어) 동비 두 놈이 왜성대에 들어왔습니다. |
| 이현 | ! |

16. 왜성대 거리 (밤)

해승과 이강, 순찰을 도는 일본군의 눈을 피해 잠입해 들어온다.

17. 다시 다케다의 집무실 안 (밤)

다케다   (일본어) 소란 떨 거 없이 대일상회로 유인해서 생포해.

천우협1   (일본어) 예! (나가는)

다케다   (이현에게) 오늘은 이 정도 하고 생각이 정리되면 다시 오게.

이현   (일어나다가 조심스레) 헌데... 동비라니요?

다케다   대원군과 접촉했던 전봉준의 *끄*나풀들이야. 동비 여잘 하나 체포했는데 구출하러 온 모양이야.

이현   !

다케다   (피식) 이토록 무모할 수가... 역시 미개인들다워.

이현   (나가는)

18. 대일상회 일각 (밤)

말을 끌고 걸어오던 이현, 멈춘다. 저만치 대일상회의 간판이 보인다.

다케다   (E) 동비 여잘 하나 체포했는데 구출을 하러 온 모양이야.

이현   (이강 일행이다 싶은... 갈등하는)

19. 동 뒤란 안 + 헛간 앞 (밤)

이강과 해승, 담을 넘어 들어온다. 전방에 불이 켜진 헛간이 보인다. 살금살금 다가와서 헛간 문 양쪽으로 몸을 바짝 붙이는... 이강, 단검을 빼들고 문을 슬쩍 밀어보는... 거짓말처럼 스르르 열리는 문... 조금 뜻밖이라는 표정의 이강과 해승, 서로 눈짓을 주고받은 뒤 동시에 뛰어든다.

20.   동 헛간 안 (밤)

이강과 해승, 뛰어든다. 텅 빈 실내에 홀로 밧줄에 매달려 신음을 토하는 버들. 이강, 달려들어 버들의 포박을 푼다. 바닥에 떨어지며 신음을 토하는 버들.

이강   버들 접장!
해승   (바깥을 살피며 나직이) 백대장, 빨리!

이강, 버들을 일으켜 데리고 나간다.

21.   동 헛간 앞 (밤)

버들을 데리고 나오던 이강과 해승, 멈칫한다. 천우협1과 무사들이 칼을 겨눈다.

이강   염병!
해승   함정이야.
천우협   (어색한 조선어) 항복... 해라.

항전태세를 취하는 이강과 해승. 그때 무사들 뒤에서 두 사내가 나타나 베어버린다. 무사들이 흠칫하는 사이, 이강과 해승 곁으로 다가와 서는 사내들... 이규태와 덕기다.

이강   덕기성!

덕기	사고 쫌 적당히 치라. 세상천지 어명을 씹어뿌는 놈이 어딨노?
이규태	동비 버릇이 어디 가겠습니까? (이강 보는, 미소)
이강	(미소)
천우협1	(일본어) 죽여!

격전이 벌어진다. 이강 일행, 무사들을 하나둘씩 쓰러뜨려 나간다. 천우협1, 뒷걸음질 치는...

22. 대일상회 근처 (밤)

천우협1이 다급하게 뛰어간다. 일각에서 (말에 실려 있던) 상자를 들고 지켜 보는 이현... 상자의 뚜껑을 열면 무라다총이 빛을 발한다.

23. 왜성대 골목 (밤)

이강 일행, 도주한다. 해승이 버들을 업고 있다. 갈림길에서 멈칫하는 덕기와 이규태.

이강	저짝이여!

이강을 따라 신속하게 움직이는 일행.

24. 산길 일각 (밤)

골목을 돌아 나와 달려오는 이강 일행, 흠칫 멈춘다. 저만치 산길 입구에서 천우협1과 일본군 몇 명이 총을 겨누고 있다. 돌아보면 일본군들 서너 명이 퇴로를 막고 총을 겨눈.

이강	써글…
덕기	일단 항복하고 기회를 노리자. (칼을 버리는)

이규태도 칼을 버린다. 일본군들, 앞뒤에서 이강 일행에게 다가선다. 천우협 1, 일본군 틈을 비집고 다가선다. 회심의 미소를 띠는 천우협1… 단검을 쥔 채 절망적인 이강의 표정… 순간, 탕! 하는 총성과 함께 일본군 한 명이 즉사한다. 흠칫하는 일본군! 그 틈을 놓치지 않고 천우협1의 목을 베는 이강! 덕기와 이규태도 일본군을 벤다. 이강을 겨누는 일본군의 머리를 관통하는 총알! 이강, 숲을 보면… 숲속에서 불빛이 번쩍인다. 또 쓰러지는 일본군.

25.   근처 숲 일각 (밤)

재장전하는 이현, 지체 없이 사격을 가한다.

26.   다시 산길 일각 (밤)

마지막 일본군이 총을 맞고 절명한다. 이강 일행, 깜짝 놀라 두리번대는…

이강	누, 누구여?
덕기	규태 니 부하들이가?
이규태	아닙니다.
해승	어서 여길 뜹시다.

이강 일행, 산길로 들어간다. 뛰어가던 이강, 미련이 남는 듯 숲 쪽을 돌아본다.

27.   다시 숲 일각 (밤)

나무 뒤에 서 있는 이현, 멀어지는 이강 일행을 바라본다. 아련한...

28.   (26씬의) 산길 (밤)

일본군들이 천우협1의 시체를 들것에 싣고 간다. 노기 어린 표정으로 지켜보는 다케다.

다케다   (일본어) 빌어먹을!

돌부리 정도 걷어차는 다케다. 분이 치미는...

29.   팔도도임방 마당 안 (밤)

자인, 대문으로 간다.

덕기   (E) 객주님! 객주님!

자인, 문을 열면 덕기, 이규태, 버들을 업은 해승이 들어온다.

덕기   (해승에게) 저쭈 안으로 가입시더.
자인   (깜짝 놀라) 이게 무슨 일입니까?
덕기   직접 물어보이소. (획 가는)

자인, 보면 이강이 들어선다.

자인   백이강...
이강   ...

30.　동 일실 안 (밤)

버들을 눕히는 해승. 덕기과 이규태, 지켜본다.

덕기　　여긴 왜놈들이 모르는 데이까네 안전할끼요.
이규태　(덕기에게) 저는 이건영 승지에게 다녀오겠습니다.
덕기　　조심해레이.
이규태　예. (나가는)
해승　　버들 접장, 정신 좀 차려 봐... 버들 접장!
버들　　(으... 신음을 토하는)
덕기　　개자슥들...
해승　　우리한테 악감정이 많을 텐데... 도와줘서 고맙수.
덕기　　(피식) 뭔 소리 하요? 같은 나라 사람끼리 싸우기도 하고 돕기도 하고 그카
　　　　는 기지, 뭐.
해승　　(미소) 물과 헝겊이 필요합니다.
덕기　　따라오이소.

31.　동 뒤란 일각 (밤)

자인과 이강, 말없이 서 있다.

자인　　(어색함을 깨려는 듯 미소 지으며) 역시... 무슨 일인지는 묻지 않는 게 낫겠
　　　　어.
이강　　오래 안 있을 테니께 걱정 말어. 우덜 본 거 일절 함구허고.
자인　　(쓸쓸한) 조금 섭섭하네... 설마 내가 다케다에게 밀고라도 할까봐서?

이강, 자리를 뜨는데 자인이 잡는다. 이강, 보면.

자인　　보나마나 빈털터릴텐데... 노잣돈을 챙겨올 테니까 잠깐만 기다려.
이강　　(보다가... 매정하게 뿌리치는)

자인	!
이강	그딴 돈 필요 없어. (가는)
자인	...

일각에서 덕기, 작은 물단지와 헝겊을 든 해승과 지켜보고 있다. 해승, 묵묵히 자리를 뜨는... 덕기, 자인에게 다가간다.

덕기	솔직하게 얘기하이소. 다케다캉 동업하는 거 중전마마가 시키가 그런 거라꼬예.
자인	...
덕기	객주님이 몬하모 내가 하겠습니더.
자인	안 됩니다.
덕기	(불만스런) 와예?
자인	이강이 지금... 저를 잊으려고 저러는 겁니다... 잊게 도와줘야죠.
덕기	객주님은예? 객주님은 잊을 수 있십니꺼?
자인	... 잊을 겁니다.
덕기	(옅은 한숨)
자인	(애써 마음을 다잡는)

32. 동 마당 안 (밤)

이강, 걸어와 대문 앞에 멈춘다. 미련을 털어버리듯 크게 심호흡하고 돌아보면 물단지와 헝겊을 든 해승이 서 있다.

해승	(쓸쓸한) 잘했어.
이강	(의아한 듯 보면)
해승	(다가서서) 이런 판국에도 왜놈들과 장사를 하는 여자라면 백대장 배필은 아니지.
이강	머 그런 거슬 엿듣고 그래쌋소... 근디 아까 우딜 도와준 사람이 누구겠습니까?

해승   왜놈들에게 복수하려고 돌아다니던 군인이겠지. 아무튼 실력 하난 도채비
        못지않더군.

이강   (뜨끔) 거 재수 없게... 디진 도채비 야근 머더러 *끄*내쌌소이.

        해승, 이강의 어깨를 다독여주고 사라진다.
        이강, 대문을 등지고 바닥에 퍼질러 앉는다. 상념에 잠기는...

이강   (아련한) 동상... 집강은 으째 잘 허고 있능가?

33.   동 대문 앞 + 다시 마당 안 교차 (밤)

        터벅터벅 걸어와 대문 앞에 서는 사내, 이현이다. 문고리로 손을 뻗어보는...
        당장이라도 들어가 이강을 만나고 싶은... 그러나 차마 대문을 열지 못하는
        손.
        대문 안의 이강, 상념에 젖어 밤하늘을 우러른다.
        이현, 대문을 등지고 쪼그려 앉아 쓸쓸하게 밤하늘을 우러른다.
        대문을 사이에 둔 채 등지고 앉은 두 형제의 애잔한 모습에서 F.O.

34.   고부관아 앞 (낮)

        나졸들, 홍가를 끌고나와 패대기친다. 억쇠가 다가선다.

억쇠   다시는 고부 땅 밟지 말어.

        보퉁이를 툭 던지는... 홍가, 보면 쌀이 들어 있는.

홍가   참말로... 고맙소이.
억쇠   유월 아짐이 주는 거니께 그늠 갖고 싸게 꺼져.

바닥에 튄 쌀을 한 손에 쓸어 모으는 홍가, 보퉁이를 들고 일어나 비척비척 걸어간다. 분노를 곱씹듯 손아귀의 쌀을 씹어 먹으면서 사라진다.

35.   백가네 행랑채 (집강소) 마당 안 (낮)

수심이 가득한 표정의 유월, 대청에 앉아 있다. 일각에 의군들, 풀이 죽어 앉아 있다. 대문이 열리고 전봉준이 최경선과 들어선다.

전봉준   (털털하게) 끼니는 챙겨 드셨소?

의군들, 일제히 일어나 인사하고 유월, '장군!' 부르며 반갑게 다가가는.

유월   (반갑게) 장군!
전봉준   얼마나 고생이 많으시오?
유월   장군 고생에 비허믄 고생 축에도 못 끼지라이.
전봉준   조속히 집회를 열어 후임 집강을 선출하시오.
유월   안 그려두 다른 집사덜허고 그리 결정을 혔구먼이라. 근디 고거 땀시 장군께서 직접 오셨능게라?
최경선   고것도 용건이긴 헌디... 백집강 사건도 조사를 혀야지라이.
유월   !

36.   황석주의 집 마당 안 (낮)

최경선, 핏자국이 남아 있는 마당을 둘러보는... 억쇠와 나란히 선 박원명이 장황하게 설명 중이다.

박원명   그렇게 마당과 뒤란의 탈영병들을 쏴 죽인 연후에 여기, 여기서 마저 한 놈을 더 죽이고는 별당으로 이동을 한 것으로 추정이 됩니다.
최경선   참말로... 백집강 혼자서 죽였다고요?

박원명	본관도 첨엔 믿지 않았지만 목격자들의 진술이 워낙 명확해서... 사격솜씨가 거의 신기에 가까웠다고 합니다.
최경선	...

37. 동 명심의 방 안 (낮)

전봉준, 핼쑥한 안색의 명심을 짠하게 바라본다.

전봉준	미안하구나. 이게 다 부하를 잘못 둔 오래비의 불찰이다.
명심	이현 도련님은 어찌 되었습니까?
전봉준	(쓸쓸한) 글쎄... 아마 전라도를 벗어난 듯싶구나.
명심	(울먹이는) 애초에 도련님을 마음에 두어서는 아니 되는 것이었습니다. 제가... 도련님을 망쳤습니다.
전봉준	백집강을 망친 건 너의 사랑이 아니라 그 빌어먹을 신분이다. 신분이 차별을 낳구, 차별이 분노를 낳구, 분노는 결국... 피를 낳으니까.
명심	(고개를 떨구는)
전봉준	(안쓰럽게 보는)

38. 동 석주의 방 안 (낮)

병석에 누운 석주, 인기척에 눈을 뜨면 전봉준이 앉아서 지켜보고 있다. 몸을 일으키는 석주... 묵묵히 바라보는 전봉준.

석주	나가.
전봉준	두 번 다시 집강소에 맞서지 말게. 만약 이 고을에 또다시 그 썩어빠진 양반의 악취가 풍기는 날엔... 벨 것이야.
석주	(피식 웃는)
전봉준	(일어나려는데)
석주	자네가 내게 그랬었지.

전봉준	(보는)
석주	경계를 넘는 것을 두려워하지 말라고... 가보지 않았을 뿐 갈 수 없는 곳이 아니라고... (조소) 그래, 경계를 넘으니 무엇이 보이던가?
전봉준	...
석주	(조롱하듯) 왜 갑자기 꿀 먹은 벙어리가 된 게야? 극락이 보이더라 말을 해야지? 자네가 입만 뺑긋하면 떠들어대던 인즉천의 세상... (추궁하듯) 그게 눈앞에 있더라고 얘길 해야지!
전봉준	아직은 완전히 넘지 못했네. 도중에 새로운 적이 나타났거든.
석주	(보는)
전봉준	일본이 범궐²을 자행하고 청나라와 전쟁을 개시했네.
석주	(경악하는) 지금... 범궐이라 하였는가?
전봉준	변화를 거부하고 현실에 안주하면 그런 꼴을 당하는 것이네. 가련하고 참담한... 마치 지금 자네처럼.

전봉준, 나간다. 석주, 망연자실한...

39. 육조거리 + 광화문 앞 (낮)

굳은 표정의 이현, 대로 한복판을 묵묵히 걸어온다.

다케다	(E) 조선에 곧 대대적인 개혁이 단행될 거야.

이현, 계속해서 걸어온다.

이현	(E) 진사나리께 보여드리겠습니다.

플래시백〉13회 14씬의,

---

2   범궐: 대궐을 침입함.

| 이현 | **신분과 관습에 얽매이던 낡은 시대가 어떻게 사라지는지... 만민평등의 시대가 어떻게 밝아오는지.** |
| 석주 | **그런 세상은 가능하지도... 가능해서도 아니 되는 것이다.** |

현재〉
이현, 이를 악물고 계속해서 걸어온다.

| 석주 | (E) 내 단 한 번도 너를 같은 부류의 인간이라 여긴 적 없느니라. 조선은 양반이 만들고, 양반이 다스려 온 양반의 나라... |

플래시백〉14회 50씬의,
| 석주 | **반상의 법도가 곧... 조선이다.** |

현재〉
마침내 걸음을 멈추고 전방을 바라보는 이현. 일본군이 지키고 선 광화문이 눈앞에 펼쳐진다.

| 다케다 | (E) 어느 나라건 귀족이란 것들은 다 똑같아. |

플래시백〉15씬의,
| 다케다 | **(점차 격앙되는) 나약하고, 위선적이고, 한계 또한 명확하지! 메이지유신을 주도한 세력이 하급무사가 아닌 상층부의 귀족이었다면... 오늘날의 일본이 가능했겠나?** |

현재〉
이현, 광화문을 처연히 바라본다. 원망과 절망이 뒤섞인...

40. 대일상회 안 (낮)

다케다, 자인과 마주 앉아 있다.

자인	전주여각의 차인들에게 쌀을 수매하라 기별을 하였습니다. 허나 추수철이 될 때까지는 원하시는 만큼의 쌀을 조달하기가 어려울 것입니다.
다케다	그 정도 버틸 식량은 보유하고 있습니다. (문서봉투를 꺼내 자인 앞에 놓는)
자인	(보는)
다케다	조선인 명의를 빌려 설립한 평양 지역의 싸전들입니다. 쌀을 그리로 보내주시면 됩니다.
자인	평양이라 하셨습니까?
다케다	청나라 육군의 주력부대가 주둔해 있는 곳입니다.
자인	(미소) 충청도 다음 싸움터는 평양이란 말씀이군요.

다케다, 검지손가락을 세워 제 입술에 갖다 댄다. 부드러운 미소 속에 경고의 의미가 느껴지는... 자인, 내심 긴장하는...

41.   대일상회 앞 (낮)

대일상회를 나온 자인, 나오다 멈칫한다. 이현이 덤덤히 서 있다.

자인	(깜짝 놀라) 백도령!
이현	여기서 나오는 것을 보니... 엄청난 거래처를 얻으신 모양이군요.
자인	고부에서 집강을 한다 들었는데 어찌 여기 계시는 것입니까?
이현	부탁인데... (싸해지는) 저에 관한 건 모두 잊어주세요.
자인	!
이현	저도 잊을 것입니다. 송객주는 물론 임방에 숨어 있는 형님까지.
자인	(헉!)
이현	(들어가는)
자인	(멍한)
이현	(E) 하겠습니다.

42.   다시 대일상회 안 (낮)

마주 앉은 이현에게 차를 따라주던 다케다, 손을 멈추고 본다.

이현   (차가운 미소) 천우협의 우두머리 말입니다.
다케다   (흡족한 미소... 차를 마저 따르는)
이현   ...
다케다   (찻잔 들고) 다케다와 이현 군의 우정을 위하여.
이현   (찻잔 들고) 문명국... 조선을 위하여.

다케다와 이현, 차를 마시고 내려놓는... 미소를 머금는 다케다... 결연한 이현
의 얼굴에서.

43.   건청궁 관문각 안 (낮)

중전, 자인을 굽어본다.

중전   평양으로 쌀을 보내라 하였다구?
자인   그렇사옵니다. 일본은 충청도뿐 아니라 평양의 청나라 군대를 노리고 있사
옵니다.
중전   이놈들이 조선 팔도 전체를 전쟁터로 만들려는 것이구나.
자인   하오니 속히 대비를 하셔야 하옵니다.
중전   (생각하고) 수선 떨 것 없다. 지금 일본이 제 무덤을 파고 있는 것이야.
자인   예?
중전   아산만에서는 일본의 기습에 당했으나 그 큰 청나라가 일본에 질 리가 없다.
군사의 수도 일본보다 몇 곱은 더 많지 않느냐?

중전, 자신만만한... 자인, 불안한.

44. 팔도도임방 외경 (밤)

45. 동 마당 안 (밤)

대청에 나란히 걸터앉은 자인과 덕기.

덕기 (놀라) 왜놈들이 평양을 공격할까라꼬예?

자인 예.

덕기 일마들이 조선에서 청나라 씨를 말릴라카는 거라예. 중전마마께 고했십니 꺼?

자인 고하긴 하였으나... (쓸쓸한) 이 판국에 무슨 수가 나겠습니까?

이규태, 들어온다.

덕기 어, 왔나?

이규태 구출된 동비는 깨어났습니까?

덕기 오이야. 퍼뜩 드가봐라.

이규태 (안채 사이로 들어가는)

자인 대체 이규태 영관이 어찌 저러는 것입니까?

덕기 거시기가 전봉주이한테 전하의 밀사를 델꼬 갈낍니더.

자인 밀사?

덕기 그라이께네... 아직 낙담하기는 이릅니더.

자인 ...

이현 (E) 저도 잊을 것입니다. 송객주는 물론 임방에 숨어 있는 형님까지.

자인 (안도의 한숨 내쉬는)

46. 동 일실 안 (밤)

창백한 안색의 버들, 앉아서 물을 마신다. 이강과 해승이 안쓰럽게 지켜본다.

해승	좀 어때? 거동할 수 있겠어?
버들	(마시고, 숨 내쉬며) 미안허요. 나가 칠칠치 못혀가꼬...
이강	(놀리듯) 고걸 인자 알었능가?
버들	(쓰읍)
이강	그려. 팔팔허니 거동허는 딘 문제 없었구먼.
버들	근디 백대장 느, 장갑 으쨌냐?
이강	(머뭇) 이?
버들	잃어분거?
해승	...
이강	이. 나도 칠칠치 못허잖애.
버들	(옅은 한숨) 오매, 아깝겄네...

이규태, 들어온다.

이규태	(이강에게) 이승지가 기다리고 있네.
이강	... 가게요.

47.   동 마당 안 (밤)

덕기와 이규태, 이강 일행을 배웅한다.

덕기	조심들 하이소.
버들	고마웠구먼이라.
해승	신세 잊지 않겠수.
덕기	담에 만나모 막걸리나 한 잔 하입시더.
해승	(미소)
이규태	(이강에게) 무운을 비네.
이강	(미소) 꼭 다시 봅시다... 전쟁터 말고.
이규태	(미소, *끄덕이는*)

자인	(E) 살펴가세요.

일동, 보면 자인이 대청에 서 있다. 미소를 띠지만 어딘가 건조한 표정이다. 이강, 허리 숙여 인사한다.

이강	신세 많았소.

이강, 미련 없이 나간다. 따라가는 버들과 해승... 가슴이 아리는 자인.

48. 나루터 (밤)

이건영과 이강 일행을 태운 나룻배가 어둠속으로 나아간다. 해승이 노를 젓는다.

버들	며칠 꿈을 꾼 거 같네요이.
해승	나도 마찬가지야. 눈앞에서 대궐이 그리되는 꼴을 보게 되다니...
이강	...

플래시백〉 15회의 갑오왜란 장면들...

현재〉
이강	(분이 치미는)
버들	대장, 전쟁꺼지 터졌으믄 인자 일이 으째 되겄냐?
이강	(답답한, 애써 부정하듯) 장군이 기시는디 먼 걱정이여... (해승에게) 싸게 가게요. 한양이라믄 인자 신물이 나브니께.

해승, 부지런히 노를 젓는다. 나룻배가 어둠 속으로 사라져간다.

49. 남원관아 외경 (낮)

50.   동 동헌 일각 (낮)

전봉준과 김개남이 나란히 서 있다. 김개남, 불만이 서린...

전봉준 아직도 화가 풀리지 않은 것인가?

김개남 찾어온 용건이나 말혀.

전봉준 자네 부하들 중 일부가 양반에게 사적인 보복을 자행한다는 투서가 빗발치고 있네.

김개남 인과응보, 사필귀정이 은제부터 사적인 보복이 되부린거?

전봉준 그들을 단죄하고 전주 대도소의 통제에 따라주게. (웃으며) 집강소 설치를 거부하며 저항하는 나주목사 민종렬이만으로도... 골치가 아파 죽을 지경이네.

김개남 전주서 진즉에 말혔잖여. 나넌 화약에 동의헌 적 없다고.

전봉준 (진솔하게) 이 사람, 개남이... 지금 시국이 많이 어렵네.

김개남 왜늠덜 염병헌다는 야근 들었어. 근디 그게 다 자네가 자초헌 거 아녀?

전봉준 (어이없는 듯 피식) 뭐라?

김개남 나가 몇 번을 말혔어? 경군허고 끝장 봐불고 한양으로 진격을 혀야 된다고.

전봉준 화약이 최선이었네.

김개남 그래야 왜늠덜이 설치딜 못했다고!

전봉준 더더욱 날뛰었겠지! 경군도 우리도 치명상을 입은 뒤일 테니까! 우리가 서 있는 이곳에도 지금 놈들의 깃발이 펄럭이고 있겠지!

김개남 (냉정하게 보다가) 이젠... 걸음허지 말어.

전봉준 (답답한 듯 한숨을 토하는)

최경선이 나타난다. 대화를 방해하지 않으려 잠자코 서는...

김개남 야그 다 끝났응게 전주로 뫼셔.

최경선 (불만 어린) 한 늠 더 뫼셔가야 쓰겄는디요.

김개남 머시여?

최경선　(전봉준에게) 김접장이 여그 있습니다.

전봉준　!

51.　관아 일각 (낮)

김가, 끌려와 무릎 꿇려진다. 전봉준, 최경선, 김개남이 서 있다.

김가　(쭈뼛) 자, 장군...

전봉준　(노여운 시선으로 보는)

김개남　(노여운) 오갈 데가 없다개서 받어줬드니... 고부서 늑혼을 자행했다고?

김가　(두려운) 아니, 그게 저기... 실은 사정이 좀 있어 가지구요.

최경선　전주꺼정 갈 것도 읎이 여서 베어블랍니다! (칼을 뽑아 드는데)

김가　(헉!) 도, 도채비 때문이었수!

최경선　(멈칫)

김가　(전봉준에게) 제가 도채비 잡을라다가 그리됐습니다! 전주성 싸움 때 그 도채비 말입니다!

전봉준　도채비는 백대장에게 죽었어.

김가　백대장이 거짓말한 겁니다!

전봉준　뭐라?

김가　백대장 동생, 그니까 고부서 집강허던 백이현이가 진짜 도채빕니다!

전봉준　!

최경선　(생각하는)

플래시백〉36씬의,

박원명　**사격솜씨가 아주 신기에 가까웠다고 합니다.**

현재〉

최경선　!

김가　늑혼은 그놈을 유인하려고 그런 겁니다! 그 집 규수가 그놈의 정인이라서요! 정말입니다! 저는 죽은 의병들, 그중에서도 번개 접장의 복수를 하려고 그런 겁니다! 믿어주십시오!

전봉준   …

최경선   (기가 막히는)

김개남   (피식) 그려? 그라믄 뭐, 난리칠 일도 아니구먼! (사라지는)

김가, 조마조마하게 전봉준을 바라보는… 전봉준, 생각에 잠기는.

52.   대일상회 외경 (낮)

53.   동 안 (낮)

양복을 입은 사내가 거울 앞에 선다. 양복에 어울리지 않는 상투머리의 사내, 이현이다. 손에는 날카로운 단검이 들려진… 마침내 단검으로 상투를 잘라버리는… 산발이 된 거울 속 이현의 모습… 머리카락을 한 움큼씩 쥐어 잘라나가는 이현.

54.   백가네 대문 앞 (낮)

의군들, 빛바랜 '집강소' 종이를 떼어내고 새 종이를 붙인다. 착잡한 표정으로 지켜보는 유월의 모습 위로.

인서트〉 13회 12씬의, '집강소' 종이를 붙이는 이현과 유월.

유월, 한숨이 절로 나는… 볏단이 가득 실린 지게를 멘 당손과 남서방, 걸어온다. 이화도 함께다. 유월을 보더니 당손과 이화, 흥! 외면하며 들어가는.

유월   (남서방에게) 갑자기 웬 볏짚이대요?

남서방   인자부텀 짚신 꽈서 묵고 살 거랴.

유월   ...

55.   동 안채 거실 안 (낮)

식탁 앞의 채씨, '이현아...' 뇌까리며 한숨을 내쉰다. 그 옆 바닥에 볏짚을 펼쳐놓고 둘러앉는 이화, 당손, 남서방, 멀뚱히 서로만 바라보는...

이화   모른다고?

남서방   야.

당손   아니 머슴살이가 몇 년인데 짚신을 못 짜?

남서방   (웃는) 아유, 겨울에 새끼나 꽈봤제 짚신은 사서 신었잖여라.

이화   오매, 남서방 믿고 사 왔는디 이걸 으쩐대?

당손   가져가서 돈으로 바꿔달라고 사정해 봐야지... 젠장.

채씨   (한숨) 모지란 인사들... (다가서서 이화 툭 차며) 비켜.

이화   (얼결에 자리 터주면)

채씨   (앉아서 볏짚 끌어가는) 귀신은 머더나 몰러. 이 씨잘데기 없는 것들 안 잡어
          가고...

일동   ?

〈시간경과〉

(점프의 느낌으로) 채씨, 짚신을 척척 만들어나간다. 일동, 경이로운!

이화   서방, 이분 참말로 올 엄니 맞소?

채씨   (어느새 기분 좋아져서) 느그 엄니가 안 혀서 글체. 을매나 손이 야물딱진 줄
          알어?

남서방   근데 이건 은제 배우셨대요?

채씨   백가네가 첨부터 이랬는줄 알어? 보릿고개 때 피죽도 읊어가꼬 굶어디질 뻔
          헌 거이 한두 번이 아녀. 짚신 이늠 꽈서 안 팔었으믄 이화 느, 시상 구경도
          못 혔당게.

당손	그럼 장인어른도 짚신 잘 꼬시겠네요?
채씨	사내가 그런 일허믄 쓰간디?
이화	그믄 엄니 혼자서 다 했다고?
채씨	(뭔가 떠오르는... 말문 닫고 쓸쓸히 짚신을 꼬는데)

유월이 들어온다. 일동, 분위기 싸해지는...

유월	(아랑곳 않고 채씨 손에 들린 짚신을 보는) 어디 좀 봐요.
채씨	...
유월	고로코롬 허믄 나중에 으째 묶을라고라? (채씨의 짚신을 가져가며) 줘 봐요. (앉는)
이화	머더는겨?
유월	잠자코 보기나 혀.
이화	(허! 하는)

남서방과 당손이 뚫어져라 보는 가운데 유월이 채씨가 만들던 짚신을 손본다. 채씨보다 훨씬 능숙한 솜씨다. 유월을 바라보는 채씨의 눈망울이 떨린다.

어린 유월	(E, 밝게) 마님! 다 됐구먼이라!

56.   회상 - 초가 마당 일각 (낮)

열 살 안팎의 어린 유월이 신나서 짚신을 내민다. 짚신을 꼬던 젊은 채씨, 보더니 싱긋 웃는다.

채씨	발써? (가져가 보며) 오매! 먼 애기 손이 요로코롬 야무지대?
어린 유월	고늠은 실혀가꼬 돈 쪼까 더 돌라개도 되겠지라이?
채씨	그라제! 아따 유월이 느 덕분에 백가네 굶어죽진 않겠구먼!
어린 유월	(신나서) 굶어죽긴 누가 말여라? 나가 이늠 겁나게 많이 맨들어가꼬 마님 고깃국 끓여 줄 거인디요?

채씨	고깃국?
어린 유월	야!
채씨	(쓰다듬으며) 그려, 그려! 말만 들어도 고마워이! 느가 복뎅이여!
어린 유월	(해맑게 웃는)

57. 현재 - 다시 거실 안 (낮)

회한의 눈물이 어리는 채씨... 짚신을 꼬는 유월을 아프게 바라보는...

유월	(짚신 내려놓는) 이거 보고 따라들 허쇼. (하다가 채씨를 보면)

들킨 사람처럼 다급히 일어나 나가버리는 채씨... 일동, 의아한...

58. 동 복도 (낮)

눈물을 찍어내며 나오던 채씨, 멈칫한다. 백가가 지팡이를 짚고 서 있다.

백가	으째 그려?
채씨	(원망 어린 눈으로 바라보는)
백가	또 먼 일인디?
채씨	사람도 아녀. (밀치며 가는)
백가	(뜨악한) 머래는겨?

유월이 나온다. 백가를 본체만체 가는데...

백가	유월아.
유월	(차갑게 보는)
백가	이강이헌티선 아직 아무 소식 없는겨?
유월	(대꾸도 않고 가버리는)

백가　　(뜨악한)

59.　전주성 앞 (낮)

이건영을 데리고 공터로 걸어 나오는 이강 일행. 오랜 여정에 지치고 초췌한 모습들... 전방을 바라본 이강의 표정이 환해진다.

이강　　보드라고... 전주성이여!

일동, 보면 전주성의 위용이 펼쳐진다. 긴장한 표정의 이건영. 감개무량해지는 버들과 해승... 벅차오르는 이강.

60.　전라감영 안 (낮)

곳곳에 죽창을 든 군중들이 결연한 표정으로 모여 있는... 그 사이를 걸어오는 이강 일행.

이강　　분위기가 으째 이려?
해승　　꼭 전쟁이라도 할 것 같은 분위기군.
버들　　우덜 없는 동안 먼 일 터진 거 아녀?

송희옥이 반갑게 다가온다.

송희옥　　다들 무사혔구먼!
이강　　도집강어른!
해승·버들　(미소로 인사)
송희옥　　(둘러보며) 그려, 고상들 혔어!
이강　　장군 안에 기성게라?
송희옥　　영솔장허고 순행을 가셨구먼. (하다가 이건영을 보고는 이강에게) 누구여?

이강	(긴하게) 임금님이 보낸 밀사구먼이라.
송희옥	!!!
이건영	이건영이오. 주상전하의 밀지를 갖고 왔소이다.
송희옥	(주변 살피고) 안으로 드시지라이.

이건영을 데리고 가려던 송희옥, '참!' 하며 멈춘다.

송희옥	뒤뜰로 가 보드라고. 반가운 사람이 있을 거시여.
일동	?
동록개	(E) 백대장~!!!

61. 동 뒤란 일각 (낮)

동록개, 이강 일행을 한 명씩 얼싸안는다.

동록개	안 죽고 살아 돌아왔구먼! 해승 접장~! 버들아~!
이강	고향서 형수 병구완 허신다는 분이 전주는 으쩐 일이대요?
동록개	(큼, 애써 밝게) 배깥에 사람덜 죽창들고 모인 거 못 봤어?
해승	안 그래도 궁금했었는데 그 사람들 뭐요?
동록개	왜놈덜이 대궐을 작살을 내붓담서? 열 받아가꼬 다시 으병허겄다고 모인 사람들이랑게!
이강	역시, 임금보다 백성이 용감허당게!
버들	(퉁박 주듯) 용감헌 것도 좋지만 동록개 접장은 소갈병 앓는 부인이 먼저 아녀라? 은제 돌아가실지도 모른담서요?
동록개	(대답 대신 쓸쓸한 미소를 머금는)
일동	?
동록개	내려가니게 이미 시상 떠브렀드라고.
일동	(숙연해지는)
동록개	(씩씩하게) 아, 괜찮여! 편헌디 간 거인디, 뭘! 사구제는 섭허지 않게 치렀응게 다음 생에는 백정 마누라 헐 일도 없을 것이구먼!

해승	분명 그리되실 게유.
동록개	아 두말허믄 숨차브러! 그나저나... (이강에게) 이름!
이강	?
동록개	내 새끼덜 이름!
이강	아, (품에서 주섬주섬 꺼내 건네는) 여그.
동록개	(냉큼 받아서 펴다가) 근디 나가 까막눈인디... 첫째 늠부터 이름이 뭐여?
이강	이... 성계!
동록개	(뜨악한) 장난 아니고?
이강	아따 조카덜 귀헌 이름 갖고 장난치믄 쓰간디요?
동록개	그믄... 둘째년?
이강	... 이방원!
동록개	(헉!)
이강	(씨익 웃는)
동록개	(에라 모르겠다 싶은) 허긴 뭐, 백정이라고 고 이름 쓰지 말란 법 있어! 안 그려!
이강	그라제! 한양 작명쟁이덜이 뭐가 달러도 다르더랑게!
동록개	(신나서) 성계야~~~!!! 방원아~~~~!!! (하다가 갑자기 울음을 터뜨리는)
일동	!
동록개	(작명지 소중하게 보듬으며) 으이구, 이 불쌍헌 화상아... 니 새끼덜 이리 좋은 이름도 지어 왔는디... 한 번은 불러보고 갔어야제? 성계야~ 방원아~ 목 놓아 부름시로 가심에 맺힌 한은 풀러 갔어야제~! 뭐가 급혀가꼬 발써 간겨~! 마누라~!!!
일동	(안타까운)

62. 전주성문 앞 (밤)

손화중, 송희옥, 이강과 별동대가 서 있다. 성문이 열리고 전봉준과 최경선이 들어온다. 반갑게 인사하는 이강과 별동대.

손화중	순행은 잘 마치셨습니까?

전봉준　뭐, 그럭저럭... (하다가 이강을 보면)

이강　(반갑게) 장군! 임무 완수허고 왔습니다!!

해승·버들 (벅찬)

전봉준　... 수고들 했네.

이강을 비롯한 별동대들, 냉랭한 반응에 조금 머쓱해지는... 최경선 역시 굳은 표정으로 이강을 바라보는...

송희옥　(전봉준에게) 전하께서 밀사를 보내셨습니다.

전봉준　... 대도소로 가세.

전봉준, 최경선, 송희옥, 손화중, 걸어가는... 이강, 의아한.

63.　전라감영 대도소 안 (밤)

이건영과 마주 앉은 전봉준, 옥새가 찍힌 고종의 밀서를 보고 있다. 최경선, 송희옥, 손화중, 백이강, 일각에서 서서 지켜보는...

고종　(E) 과인이 명하노니 그대는 즉시 군사를 일으켜 한양으로 오라. 무도한 외적의 무리를 멸하고 과인과 이 나라 종묘사직을 지켜라.

전봉준, 밀서를 내려놓는다. 긴장한 시선들이 전봉준을 바라본다.

전봉준　곧 답을 드릴 터이니 거처로 가 여독을 푸시오.

이건영　알겠소.

이건영, 일어나 목례하고 나간다.

손화중　전하께서 뭐라고 하셨습니까?

전봉준　... 봉기.

일동	!
최경선	으쩌실 것입니까?
전봉준	... 생각을 좀 해 보세.
이강	(나서는, 격앙된 어조로) 생각허고 말고 헐 계제가 아닙니다. 지들이 한양서 두 눈으로 똑똑히 봤는디요. 임금, 국태공, 조정의 신하들 할 거 없이 왜늠들 앞에서 기도 못 피고 허수아비나 다름없당게요.
전봉준	(이강을 보는)
이강	(답답한) 장군... 시방 말여라... 나라가 망허기 일보직전이랑게요?
전봉준	... 백대장만 남고 모두 자리를 비켜주게.
이강	?

손화중, 송희옥, 나간다. 최경선, 이강을 침통하게 바라보다가 나간다.

이강	(의아한)
전봉준	... 백대장.
이강	야?
전봉준	도채비가 누구냐?
이강	!

64. 헛간 안 (밤)

다케다와 무릎을 꿇고 마주 앉은 이현. 정갈하게 가르마를 탄 머리가 전혀 다른 사내의 이미지를 풍긴다. 그들 사이에 흰 천이 펼쳐져 있고 그 위에 단검이 놓여 있다. 이현의 뒤로 천우협 무사들이 무릎을 꿇고 있다.

65. 다시 대도소 안 (밤)

이강	(얼떨떨한... 피식 웃으며) 뜬금없이 고게 먼 말씀입니까? 도채비라뇨?
전봉준	누구냐고 묻지 않느냐?

이강	죽일 띠 통성명허고 죽이간디요? 누군지는 지도 모르지라.
전봉준	마지막으로 묻겠다. 도채비가 누구냐?
이강	!
전봉준	(노기 어리는)
이강	장군...

66. 다시 헛간 안 (밤)

단검을 집어든 이현, 주저 없이 손가락을 벤다. 이현, 천 위에 '開化(개화)'라고 써나간다.

67. 다시 대도소 안 (밤)

이강	(난감한 어조로) 장군, 으째 이러십니까? 다 지난 일은 으째 들추고, (하는데)
전봉준	고부에서 탈영병들이 늑혼을 자행했다.
이강	!
전봉준	상대는 석주의 동생 명심이. 격분한 양반들과 싸움이 벌어졌고 수많은 사람들이 죽고 다쳤다. 종국에는 백이현이 탈영병들을 쏴죽이고 잠적했다.
이강	(경악하는) 이현이가 머슬 으쨌다고라?
전봉준	나를 더 이상 실망시키지 마라. 사실을 말해라.
이강	(망연자실한)

68. 다시 헛간 안 (밤)

천 위에 쓰여진 붉은 피의 네 글자 '開化朝鮮(개화조선)'!
단검을 내려놓은 이현, 수건에 피를 닦는다.

다케다 (일본어) 천우협 총책이 조선 이름을 쓸 수는 없지. 내가 일본 이름을 지어주 겠네.

이현 이미 정해 둔 것이 있습니다.

다케다 (보는)

69. 다시 대도소 안 + 다시 헛간 안 교차 (밤)

이강 (각오가 선 듯한 어조로) 야. 이현이가... 도채빕니다.

전봉준 (노기 어리는)

이현 (일본어) ... 도깨비.

당혹스러운 이강... 냉혹한 이현...
이현과 이강의 표정에서 엔딩!